读客外国小说文库

熊猫君激发个人成长

Vendredi ou les limbes du Pacifique

礼拜五

太平洋上的灵薄狱

[法] 米歇尔·图尼埃 著
余中先 译

河南文艺出版社
·郑州·

豫著许可备字-2021-A-0203

图书在版编目（CIP）数据

礼拜五：太平洋上的灵薄狱 /（法）米歇尔·图尼埃著；余中先译. -- 郑州：河南文艺出版社，2022.3

（读客外国小说文库）

ISBN 978-7-5559-1302-3

Ⅰ. ①礼… Ⅱ. ①米… ②余… Ⅲ. ①长篇小说 – 法国 – 现代 Ⅳ. ① I565.45

中国版本图书馆 CIP 数据核字（2022）第 001651 号

礼拜五：太平洋上的灵薄狱

著　　者　［法］米歇尔·图尼埃
译　　者　余中先
责任编辑　王　宁
责任校对　李亚楠
特邀编辑　孙宁霞　张敏倩
策　　划　读客文化
版　　权　读客文化
封面设计　樊煜钦　文　薇
出版发行　河南文艺出版社
印　　刷　河北中科印刷科技发展有限公司
开　　本　880mm × 1230mm　1/32
印　　张　9.5
字　　数　187 千
版　　次　2022 年 3 月第 1 版　2022 年 3 月第 1 次印刷
定　　价　66.00 元

如有印刷、装订质量问题，请致电 010-87681002（免费更换，邮寄到付）

目录

VENDREDI OU LES LIMBES DU PACIFIQUE

礼拜五：太平洋上的灵薄狱

弗吉尼亚号正在翻腾得越来越剧烈的涌浪中颠簸不已，舱室天花板上垂绷的一根铅丝末端上悬挂的舷灯来回摇摆，衡量出船只的侧倾角度。彼得·范·戴塞尔船长腆着肚子，俯身把塔罗牌[①]摆到鲁滨孙面前。

“先洗牌，然后翻开第一张。”他说。

说完，他便缩进扶手椅中，叼着他的瓷烟斗，抽了一大口烟。

“这是创世神，”他解释道，“三大阿卡纳主牌之一[②]。他化形为一个魔术师，站在一张摆满了稀奇古怪物件的台子跟前。这意味着您身上具有组织者的才能。他正同一个乱哄哄的宇宙作斗争，并竭力用命运赋予的手段去控制它。他好像快达到目的了，但我

---

① 塔罗牌是一种主要用于占卜的纸牌，共78张。从下文来看，这里指的是一种很古老的马赛塔罗，牌上的人物形象有象征意义。（本书注释，如无特殊说明，均为译注）

② 塔罗牌中，除四色花点的56张小阿卡纳牌外，有22张大阿卡纳牌，它们的人物形象多来自基督教传说、希腊神话、天文星辰中的天神、魔鬼、英雄、圣徒。其中三大阿卡纳牌为愚人、魔术师和世界。下文中提到的第一、七、九、六、二十一、十二、十五、十九、十四张大阿卡纳牌的人物图像对应为魔术师、战神马尔斯、隐士、维纳斯、女人、倒吊人、恶魔、太阳和骷髅。

们别忘了，这位创世神本人也是个魔术师：他的作品是幻象，他的秩序是虚幻。不幸的是，他本人并不知晓这一点。怀疑主义并非他的特长。”

一记沉闷的撞击使航船猛然晃了一下，舷灯一摆，画出了一个与天花板成四十五度的角。船体突如其来地猛一转向，带着弗吉尼亚号几乎转到了风侧，一层涌浪刚才结结实实地摔在了甲板上，发出一阵炮击般的轰鸣。鲁滨孙翻开了第二张牌。油污斑斑的牌上，是一个头戴王冠、手持权杖的人物，站立在一辆由两匹骏马拉着的战车上。

“马尔斯[①]，”船长道，“从表面看，这个小创世神战胜了大自然。他以力量取胜，按照自己的形象强行安排了他周围一切的秩序。”

范·戴塞尔盘坐在他的座椅上，活像一尊菩萨，他那狡黠的目光把鲁滨孙裹得紧紧的。

“按您的形象安排的秩序，”他重复了一遍，一脸若有所思的样子，“这只是想象一个人拥有一种绝对的能力，靠着它，他便可以毫无障碍地随心所欲，这么想丝毫没有看破一个人心灵的意思。君王鲁滨孙……您已经二十二岁了。您把一个年轻的妻子和两个孩子抛弃在了……嗯……远远地留在了约克城[②]，您学着许多同时代人的样子，自己跑到新

① 马尔斯为罗马神话中的战神，相当于希腊神话中的阿瑞斯。

② 约克城为英格兰约克郡一地。

大陆来冒险撞大运。而再晚些时候，您的家人将与您团聚在一起。总之，若上帝保佑的话……您的头发剃得光光的，您棕红色的胡子修得有棱有角，您的目光炯炯而又锐利，尽管它还带着我说不上来的凝滞和狭窄，您的穿戴于严肃中透出一丝做作，所有这一切，使您归属于那类对什么从来都不怀疑的有福的人。您虔诚、吝啬而又纯洁。那个您将成为君王的王国，似乎跟我们的家用大橱柜十分相像，就是那种橱子，女人们在里头搁放一叠叠洗得雪白雪白、用薰衣草熏得喷香喷香的床单和桌布。您别不高兴。您也别脸红。我对您说的这些话不带丝毫侮辱性，除非您比现在还大二十岁。实际上，您还真应该什么都好好地学一学才是呢。别再脸红了，另外再选一张牌吧……瞧瞧，让我说什么好呢？您给我翻了一张'隐士'。这战士意识到了他的孤独。他隐居在一个洞穴的深处，以便寻找自己由来的根源。但是，一旦如此深入到大地的内心，如此履行这一自身的心路历程，他便成了另一个人。假若有朝一日从这离群索居的状态中出来，他将会发现，他坚如磐石的心灵已经有了裂纹。好，请您再翻一张牌。"

鲁滨孙犹豫不决。这个胖嘟嘟的荷兰人，这个西勒诺斯[1]，蜷缩在他所追求享乐的物质主义之

① 西勒诺斯为希腊神话中的林神，据说是潘神的儿子，身体短粗，秃顶，扁鼻，长有马耳朵和马尾巴。

中，说出某些话来着实具有令人不安的分量。自从在利马登上弗吉尼亚号以来，鲁滨孙一直避免与这个魔鬼般的人物单独相处，因为一见面，他就觉得这人咄咄逼人，就被他惊世骇俗的智力和恬不知耻的伊壁鸠鲁主义惊得目瞪口呆。要不是遇上这场暴风雨，他才不会被关在他的舱室里，像俘虏一样地被囚禁着呢。不过，话又说回来，在这种场合下，这舱房倒是船上唯一还能提供舒适安逸的地方。那荷兰人似乎决意充分利用这一天赐良机，好好嘲弄一番他那个天真的乘客。由于鲁滨孙拒绝喝酒，于是塔罗牌就从桌子抽屉中拿了出来，范·戴塞尔也就任由他算命的兴致自由驰骋了。此时，风暴海涛的喧嚣回响在鲁滨孙的耳畔，仿佛女巫们的恶魔夜会将伴随着不祥的占卜游戏，令他身不由己地卷入其中。

“瞧瞧是谁将使隐士走出他的洞穴！啊，维纳斯，她本人从大海中跃出，在您的花坛中迈出了第一步。请再翻一张牌，谢谢。卡牌六：‘弓箭手’。变成了有翼天使的维纳斯朝太阳射出一支支箭。再翻一张牌。对，就这一张。不幸！您刚刚翻的是第二十一张卡牌，混沌之牌！大地之兽与一个满身火焰的魔怪展开搏斗。您看到的那人被相对立的两种力量夹在中间，从他的嗜好一眼便能辨识出，他是一个疯子。换了别人恐怕也会变为疯子的。再给我翻一张牌。很好。早就该预料到了，这是萨图恩[①]，卡牌十二，显现出一个吊死鬼的模样。但是，您看到了没有，在这人物身上最有意义的是，他两脚朝天地被吊着。而您，我可怜的克鲁索，您也将脑袋冲下地悬着！赶快给我翻下一张牌吧。好，有了。卡牌十五：‘双子’。我得好好问一问自己，我们那个已经变形为弓箭手的维纳斯，又将改换成什么样的新面貌。她变成了您的孪生兄弟。双子星的脖子紧紧贴在了雌雄同体的天使脚下。把这个记住了！”

鲁滨孙心不在焉。此时，巨浪拍击之下船体发出的呜咽声并没有让他过分担心。他看到位于船长头顶上方的舷窗外，有寥寥几颗星在一方天空中闪跳，当然，它们的运动也没有令他感到担忧。弗吉尼亚号——这艘在晴朗天气中如此不起眼的帆船——在突如其来的狂风暴雨之中，倒显出是一条经得起严峻考验的航船，撞击之后仍安然无恙。虽说它的桅杆又低又矮，毫无气派，但它那又短又凸的肚腹倒也包容得下250吨的货物，它的形体更像是铁锅和木桶，而不像是一艘大海船，因为它那出了名的慢速，它在所有停靠过的世界各地的港口落下了笑柄。但是，即使在海天一片昏暗的最糟的风

① 萨图恩为罗马神话中的农神。

暴天气里，只要不是靠海岸过近航行——容易引来危险——它的水手仍可以安心地蒙头酣睡。另外，船长的性情也随和，他不是一个冒险者，到时候，他宁可偏一偏航线，换一换方向，也不愿意顶风冒雨，与波浪争斗。

一七五九年九月二十九日将近傍晚时分，弗吉尼亚号当时正位于南纬三十二度的海面上，气压表上的指针直线下降，圣爱尔摩火[①]在桅杆和横桁顶端闪亮，形成光灿灿的刷状电光，预告着一场罕见的大风暴的来临。荷兰圆头帆船慢腾腾地驶向南方，前方的地平线在阴云笼罩之下一片乌蒙蒙的，当最初的一阵雨点打在甲板上时，鲁滨孙大吃一惊，雨点竟是没有颜色的。充满硫黄气味的夜幕把航船裹了个严严实实，一阵剧烈的西北风呼啦啦地卷扬起来，忽高忽低，动荡不定，把罗盘上的罗经方位摇偏了五六格[②]。平和的弗吉尼亚号使尽自己微薄的全部能力，勇敢地与又长又高的浪涛搏斗，尽管涌浪的每一次拍击都把船艏埋进浪尖里，但它依然顽固地滑行在自己的航道上，看到这船儿的忠实行动，范·戴塞尔不由得柔情满怀，热泪从惯于

① 圣爱尔摩火是一种大气中刷形放电的辉光，常见于暴风雨天气中教堂塔楼或船桅等尖状物的顶端。水手们常把圣爱尔摩火看作保佑他们的标志。

② 罗经方位每一格为3度。

冷嘲热讽的眼睛中涌出。然而，两个小时后，一阵撕裂声传来，他便一个箭步冲上甲板，看到前桅帆像一个气球那样爆裂了，迎着风暴飘动的仅仅只是一幅褴褛不堪的流苏般的大布，他心中分析道，事到如今，他的名誉也算是已经保全了，若是再顽固抵抗下去，则未免有些不太聪明了。他决定扯下船帆低速行进，并命令舵手撒舵不管，任船漂流。打这以后，人们似乎可以说，风暴也在感谢弗吉尼亚号的俯首帖耳，乖乖听从自己的摆布。航船在一片惊涛骇浪的大海中不带磕碰地滑行，仿佛大海突然之间对它平息了愤怒。范·戴塞尔让人小心翼翼地把所有的舱口关严实，把全船的人都叫到中舱——除了一个人和泰恩，泰恩是船上的狗，只有他们俩在外值班。然后，他把自己也关禁在舱室中，四周是荷兰的哲学书、刺柏子酒的长颈大肚瓶、枯茗干酪、黑麦饼、铺路石一般重的茶壶、烟草和烟斗等种种可以给人慰藉的东西。十天前，左舷地平线上的一条绿线就已经告知了船上的水手，穿越了南回归线之后，他们就在绕过德斯温特德群岛。航船转向南行驶后，似乎从第二天起就进入了胡安·费尔南德斯群岛的海域[①]，但是风暴把船朝东刮去，把它推向智利海岸的方向，好在眼下航船离海岸只有

① 德斯温特德群岛和胡安·费尔南德斯群岛均为太平洋上属智利管辖的群岛。

一百七十海里，而且从地图上来看，这个水域没有一个小岛，也没有一片暗礁。所以，没有什么可担心的。

一时间，风浪的喧嚣声又铺天盖地而来，船长的说话声重又响起：

“在这第十九张卡牌‘狮子座’身上，我们又看到了双子。两个小孩子手拉着手，待在一堵墙前，墙象征着太阳之城。太阳神就位于这片奉献给他的海浪的最尖顶上。在太阳之城——它悬在时间与永恒之间，在生命与死亡之间——中，居民们具有孩童一般的天真，因为他们达到了太阳性征的程度，这性征更甚于雌雄同体，它是圆环形的。一条咬住自己尾巴的蛇，便是这一封闭于自身的色情的形象，毫无缺损，毫无瑕疵。这是人性完美的顶点，要想达到这一状态是无限困难的，而要想保持这一境界则更是难上加难。您似乎被召唤着要一直上升到那一顶点。至少，埃及塔罗牌是这样说的。我向您致敬，年轻人！”说着，船长从他的靠垫上欠起身来，在鲁滨孙面前鞠了一躬，动作似带着严肃，却不无嘲讽的意味，“我请您再翻一张牌。谢谢。啊！‘摩羯座’[①]！这是灵魂逃出之门，也就是说，它是死亡。这一架骷髅刈除着撒满了手掌、

---

① 在西方的一些语言中，“摩羯座”与“南回归线”词义相关。

脚掌、头颅的草场，它相当清楚地点明了与这片奔腾的海浪联系在一起的不祥意义。您从太阳之城的高处急匆匆地赶下来，面临着极大的死亡威胁。我心急如焚，忧心忡忡，不知道您现在会撞上一张什么样的牌，如果是一个糟糕的星座，您就完了……”

鲁滨孙竖起了耳朵。他有没有听到，跟脱缰野马般的海啸风吼的强劲交响曲混杂在一起的，还有一个人的声音？一条狗的吠叫？这很难确定，或许他正专心致志地想着那个海员的处境吧，在这种非人的地狱状态中，那海员正高高栖身在上，在一个实在不太稳当的天篷①的庇护下。这个人被桅桁上绞盘的绳索缠住，脱不开身来报警。但是，真的有人听到他的呼叫了吗？兴许他刚才根本就没有叫喊过？

“朱庇特！”船长惊呼道，“鲁滨孙，您得救了！不过，真见鬼，您实在可说是死里逃生！您直沉水底，而上天之神却伸出了神妙的援助之手，前来救您，您运气真好。他显身为一个金童儿，从大地的母腹中走出——就像是从矿藏中分离出来一块天然的黄金，他把太阳之城城门的钥匙交给了您。”

---

① 天篷是航船上给高处的值班水手安置的帆布保护装置。

朱庇特？这不正是穿透暴风雨的狂啸传来的那个词吗？朱庇特？不对，不是这个词，是陆地[①]！

哨位上的人刚才真的是在叫喊：陆地！确实，对于这艘没有了主人操纵的航船，除了发现一个无名的海岸，靠近了它的沙滩或者礁石，他还可能有什么更为紧要的情报要向船上的人报告呢？

“所有这一切，在您看来，可能只不过是不可理解的一派胡言，”范·戴塞尔解释道，“但是，塔罗牌的智慧恰恰就是如此，它从来不用明晰的语言为我们揭示我们的未来。您想象过没有，对未来的清醒预见将会导致什么样的混乱？不，它无法明确预见未来，它至多让我们对未来有一些**预感**而已。我对您作的那小小的一番论谈，在某种程度上像是待破的密码，而那镂空的纸板就是您的未来本身[②]。您未来生命的每一个事件，将一个接一个地向您揭示我预言的真相。这种预示一开始可能显得十分玄奥虚幻，其实并不一定如此。”

接着，船长陷入沉默，一言不发地吮吸着他那柄阿尔萨斯长烟斗的弯嘴。烟斗已经熄灭了。他从口袋中掏出一把小刀，抖动凿子一般的刀尖，掏着陶瓷烟锅，把烟灰一点点抠出来，倒在桌子上的一

---

① 在法语中，“朱庇特”（Jupiter）和“陆地”（Terre）的发音有些相似。
② 镂空纸板用于阅读和书写密码文件，它可以使密码字母露现于空格。

个贝壳里。在风雨野性十足的喧嚣声中，鲁滨孙再也没有听到任何异常的声音。船长拉着圆木头塞子的皮舌头，使劲一拽，打开了他的烟草筒。然后，他小心翼翼地把那柄生脆易碎的大烟斗伸进圆筒，在满满当当的烟草堆中探出一条通道。

“这样，”他解释道，“它可以避免磕碰，而且还能浸透我那阿姆斯特丹烟草甜蜜的味道。”

接着，他突然静止不动，神色严峻地打量着鲁滨孙。

“克鲁索，”他说道，“您听我说：好好保持心地纯洁。这可是洁净灵魂的清洁剂。”

话音刚落，舷灯在铅丝的末端猛然画出了一道九十度的圆弧，一下子撞在舱室的天花板上，摔了个粉碎；船长一头蹿过，第一个把头钻到了桌下。在漆黑一团中，嘁里咔嚓的破裂声响成一片，鲁滨孙摸索着，想寻找舱门的把手。他什么都没找到，只有一阵猛烈的风流穿过，他明白，这里没有门了，他已经来到了舱室间的纵向通道上了。他先是感觉到船的深底传来一阵震动，随后，他的脚下是可怖的静止不动，他顿时觉得大祸临头，不禁毛骨悚然。在被一轮满月悲愁惨白的光芒照得朦朦胧胧的甲板上，他依稀辨识出，一群水手正在吊架上忙着降放一只救生小艇。他正要朝他们走去，不料脚下的甲板轰然塌陷。这情景，犹如千百头公羊旋风似的冲撞到这艘圆艏帆船的左舷上。接着一下子，一堵城墙般高的黑浪拍在了甲板上，从甲板的一头，哗地一下扫到另一头，把一切扫荡一空，连人带物冲了个干干净净。

第一章

一股海浪滚来，涌上潮湿的沙滩，舔舐着俯趴在沙粒上的鲁滨孙的双脚。依然处于昏昏沉沉状态中的他，蜷缩起身子，向岸上爬行了几米。然后，他一骨碌仰面朝天地躺着。黑黑白白的海鸥一边呻吟着，一边在蔚蓝色的天空盘旋。一团网状的白云向着东方飘散，撕成丝丝缕缕的，这就是昨日暴风雨来袭后留下的唯一痕迹。鲁滨孙想挣扎着坐起来，但左肩上立即传来一阵闪烁性的疼痛。海滩上遍布着开膛破肚的鱼儿、壳破甲裂的蟹虾以及一团团暗褐色的海藻，总之，是一些只生存于一定水深中的海生物。在北方和东方，地平线向着大海遥远的天际自由地延伸，而在西边，视野却被一壁突兀于大海中的岩石悬崖遮挡住，看起来，这峭壁仿佛是一连串水中暗礁的延续。在大约两链[①]远的地方，弗吉尼亚号的身影矗立在岩礁丛中，这身影是那么凄惨，又那么可笑，毁断的桅杆和飘扬在风中的帆索正默默无语地为那场灾难哭泣。

---

① 链为旧时航海用的长度计量单位，一链约合200米。

风暴骤起的那一刻，范·戴塞尔船长的荷兰圆艏帆船想必位于胡安·费尔南德斯群岛的东北方向，而并非如他所以为的那样，在群岛的正北方。此后，航船就随风漂游，想来是被迅速刮到了马斯地岛[①]的浅水域，而不是自由自在地漂浮在位于该小岛与智利海岸之间一百七十海里空荡荡的大海上。对鲁滨孙而言，这至少是一个不那么于己不利的假设，因为，按照威廉·丹皮尔[②]的描绘，马斯地岛上生活着来自西班牙的居民，当然，他们居住得相当分散，散布在九十五平方公里的热带森林和草原上。但是，同样可能的是，船长的判断没有任何错误，弗吉尼亚号是撞碎在了一个无名的小岛上，位于胡安·费尔南德斯群岛和美洲大陆之间的一个小岛。不管情况如何，要紧的是立即寻找失事船上可能的逃生者，寻找这片陆地上的居民，假如这海岛果真有人居住的话。

鲁滨孙站起身子，挪了几步。他没有伤筋折骨，但是左肩上挫了一下，留下一大块发青的瘀斑。太阳已经高高地挂在空中，阳光强烈，他便采了一种蕨类植物的枝叶，卷成一顶喇叭筒样的帽子，戴在脑袋上，这种植物在海滩与森林的交界处长有很多。随后，他拣了一根树枝当拐杖，转身钻入了海岬脚下覆盖着荆棘的灌木林中，这火山岩的海岬有着高高的顶峰，鲁滨孙早就把它当作了辨别方向的标志。

---

① 马斯地岛为太平洋上一小岛。现已通称为鲁滨孙·克鲁索岛，归属智利。

② 威廉·丹皮尔（约1652—1715），英国航海探险家，著有《环球航行》一书（1697年出版）。

森林渐渐地变得茂密起来。越过荆棘丛后，便是一片芳香浓郁的月桂树林，还有红杉、雪松。干枯的和发霉的树根、茎干聚集起一大堆，迫使鲁滨孙一会儿要爬过植物形成的隧道，一会儿又要从离地面几米高的枝堆上迈过去，就像跨越浑然天成的天桥那样。藤蔓和枝杈杂乱地交错，在他身边织成一张巨大的罗网。在密林深处压倒一切的寂静中，他步步前进的声响清脆响亮，还伴随着唬人的回音。这里不仅没有一丝一毫的人踪，在他脚下延伸的这座绿色大教堂里，也没有动物光临。正当他一边打量着一截树根，一边思索着它是否比别的树根更为奇特一些时，他注意到，约一百步开外，有个纹丝不动的影子，很像是一头绵羊，或是一头肥胖的狍子。但是，渐渐地，那东西在绿莹莹的微光中变成了某种野羊，长着很长很长的毛。它高昂着脑袋，耳朵朝前挺着，看着鲁滨孙一步步地逼近，它竟像矿石一样纹丝不动地凝伫住了。一想到他将不得不和这头怪异的畜生擦身而过，或至少也要在它前面转身而返时，鲁滨孙感到一阵迷信般的畏惧，身子不由得战栗起来。他丢开那根实在太轻的拐杖，拣了一根黑乎乎的带疙瘩的树根，如果野羊冲过来的话，他足以用它粉碎进攻。

距畜生两步远时，他停了下来。在密密的浓毛中，有一只绿色的大眼睛直瞪瞪地盯着他，显出椭圆的、昏暗的瞳仁。鲁滨孙想起来，绝大多数的四肢动物受眼睛位置的限制，偏着用一只眼睛才能死死盯住一个物体，一头公牛在冲锋时，是一点都看不见自己要一脑袋猛扎过去的敌手的。从雕像一般挺身堵在小径中央的通体长毛的动物的腹中，传来一阵似笑非笑的声音。由于极度疲乏，鲁滨孙的恐惧陡然猛增，一腔愤怒蓦然侵入全身。他高擎起手中的粗木棒，使尽吃奶的力气对准野羊的两角之间打去。随着一记沉闷的咔嚓声，这畜生双膝一弯，跪倒下来，侧腹跌翻在地。这是鲁滨孙在岛上遇到的第一个活物。他把它杀了。

经过好几个钟点的攀登，他到达一块大岩石的脚下，在巨岩的底下，一个洞穴张着它黑洞洞的大嘴。他探身进入，发现里面的空间还真开阔，而且深得令他不想马上往里走了。他返身出洞，开始向上爬，一直登上怪岩乱石群的顶峰，看来这是这片陆地的最高点。确实，从山顶望去，四周圆环似的地平线一览无余：到处都是汪洋大海。这么说来，他身处于一个比马斯地岛要小得多的小岛，而且整个岛上渺无人烟。眼下，他才算明白了他刚刚结果了性命的那头野公羊行为奇特的原因：那畜生从来没见过人，是好奇令它一动不动地钉在了原地。鲁滨孙筋疲力尽，实在无力估量他遭遇的不幸究竟有多大……“既然这里不是马斯地岛，”他仅仅如此说道，“那么它就是荒凉岛[①]了。”他以这一即兴的命名，简单归纳了自身的处境。此时，太阳已经西沉。饥饿掏空了他的肚子，掏得他一阵阵地感到恶心。失望的情绪使他稍稍停步歇息。在山顶上游荡的时候，他发现了一种野生的

---

① 荒凉岛，语出《圣经·旧约·以赛亚书》第六十二章。“荒凉”的法文原文“Désolation”一词还有“忧伤”的意思。参见小说第六章所引《圣经》原文以及注文。

菠萝，比加利福尼亚的菠萝要小一点，而且还不那么甜，他用小刀将它切成小方块，当晚饭吃了。然后，他钻到一块大岩石底下，倒头酣睡，一夜无梦。

一棵巨大的雪松巍然挺立在杂乱的岩石堆之上，像是这一海岛的守护神，它的根系盘踞在洞穴的周围。当鲁滨孙醒转时，一丝微弱的西北风正吹拂而过，令原本平静的雪松枝叶稍稍活跃起来。眼前这棵植物的外形使他觉得活力倍增，或许还使他预料到，假如他的全部注意力还没有死死地被大海困扰、牵引住，那么，这个海岛将可能对他意味着什么。既然这片陆地不是马斯地岛，那它似乎应该是一个地图上并没有标出的小岛，位于大岛与智利海岸之间的某处。西边，是胡安·费尔南德斯群岛，东边，是南美洲大陆，而与这两者的距离却又无法确定，不过，假如单独一人要想驾木筏或独木舟横渡过去，则肯定是力所不及的。此外，小岛极可能处于通常的航线之外，因为以前根本没有人认识它。

尽管鲁滨孙为自己作了这样一番悲观的推理，他还是一边思考，一边仔细勘察了小岛的地形地貌。它的整个西部看来覆盖着厚厚的热带森林，枝繁叶茂，密林尽头是一壁陡峭的岩崖，屹立在海水边上。朝东望去，正好相反，看到的则是绿浪滚滚的一片草地，起伏不平，水足草肥，最后在临近海岸处渐渐演变为沼泽地，那边的海岸十分低平，而且遍布着环礁湖。只有小岛的北面仿佛可供航船停靠。那里是一大片沙土地的开阔海湾，东北以金黄色的沙丘为界，西北到礁石群为止。正是在那片礁石丛中，可以看到弗吉尼亚号的船体，它那圆圆的船肚上戳穿了一个大洞。

当鲁滨孙开始下山，走向他昨天刚刚离开的那片海滩时，他经历了最初的一种变化。他已经比早先更为庄重——也就是说，更为沉重，更为忧愁——因为他彻底地认识到并估量了现在的孤独，这种孤独或许将长久地成为他的命运。

他已经忘却了那头被杀死的野羊，等他沿着昨天行走的小径下山时，才又发现了它，它就横尸在小道中央。也几乎是在偶然中，他找到了那根木棒，它被丢弃在好几步远的地方。现在手中有了一根棍，他心中十分高兴，因为前面有六七只秃鹫，脑袋缩在双翅中，正瞪着粉红色的小眼睛，注视着他步步逼近。野公羊倒在乱石上，肚子已经破裂，鲜红的内脏流了一地，上面还带有兀鹫的羽毛，看来，盛宴早就开始了。

鲁滨孙一边朝前走，一边把他手中粗重的棍子抡得团团飞舞。秃鹫们伸开弯曲的脚爪，笨重地奔跑着，逃散开去，最后终于一只接着一只费力地飞离地面。其中一只在空中盘旋了一阵，又飞转回来，飞过时，弃下一团绿色的粪便，正好落到鲁滨孙近旁的树干上，摔了个粉碎。不过，鸟儿们的活儿倒是干得十分干净。那野羊只有肠子等内脏和生殖器官不见了，而其他部分很可能要等太阳炙烤上好几天之后，秃鹫才肯食用。鲁滨孙把公羊的尸体扛在肩上，继续赶路。

回到海滩后，他割下一大块羊腿，又捡来桉树枝，点燃了一堆篝火，用三根木棍支成一个束架，把羊肉挂在架上烤。他一面注视着大海尽头的天际，一面啃着羊肉，肉非常香，但老得筋韧难啃，噼啪作响的火倒比那烤肉更使他精神振奋。他决定永远维持这堆灶火的燃烧，既是为了温暖自己的心，也为了珍惜他从衣袋中找到的那块打火石，而且准备一旦碰到可能的救援者，便发出信号。眼下，什么都比不上弗吉尼亚号的残骸更能吸引从小岛附近洋面经过的航船上的水手了。破船一直平稳地架立在岩石上，十分引人注目，其景象看了令人心酸，它的一条条缆绳悬挂在折断的桅樯上，这一切，在任何一个多次远航世界各地的海员的眼中，仍能刺激起贪婪的欲望。鲁滨孙忽然想起，船舱里还装有各种各样的武器和食品杂物，他必须赶在下一次暴风雨袭来把船体彻底扫荡之前，尽早地把它们抢运出来。万一他不得不在岛上长期持续地逗留下去，他的存活就将取决于同伴们为他留赠的这笔遗产，眼下，他早已无法怀疑，他认定他们全都遇难了。最明智的行为是，分秒不耽搁地把货物卸下船，尽管这工作对他一个人来说，标志着巨大的困难。然而，他并没有马上这么做，他考虑到另一个问题，如若真的搬空弗吉尼亚号，就会使它在风雨的打击下更容易破碎，而这样一来，就会断送他最好的获救机会。实际上，他对于任何在岛上可能像是安居建设的工作，都感到有一种无法克服的厌恶情绪。这不仅是因为，他仍然坚持认为自己在这岛上的逗留时间不会太长久，而且，这还出于一种迷信的恐惧，他仿佛觉得，如果他为了安排自己在这片海滩上的生活而做了任何事，他就是在拒绝得到迅速救援的机会。他固执地把背转向陆地，眼中只有大海那凸鼓的、金属一般的洋面，仿佛拯救将立即从那里而来。

接下来的几天，他都用在给自己的存在做标记上，他竭尽所能地调动想象力，用各种手段表示岛上有自己这样一个人。在沙滩上始终不熄的灶火旁，他堆积了一大捆干柴枝，还有相当数量的海藻，以便在看到海尽头飘过一片船帆时，就能当即点燃一团浓烟滚滚的篝火。随后，他又想起一个办法，竖立一根桅杆，桅杆顶上搁放上一条很长很长的木杆，木杆的一头挨着地面。遇到紧急情况，他就往木杆的这一头绑上一团点燃的火把，再用系在木杆另一端的一根藤条一拉，这样，木杆弹起来，信号火把就升上了高空。但是，当他发现西面海湾的峭壁上有一棵枯死的桉树时，他又对这一计策不感兴趣了。这棵枯桉树有二百来尺[①]高，空洞的茎干构成了一条长长的通道，一直通向高天。他想，只要在树上堆积一些细枝和小柴块，就可以在很短的时间内把枯树变成一柄巨大的火炬，方圆好几里[②]远都能看见。他忽略了一点，没有竖立起当他不在场时也能被人看到的信号，因为他根本没想到他会离开这片海滩，他总觉得，或许再过几个小时，最晚明天或者后天，就会有一艘船为了他而在这里抛锚靠岸。

他无须费吹灰之力就能喂饱自己，任何时候他都能吃到

---

① 这里的尺可能指法尺（1法尺合0.325米），也可能指英尺（1英尺合0.305米），下文均同。

② 这里的“里”，原文为“lieue”，指法里，1法里约合4公里。

落到他跟前的、长在他手边的食物——贝壳、马齿苋叶、蕨根、椰子、棕榈芽、浆果，以及鸟类和海龟的蛋。第三天，他把野公羊的骨架远远地扔在一旁，任凭秃鹫啃噬，它的气味已经变得难闻了。但他很快就对这一举动感到后悔，因为，它的效果只是把那些讨厌的鸟儿警惕的注意力吸引到了自己身上。从此后，无论他到哪里，无论他做什么，一大群秃顶裸脖的博学者总是毫不容情地聚集在离他不远的地方。有时候，当他怒不可遏地向这些飞禽投掷石头或木柴时，它们也只是懒洋洋地躲避一下，就好像身为死神的奴仆，它们自身也是长生不死的。

他没有记下过去的一天天，他忘记了给它们记数。想必他以为会从他的拯救者们的口中得知，自从弗吉尼亚号失事以来，已经过去了多少日子。这样，他一直也没有确切地搞清楚，具体是在多少天、多少星期、多少月以后，他那无所事事、他那对地平线的被动监视开始成了他沉重的负担。大海的平面微微有些突起，如镜子一样闪闪发光，呈现出一望无际的蔚蓝色。它撩动着他的心弦，他突然有点心慌，担心自己成为幻觉的对象。首先，他忘记了一点，他的脚下本来就是一大片永远流动的液体。他在它身上看到的是一个坚固的、有弹性的外表，他只不过可以在它上面奔来跑去、跳上跃下。然后，更远一些，他想象那是某种神奇动物的脊背，那动物的脑袋应该位于地平线的另一端。最后，他似乎突然觉得，海岛、它的岩石、它的森林都只是一只巨大眼睛上的眼睑和眉毛，这眼睛又蓝又湿润，凝神探测着苍天的深远之处。这最后一个形象萦绕在他脑际，使他不得不放弃他冥思苦想的等待。他抖擞精神，决定着手干点什么。对丧失理智行为的恐惧，像鸟儿柔柔的翅膀，第一次轻轻地掠过他的心底。从此，这一恐惧就再也不会离开他了。

着手干点什么只可能有一种意义：建造一只有足够吨位的船，渡过海去到智利的西海岸。

这一天，鲁滨孙决定克服他的厌恶情绪，到弗吉尼亚号的残骸上探走一趟，以求带回一些工具和造船用的材料。他用藤条把十几根圆木绑缚在一起，扎成一个模样很粗糙的筏子，不过，在风平浪静之际，这种木筏还是很管用的。一根坚硬的木杆用来做了推进木筏的撑篙，因为在落潮时分，一直到最近一些礁石处的海水不算太深，而到达礁石群以后，就可以用撑篙点着礁石前进了。他来到搁浅的船体那巨大无比的阴影下，把木筏停泊在深水中，下水游泳绕船体转了一圈，想找到一个把筏子靠上去的办法。船壳外表没有一处碰伤的痕迹，看来是戳在了一块可能隐没在水底的尖利礁石上，被它像托着一个底座那样顶在水上。总之，假如当初水手们充分信任这艘英勇的弗吉尼亚号，坚持留在中舱，而不是贸然出门暴露在遭到浪涛扫荡的甲板上，所有人或许还能幸存下来。当鲁滨孙攀着一根从船艏锚链孔悬下的缆绳爬上船时，他的脑子里闪过一个念头，兴许还能在船上找到范·戴塞尔船长。他离开之时，船长确实受了伤，但说不定现在仍然活着，而且还待在他的舱室里呢。等他跳上艉楼时，只见那里满地堆积着杂乱的桅杆、横桁、锚链以及撕成了碎布条的帆索，乱糟糟的，简直难以插脚。这时，他发现了瞭望哨手的尸体，始终被紧紧地卡套在绞盘上，好像一个绑在木桩上的死刑犯。这个无处躲藏的可怜人，被突如其来的可怕撞击打得骨架脱臼，在徒劳地发出警报之后，便以身殉职。

船舱里，同样是一片混乱景象。不过，好在水还没有渗进来。当他发现，箱子里满满当当地堆放着一些饼干和干肉时，便顾不上没有淡水，狼吞虎咽地饱餐了一顿。当然，那里还留有几只装着葡萄酒和刺柏子酒的短颈大肚瓶，但是，由于长期形成的斋戒习惯，肌体十分自然地对发酵饮料感到排斥性的厌恶，他也就没有去动这些酒。船舱里空荡荡的，但他发现船长僵硬地躺在这一航船的避难所里。那个大胖子像是听到有人在喊他，微微挪动了一下，好像要站起来，鲁滨孙见此情景，不由欢喜得全身颤抖。这么说，那场灾难还留下了两个幸存者！但是，说实在的，范·戴塞尔的脑袋已然是个血糊糊、毛茸茸的圆球，无力地朝后耷拉着，随着胸口传出一阵阵奇特的跳动，它也一跳一跳地动弹着。当鲁滨孙的身影移动到靠舷梯的门口时，船长那污痕斑斑的短上衣突然被掀开来，一只硕大的老鼠从里头逃出，后面跟着两只稍小一些的。鲁滨孙急忙躲开，身子一踉跄，当即往满地的杂物上大口地呕吐起来。

对弗吉尼亚号所载货物的性质，他并未表现出过多好奇。上船后不久，他肯定就已问过范·戴塞尔船长这个问题了，但当船长以一种令人反感的玩笑搪塞时，他也没有再坚持问下去。那个胖子船长当时解释说，他对荷兰奶酪和瓜诺[①]很在行，这种叫瓜诺的产品和荷兰奶酪十分相像，又滑又腻，颜色有些泛黄，气味有些酸腐，使人想到干酪。因此，当鲁滨孙发现四十来吨用绳索紧紧捆牢、堆在货舱中央的黑色火药时，他并不觉得有什么可大惊小怪的。

他必须花几天工夫，把这些火药搬运到木筏上，再运回陆地，因为有一半时间是涨潮，他不得不中止运输。这些时间，他就用来给火药盖上棕榈叶，再在上面压石块固定住，使之免遭雨淋。他还从船上搬回了两箱饼干，一架望远镜，两把用燧石打火的火枪，一把双筒手枪，两把斧头，一把横口斧，一柄锤子，一把滚刨，一包麻，还有一大匹红色的平纹薄布——这种不值钱的布料是专门用来跟可能遇上的土著交换货物的。他在船长的舱室里寻得了那桶著名的阿姆斯特丹烟草，盖子盖得紧紧的，打开后，里面还有那杆陶瓷大烟斗，尽管娇脆得很，但竟然乖乖待在烟草通道中毫发未损。他还往木筏上装了许多从甲板上、舱壁上拆卸下来的木板。最后，他在大副的舱室里找到一本保存完好的《圣经》，用一片破旧的帆布把它裹好后，带了回来。

第二天，他就开始动手建造一条船，他预先为这条船取名“越狱号”。

---

① 瓜诺本是一种海鸟的粪便结成的石头一样的硬块，是一种强效的肥料。

第二章

在岛的西北边，峭崖笔直地矗立在一片满地细沙的小湾头上，穿过一长溜疏疏朗朗地覆盖着细小欧石楠的坍塌的岩石，很容易靠近这片细沙滩。这凹形海湾的高处是一块大约一英亩半的林中空地，空地十分平坦，鲁滨孙就是在那里的野草底下发掘出一根香桃木树干的，这根香桃木足足有140多尺长，又干燥，又直挺，木质又好，鲁滨孙打算用它来做越狱号的主体。他把从弗吉尼亚号上卸下来的工具、材料带到那里，并决定在这块小小的高台上建立他的船坞，这块高台的最大好处在于视野开阔，一眼望去，大海的地平线尽收眼底，如有救星来到，便能立即看见。最后还有一点，那棵空心桉树离这里也不太远，一旦发生紧急情况，完全不会耽误及时点燃信号。

动手干活儿前，鲁滨孙高声朗读了几页《圣经》。他虽从小在贵格会教派[1]的精神培养下长大——他的母亲属于贵格

① 贵格会，又称公谊会，是基督教新教的一个教派，宣扬和平主义、博爱仁慈和风俗简朴。

会教派——但他从来都不是神圣经书的热心阅读者。不过，他那异乎寻常的处境，当然还有偶遇——它与天命竟是那么相像，全靠天意，这本万书之书落到他的手中，成了他唯一的精神食粮——促使他要在这些令人敬畏的书页当中寻找他如此需要的精神援助。这一天，他以为在《创世记》的第四章[①]——就是讲述大洪水和建造挪亚方舟的那一章——中找到了一个显然的拯救之舟的启示，暗示从他手中将诞生一条拯救之舟。

他先是把高高的野草和乱蓬蓬的荆棘清理干净，辟出一块足够大的工作场地，然后把那根香桃木树干滚到场中，开始砍除枝丫。接着，他用斧头一下一下地把它削成一条长方形的梁柱的样子。

他工作得很慢，仿佛是在一步一步地摸索着做。他心中唯一的样板，是小时候参观过的一个造船坞，那是建在约克郡乌斯河[②]边上的一个专门造渔船的小作坊，此外就是，他和他的兄弟们曾试图建造、后来又不得不放弃的用于漫游的多桨小赛艇的回忆。但是，他有无限的时间可以支配，他是被一种不可抗拒的需要驱使着，投身于这项工作的。每当感到气馁时，他就把自己与一个囚犯相比，他想象这囚犯正用一件命运所赋予的工具锉着窗栏上的铁条，或者用自己的手指甲在牢房墙上挖一个洞，这样，他就觉得在不幸中他还算是幸运的。这里，还要补上一句，由于从海难那天起就忘了记

① 原文的说法疑有误，应为《创世记》第六至七章。

② 在英格兰的约克郡，有好几条河都叫乌斯河。

日子，他对消逝的时间就只剩下一个模模糊糊的概念。在他的记忆中，日复一日，每天都那么相似，好像重叠在了一起，他甚至觉得，每一个清晨的来临，都是头一天的重新开始。

乌斯河畔船坞的木匠们把未来航船的零部件一块块组装起来后的形状，他确实还记得。但是，想办法弄到或者制造一个能提供蒸汽动力的锅炉，却是一个天大的难题。他只有一个微妙而又费力的解决办法，即用斧头削出各个部件的轮廓，再组合起来。设计制作流线型的艏柱和艉柱是那么难，他甚至不得不放下斧头，而改用更细巧的小刀来把木板刨薄。他提心吊胆的，生怕毁了那根香桃木，因为它是上天赐予他的越狱号的主船体。

当他看到一群群秃鹫在弗吉尼亚号残骸上空盘旋不已时，他想到了自己竟然把船长和放哨水手的尸体留在船上而没有埋葬，良心便像刀绞般地疼痛。但是他后来一再把此事向后推，毕竟，把这两具腐臭发烂的尸体搬下来，再运到陆地上，对他一人来说，这是一项十分可怕的使命。若把它们从船上扔下水，很可能会把鲨鱼招引到海湾里来，它们一定不会放过任何机会，而久久地逗留在此，等待着意外收获。由于第一次的冒失，他已经引来了那么多馋嘴的秃鹫，而且它们还不紧不松地监视上了他。最后，他对自己说，一旦鹫鸟和老鼠打扫干净了尸体，他总归有时间去收集清洁而又干燥的尸骨，并把它们安葬到一个体面的坟墓里去。一想到这两位死者的灵魂，他甚至向他们发誓，要为他们建一个小小的礼拜堂，每天都去为他们祈祷。现在，死人是他仅有的同伴了，他理所当然地应该在自己的生命中为他们选好一方安息之地。

尽管在弗吉尼亚号上翻箱倒柜地寻了一个遍，他还是没有找到一枚螺丝、一颗钉子。同样，由于他没有曲柄手摇钻，零散部件的销钉装配也进行不了。他只好委曲求全地用榫槽和榫头把一块块的散件咬合在一起，而且把榫头削成鸠尾形的楔子榫，使之咬合得更为牢固。他甚至还想到，在把榫头揳入榫槽之前，先用火燎得硬一些，嵌合之后再用海水浸一浸，使榫头膨胀起来，这样，使它们接合得严丝合缝。在这个过程中，木榫曾经上百次地开裂，不是因为燎烤过了头，就是由于浸水不恰当，但他每一次都孜孜不倦地重新开始，就这样，他好像只是在一种梦游者般的麻木中活着，再也不感到劳累，再也不感到厌烦。

骤然而起的暴雨和地平线上的白色云条，预示着天气要变。一天早上，天空看起来仿佛跟平常一样明澈，却带有一种金属般的色调，这引起了他的不安。前几天呈现的透明的蓝转变成了晦暗的、铅灰的蓝。不一会儿，整整一大块黑沉沉的乌云从地平线一头卷来，接着便盖住了另一头，雨点顿时噼里啪啦地扫射到越狱号的船壳。鲁滨孙起先并不打算理会这突变的天气，但很快便不得不脱下衣服，因为被淋湿的衣服越来越重，妨碍了他的行动。他把脱下的衣服放在船壳已完成的部分底下，不让雨水再淋着。接着，他迟疑地站了一阵，注视着温暖的雨水淋在他身上，冲刷着粘在皮肤上的灰土和污垢，看着它们被冲溶成一股股细小的泥浆。他浑身红棕色的体毛一绺一绺的，顺着肌肉着力的方向支棱着，像是一块块金属片，突出地显现了他的兽性。“一头金色的海豹。”他想，嘴角露出一丝暧昧的微笑。随后，他撒了一泡尿，一想到能在冲刷着他四周一切的大洪水之上，再增添上自己一份小小的贡献，他心中感到很有意思。他突然感到自己放假了，一阵兴奋的情绪袭来，不禁跳起舞来，正在这时，一阵雨点打得他睁不开眼，又一阵狂风刮在他的身上，他赶忙飞奔到树林里去躲雨。

大雨还没有穿透密密麻麻、重重叠叠的簇叶交织成的绿顶，它只是擂鼓般地在上面击打出沉闷的声响。一股闷湿的蒸汽从土地上升腾，消散在枝叶交叉的穹顶中。鲁滨孙随时随地等待着雨水最终穿透叶丛，把他淋得精湿。这时，他脚下的土变得越来越泥泞，然而，他的头上肩上却始终不见有一滴雨水落下。等到他发现，顺着每一根树干都有一小股水流偷偷流下时，他这才明白，树皮上原来都留有一道道凹空的沟，而且仿佛生来就是为了漏雨的。几个钟头以后，夕阳从地平线和云层的下线之间露出脸来，将一片火红色的光芒遍洒在海岛上，而大雨仍丝毫没有减弱的势头。

刚才鲁滨孙那股孩子般的欢快劲头，现在一下子消逝得无踪无影，同时消散的，还有使他沉浸其中发奋工作的那一种迷醉。他觉得自己一下子沉沦于一个无依无靠的精神深渊中，孤零零的、赤裸裸的，无法自拔；在这启示录一般的世界末日景象之中，与他为伴的一切社会因素，只剩下两具在一艘破船甲板上正在腐臭的尸体。他这种生平首次经历的赤身裸体的经验的意义，只有等到以后才能明白。当然，温暖的气候也好，任何一种羞耻的情感也好，都并没有迫使他一定要穿上文明人的衣服。但是，假如说他是出于习惯，迄今为止一直保留着服装的话，那么，对不久之前人类社会仍披裹在他身上的这一副毛与麻的盔甲，他依然以自己的绝望体验了它的价值。一个人，只有当被一大批同类暖暖和和地簇拥着，可以毫无危险地亮出自身时，赤身裸体才是一种奢侈。而对于鲁滨孙，他的心灵状态多长时间不改变，裸体就在多长时间里是一种有致命危险的鲁莽的考验。摆脱了这些可怜的套索①——用旧的、撕烂的、脏污的，却来自几千年的文明，浸透着人性——之后，他赤裸的肉体就面临着受伤害的危险，就如一张白纸暴露在粗犷的自然因素的照耀下。风、仙人掌、石头，还有那无情的阳光，都包围、袭击、伤害这一毫无自卫能力的猎物。鲁滨孙感到自己死了。一个被创造出来的人难道曾经经受过一种如此残酷的考验吗？从海难以来，违逆上帝旨意的反抗话语第一次从他嘴里脱口而出。“上帝啊，”他喃喃道，“如若你还没有完全背弃你的造物，若你不愿意让他在不久的未来被你加在他头上的失望的重负压垮，那么，你就显灵吧。请你答应我，给我一个信号，证明你就在我的身边！”随后，他就紧紧地咬着嘴唇，等待着，就像那在智慧之树下的第一个男人，这时，雨水已

---

① “套索”的原文为“hardes”，指用来把四个或六个猎犬系在一起的系犬索。

经渗退，但土地仍然又软又湿。当他听到大雨的咆哮声在树叶丛中又加剧，一切似乎都要溶解在从地面盘旋升起的雾气中时，他看到地平线上显现出一道彩虹，比大自然本身所能创造的更为宽阔、更为灿烂辉煌[①]。何尝只是一道彩虹呢，它就像是一道几乎完美无缺的光环，只有最低的一段消失在水波中，它以一种令人惊叹的绚烂，展现出光谱上的七层颜色。

暴雨来也匆匆，去也匆匆。鲁滨孙重新找出他的衣服，也重新找到了他工作的意义与坚定的信念。他立即就克服了这一短暂但有教育意义的软弱。

当他专心致志地把自己的全部重量压在一根船肋上，要把它弯成一个准确的夹角时，他突然产生了一种混沌的情愫，觉得有目光在注视着他。他抬起头，他的目光便与泰恩的目光相遇了。泰恩是弗吉尼亚号上的狗，这条血统平庸的英国雪达犬，像一个孩子那样有感情，帆船遭难之际，它正和放哨的水手一起待在甲板上。这畜生在十步远的地方一动不动地待着，耳朵尖尖地竖起，左前爪弯曲着。一阵激情烧热了鲁滨孙的心。这一回，他千真万确地相信了，他并不是海难中唯一的幸存者。他一边朝这只动物走了几步，一边连连叫唤着它的名字。泰恩属于狗类中的这样一种，它对人类的在场、对人的声音和手势，表现出一种源自生命力的、不可抗拒的需求。奇怪的是，它并没有呻吟着急忙冲向鲁滨

① 在《圣经》中，彩虹为上帝与下界立约的象征。

孙，拱起脊背，狂摇起尾巴。鲁滨孙刚走到离它几步远的地方，它就急忙扭身后退，下嘴唇翻卷起来，发出愤怒的咆哮声。然后，它猛然掉转脑袋，飞也似的窜向灌木丛中消失了。鲁滨孙尽管很失望，却仍然把这次相遇当作一份暂留的欢乐，这份欢乐支持他度过了好几天。此外，泰恩那令人无法理解的行为影响了他关于越狱号的想法，为他的想法提供了一份全新的营养。是不是应该认为，海难事件的恐惧与痛楚使得可怜的畜生变疯了？或者说，船长之死给它带来的悲伤是那么深重，使它再也不能忍受另一个人的存在？但是，另一种假设又涌上他的脑子，更令他心中充满忧虑：或许它在荒岛上已经生存了如此长的时间，以至于最终自然而然地复归到狗类的野性状态。自从弗吉尼亚号失事以来，已经过去了多少日子、多少星期、多少月、多少年了？当鲁滨孙对自己提出这个问题时，他的脑袋不禁有些晕眩。这时候，他觉得自己像是往井里扔了一块石头，正徒劳地苦苦等待从井底传来石头坠落的声响。他发誓道，从此以后，他每天都要在岛上的树上刻一道记痕，每30天刻上一个十字。随后，他便忘记了自己说过的话，又埋头于越狱号的建造工作中。

越狱号渐渐地成个样子了，一艘宽宽的独桅帆船的模样，艏柱稍有一点点往上翘，显得略微有些笨重，大约有四五个吨位的容积。要想试一试运气，成功地渡过海去，到达智利海岸，船就不能更轻了。鲁滨孙选择只用一根桅杆，它可以撑起一片拉丁式的三角帆，这种帆既保证有足够大的承风帆面，又能很容易地由船上唯一的人来操纵，尤其考虑到侧风（南北向的风）行驶时便于掌握，在朝东航行时，一定要预见到这类总占主导的侧风。桅杆应该穿透舱面，一直插在龙骨上，以牢牢地和船壳合为一体。在安装甲板前，鲁滨孙最后一次用手摸了摸船左右舷内侧的表面——又平滑，衔接又紧密，他幸福地想象着，当他第一次把船只放下水时，所有衔接处都正常地渗出水珠来的情景。大约要经过好几天的浸泡之后，木头才会膨胀开来，船壳才会变得密不漏水。一片片甲板由同时连接起船壳左右两边的横梁支撑着，铺设甲板需要他独自一人认真工作好几个星期，不过，他绝不能免去这一项工作，因为，在风雨天气里是不能让海水漫上船来的，而且，在横渡海洋的过程中，航行者必不可少的生活用品一定得存放在避雨挡风的地方。

在鲁滨孙所有的工作中，他特别苦恼的是没有一把锯子。假如使用这种工具——用侥幸的办法是根本不可能制造成的——而不是局限于用斧头砍和用小刀削，本来可以使他省去好几个月的工时。一天早晨，当他被一种声音吵醒时，他甚至怀疑由于日思夜想渴望得到锯子，自己仿佛已经神志恍惚，产生了幻觉，他听到的声音只能被解释为像是有人在锯木头。声音突然停下来，仿佛锯工换了一下姿势，随后，它又响了起来，恢复了持久的单调。鲁滨孙轻手轻脚地从他平常睡觉的石洞中爬出来，踮着脚朝声音传来的地方走去，同时努力调整着自己的情绪，以备万一看到前面出现一个人时，不至于过于激动。终于，他在一棵棕榈树下发现了一只巨蟹，正用它的爪子抱定一颗椰子，并伸着大螯钳使劲地锯着椰子。在20尺高的枝叶丛中，另一只蟹正击打着椰子的蒂部，把它们打下树来。这两个甲壳动物似乎根本就不理会海难者的闯入，心安理得地继续着它们喧闹不已的活计。

这一场景引发出鲁滨孙心底里的恶心。他又回到越狱号的空地中，深深地坚信，这片陆地于他是那么陌生，它充满魔法妖术，而他的船——透过一片染料木[①]林，他已经看到了它那庞大而又可爱的身影——则是把他与生命连接在一起的全部东西。

由于没有油漆或者沥青等可以用来涂在船帮上的东西，他便按照一种他曾在乌斯船坞观察到的方法，动手制作起粘胶来。他先得把一片枸骨叶冬青树的小林子几乎剃刮干净，这是在他开始竖船桅的时候就已经定下的目标。在整整45天之中，他先要削掉这种小灌木初生的树皮，然后把内皮切割成长条，收集起来。接着，他把这些多纤维的、乳白色的东西放在一口锅里久久地用水煮着，等着它们慢慢地分解，直到最后变成稠稠的、黏糊糊的浆液。随后，他还要把这黏液在火上烤一烤，趁它还热乎时就抹到船壳上去。

越狱号完成了，但是，它那长久的建造历史却永远地写在了鲁滨孙的皮肉中，难以抹去。皮肤裂口、火燎痕迹、刀伤口子、老茧胼胝、擦不掉的斑点、伤疤上的赘肉，这一切都讲述着，他为建成这艘矮壮而又带有翅膀的小船，曾进行长期的顽强斗争。由于没有工作日志，当他想回忆起什么的

---

① 染料木为一种矮小灌木。

时候，他就注视着自己的身体。

他开始收拢打算带上船去的各种储备物资。但他转而又立即放弃这一工作，他想，最稳妥的还是先把小船放入水中，检验它在海洋里的耐久度，以确保它的密封性。实际上，确实有一种无言的忧虑揪住了他的心，他担心某种失败，担心某种意外的打击，使他成功的机会化为泡影，使他拿自己生命作赌注的工程化为乌有。他想象着越狱号会在最初的试验中显出某种质量上的严重瑕疵，比如说，吃水过深——那样的话，船就很难操纵，一点点风浪就将把它覆盖，或者正相反，吃水过浅——这样，一旦稍稍丧失平衡，它就将倾覆。在他那些最可怕的噩梦中，它刚刚碰到水面，便一下子直沉海底，就像一锭铅块，而他，则把脸钻进水里，眼睁睁地看着它向青绿色的深海底沉去，左一摇右一晃地消失在越来越阴暗的海底。

尽管一些不详的预感使他推迟了很长时间才试水，最后，他还是决定豁出去冒险一试。但是，要把重达一千多磅的船壳从沙滩上一直拖到海水里，是一件不可能的事，他对此倒没有表现出太吃惊的样子。不过，第一次试验就遭失败，倒使他意识到一个他从未严肃考虑过的严重的问题。对于他，这是一个发现自己心灵经历变化的机会，在独自一人生活的影响之下，他的精神确实发生了变化。同时，他注意力涉及的范围也变得更深化、更狭小了。他越来越难以做到同时想好几件事，甚至难以把自己的注意力从一个对象转到另一个对象上去。他由此发觉，他者对我们是一个强大的

分心的因素，这不仅仅是因为，他者不断地干扰我们，把我们从当即的思想中拉扯开去，还因为，只要有他者突然出现的可能性，它就将在我们注意力四周的物的世界上投射下一道模糊的微光，并随时可能成为这一世界的中心。事物的这种处于边缘的、如幻影一般的显现，渐渐地从鲁滨孙的精神中被抹去，因为在即时范围中，他并不关注这些事物。从此往后，处在他周围的物体就都是服从于“有则全有，无则全无”这种粗略规律的物体了，就这样，他所有心思全被越狱号的建造占据，当然也就根本没有考虑它如何下水的问题。这里，最好再补充一句，他同时也被挪亚方舟的例子强烈地掩没[①]了，挪亚方舟对于他，仿佛已经成了越狱号的原型。方舟完全在陆地上建造，远离任何滩岸，它等待着洪水从天而降，或者从群山之巅奔腾卷来，一直来到它面前。

当他把滚木塞在船壳的龙骨底下，就像他当年看到人们在修复约克城大教堂时为搬运大石柱所做的那样，想让船体滑动起来时，他又一次失败了，起初已得到了控制的惊恐，又攫住了他的心，令他顿时六神无主。船体纹丝不动，于是，鲁滨孙干脆捅穿一侧的船肋，在旁边打一个木桩，用一根长撬棒支在桩子上，一点一点地把船壳往前撬。经过三天的努力，疲劳与愤怒使他眼前一片发花。这时，他想到了使船入水的最后一招——既然他无法让越狱号一直滚动到海

① 作者本人对掩没（obnubiler）一词有一个解释：“来自拉丁语‘nubes’：意为云朵。掩没就是被云朵遮盖。这个美丽的词很少用于它的原义。它的转义是：思想变得糊涂。”

里，他兴许可以让海水一直升涨到船边。为了达到这一目的，只消挖出一条小运河来就成，这一渠道从海滩开始，向着建造船舶的工地延伸，而且应该有规律地逐步加深。船儿最后只要撬入运河，涨潮时的海水每天都会滚滚而来，涌到它的跟前。他当即投入到挖河工作中去。随后，等到头脑冷静下来时，他认真估算了一下从船到海滩的距离，尤其估算了他眼前立足之地的海拔高度。运河看来必须挖到120码[①]长，而且要在海边石崖下挖到100多英尺深。这样一项浩大的工程，就算他身强力壮地干上一辈子，恐怕也不一定能挖出来。推想至此，他只得停工罢手。

群蚊像云团一般飞舞在淤泥塘上空，泥塘中流动着黏糊糊的漩涡，一只野猪幼崽躺在那里，只露出一张泥点斑斑的嘴，紧贴在母猪的肚皮上。好几群美洲野猪把它们憩息的泥潭安置在了小岛东海岸的沼泽地里，每天最炎热的几个时辰里，它们就死泡在那里不动。但是，当懒洋洋的母野猪纹丝不动地和烂泥混成一体、难分彼此的时候，它的那一窝小崽却不断地发出尖利的哼叫声，在那里乱拱乱钻，你挤我搡。等到太阳的光线开始斜射的时候，母野猪突然从它的麻木中惊醒，猛一使劲，挺起它那湿淋淋的硕大身躯，站到一块干燥的土地上，猪崽们一边刺耳地尖叫着，一边赶紧扑腾着小蹄狂奔，以免被淤泥吸住。随后，整群野猪一个紧跟着一个

① 1码为3英尺长，合0.9144米。

离去，留下荆棘被踏、树木被折的一片喧嚣声。

正是在此时，轮到一尊湿泥的塑像开始活动，并在灯心草丛中滑行了。鲁滨孙早就记不清，他把自己最后一片破烂衣服留在荆棘丛的刺窝中已有多长时间了。此外，他早就不怕太阳的热光了，因为在他的背上、腰肋和大腿上，干了的排泄物已经结成了一层硬壳。他的胡子和头发连成乱蓬蓬的一团，而他的脸孔则消失在这一大片毛发之中。他的变成钩形残肢的双手只用来行走，因为，他一旦想要站立起来，便每每感到头晕目眩。他的虚弱、小岛上沙土与淤泥的柔软，尤其还有他心灵中某种小弹簧的断裂，使他在移动时只能俯身爬行。他现在知道了，人与那些负伤者原本是十分相像的，那些负了伤的人，他们在骚乱或者暴乱中，只要有人群拥挤地支撑着，就能够一直站立着不倒下，而一旦人群散开，他们就会轰然倒地。他成群结队的兄弟，原先在人类社会中不为他所知地扶持着他，而现在，他们突然离他而去，他感到再无力量独自一人在自己的两腿之上支撑起身体。他鼻子凑在地上，吃着叫不出名称的东西。他就地排泄粪便，并常常在自己那软绵绵、温乎乎的排泄物上打滚。他越来越懒得挪动身子，而简单的运动也往往把他带到烂泥塘中。他的身子陷在淤泥那潮湿而热乎的包围之中，把他从自身的重量中解脱了出来，同时，腐滞的死水散发出有毒气体，熏得他的神志越来越糊涂。只有他的眼睛、他的鼻子和他的嘴，在流动着浮萍和蟾蜍卵的水面上漂浮着。他从世间大地的束缚中解脱出来，沉湎于一种迟钝的梦幻里，追随着回忆的碎片，这些回溯着他的往昔的记忆絮片，在静止不动、枝叶交错的天空中飞舞。他重又寻回了像毡子一样粘结起来的他曾度过的时光，那时他还是个孩子，蜷缩在他父亲开的囤积着大批羊毛与棉织品的阴暗的商店角落。堆积的布匹在他四周形成了一个柔软的要塞，它令人难以察觉地吸收了种种声音、种种光线、种种撞击和种种气流。在这封闭的气氛中，飘荡着一种混合着羊毛粗脂、灰尘和油漆的永恒不变的气味，此外还要加上一种安息香[①]的气味，那是克鲁索老爹在整个倒霉的季节里为防治那纠缠人的伤风而不断熏用的。相较这个又腼腆又怕冷的小个子男人，这个总是俯身在他高高的斜面书桌上或者戴着夹鼻眼镜低头查看他的账本的老板，鲁滨孙觉得自己与他相像的地方实在只有红棕色的头发而已，其余一切都像当老板娘的母亲。淤泥塘为他揭示了他特有的自我反省、放弃面向外部世界的本能，使他明白，他比自己所以为的，还更像是个约克城小呢绒商的儿子。

在许多时辰里迷迷瞪瞪的沉思冥想中，他发展了一种哲学，这一哲学本应是那个被遗忘的男人的哲学。只有过去才是一种值得注意的存在，具有一种值得注意的价值。现在只配作为回忆的源泉、作为过去的作坊。活着的重要性仅仅在于，它是为了增加过去这一珍贵的资本。最后，死亡来临：死亡不是别的，它仅仅是等待已久的享受这一积累起的金矿的时刻。我们被赋予永恒，是为了使我们在更深刻的意义上

① 安息香亦称“白花树”，安息香科。落叶乔木。伤其干部，泌出的树脂干燥后呈红棕色半透明状，亦称“安息香”。

再次获得生命，使我们活得比在现时的动荡纷纭之中更加认真，更加聪明，更加感性。

在一条河的干枯支流中啃吃一丛水田芥时，他听到了音乐声。它那么缥缈，但又那么清晰，这是一曲天上的交响乐，是银铃般的嗓音发出的合唱，伴随着竖琴和低音古提琴的和弦。鲁滨孙以为是从天上传来的音乐，由此断定自己即便还没有死去，也活不了多长时间了。但是，当他抬起头时，他看见在东方的地平线上显露出一点白色的船帆。他一下蹿起来，飞也似的奔到越狱号的工场，在乱七八糟地堆放着的工具中一通寻找，他的运气实在很好，几乎当即就发现了他的打火石。然后，他又一溜烟地跑向那棵中空的桉树。他点燃了一小束干柴枝，把它塞到树干齐根处豁开的那个裂洞中。一股呛人的浓烟随即从树洞中冒了出来，但是，他所期望的那场大火看来还得等待一会儿。

不过，没有必要了。航船朝着海岛驶来，直奔“拯救湾”方向。毫无疑问，它将在最靠近海岸的地方抛锚，并将立即放下一条小艇来。鲁滨孙发狂似的傻笑着，东奔西跑地到处乱寻，想找一条裤子和一件衬衫，最后终于在越狱号的船壳底下找到了。然后，他急急忙忙跑向海岸，同时用手在脸上乱抓乱挠，以期把覆盖在脸上的浓密毛发撩开。航船趁着一阵顺当的西北风，姿态优雅地倾侧着，朝着泡沫飞溅的浪花斜垂下它满满的风帆。这是一艘旧式的西班牙大帆船，专用于把从墨西哥获得的珍贵宝石和贵重金属运回西班牙。

鲁滨孙似乎觉得，每一次波浪落到吃水线以下时看到的船的水下部分，实际上是金黄色的。船上挂着满旗[①]，在主桅的顶端，猎猎飘舞着一面黄黑相间的燕尾式长三角小旗。随着它渐渐靠近，鲁滨孙看清楚甲板上有一大群穿戴得五颜六色的人，从船头的艏楼一直到上甲板，全都站得满满当当的。船上仿佛在举行一场盛大的庆贺典礼，大肆铺张。音乐声来自一个小小的弦乐队和一个童声合唱团，小歌手们身着洁白的衣袍，排列在船的艉楼上。在一张摆满了黄金和水晶器皿的桌子旁，一对对绅士淑女翩翩起舞，仪态万方。似乎没有一个人看到那个遭海难的人，甚至也没有人发现仅仅不到一链远的海岸。航船掉转航向之后，便沿着海岸线航行。鲁滨孙在沙滩上跑着追它。他高声呼叫，挥舞双臂，停下脚步，捡起卵石，向帆船方向扔去。他跌倒，爬起来，又跌倒。西班牙大帆船现在已经到达头几道沙丘的水平线上。鲁滨孙跑过了沙滩，便被与沙滩相接的一片片环礁湖挡住去路。他纵身跃入水中，竭尽全力向航船游去，现在他只能看到那船儿花团锦簇的艉楼胖鼓鼓的屁股。在开向舷台的一个舷窗上，一个年轻姑娘凭窗远眺。鲁滨孙看到了她的面容，看得特别真切。她的脸十分年轻，十分娇柔，一副弱不禁风的神态，似乎稍显憔悴，然而又被一丝苍白的、疑虑的、无所凭倚的微笑所照亮。鲁滨孙认识这个女孩子。他敢肯定。但她是谁，到底是谁呢？他张开嘴巴想喊她。咸涩的海水涌入了他的喉

① 在船上挂满旗往往表示庆祝重大节日，举行隆重活动，或用于迎接国家元首、政府首脑、军队高级将领。

咙。一片青苍的暮色包围了他，在暮色中，他还有时间看到一条小鳐鱼[1]的丑陋嘴脸后退着隐去。

一股烈焰如飞腾的火柱把他从麻木状态中惊醒。他多么冷啊！难道是海水第二次把他冲回了同一片海岸？那边的高处，在西面的悬崖峭壁上，桉树正像一把火炬在黑夜中燃烧。鲁滨孙踉踉跄跄地朝着这一光与热的源泉走去。

就这样，本来应该荡掠汪洋大海、向全人类发出警报的这一信号，现在却仅仅吸引了他一个人的注意，仅仅他一人而已，真是天大的笑话！

他蜷缩在草丛中度过夜晚，脸孔朝向树根部那裂开的白炽的洞穴，看着它透出闪亮的火光，灶火的热量越来越弱，他也越来越向它靠近。大约在拂晓时分，他才终于为西班牙大帆船上的年轻姑娘想好了一个姓名——实际上，应该是一个名字。这个名字就是露西，这是两个五年祭[2]之前夭折的他小妹妹的名字。这样，他就不能不怀疑，这艘另一个世纪的航船的出现，是他精神错乱、胡乱想象的某种产物。

他站起身，看了看大海。这片闪着金属般光泽的水之平原，已经被太阳最初的一大批箭射住，定在那里，它曾经是他的诱惑、他的陷阱、他的鸦片。这海洋，在使他堕落之后，现在又差一点把他推向黑暗的疯狂境地。必须冒着死的

---

① 鳐鱼是一种扁体软骨鱼，为欧洲常见的食用鱼，通常被认为是很难看的，法国人说一个人是“鳐鱼嘴”，就是在骂人“丑八怪”。

② 在古罗马，每五年要举行一次大祭，称五年祭。

危险，寻找到力量从中挣脱出来。小岛就在他的身后，这是一片辽阔的处女地，充满了有限的允诺和严峻的训诫。他将把命运掌握在自己手中。他将勤奋工作。他将不再想入非非，他将消耗他与他那毫不容情的配偶——孤独——的婚姻。

他转过身，背朝汪洋大海，朝着疏疏朗朗地散布着大蓟的乱石岩深处走去，走向海岛的中心。

第三章

接下来的几个礼拜，鲁滨孙全都用来系统地勘察小岛，调查它的自然资源。他一一记下那些可以食用的植物、那些对他可能有所用的动物、那些水源、那些天然庇护所。真是幸运，弗吉尼亚号的残骸在好几个月风雨的猛烈摇撼下，还没有完全坍塌，尽管船体和甲板有好几大块部件已经不见了，船长和那个水手的尸体也荡然无存。对此，鲁滨孙心中甚感欣慰，不过，他依然感受到强烈的内疚。他曾答应过为他们修一个坟墓，现在，只要为他们竖起一座无尸冢，就算了却心事了。他在位于小岛中心岩石群的一个岩洞中，建立了自己的总仓库。他把能从沉船上卸下来的一切东西都运输到那里，凡能被运来的，他一样都不丢弃，因为即使最没有什么用途的物件，在他的眼中也保留了人类集体社会的圣物价值，而他，现在被流放在了这一集体之外。等到把四十来吨黑色火药存入岩洞最深处的仓库之后，他又在库中放置了三箱子衣服、五口袋粮食、两篮筐餐具和银器，还有好几筐杂七杂八的东西——烛台、马刺、珠宝、放大镜、眼镜、小刀、航海图、镜子、骰子、拐杖等等，另外还有好些不同的盛液体的器皿，一箱子航海设备——缆索、滑轮、信号灯、插接缆索用的铁笔、绳子、浮标等等，最后，还有一小箱金币、银币和铜币。他在舱室中发现的凌乱的书本，都被海水和雨水浸泡得变了样子，甚至连印刷在书页上的字都褪得干干净净，但是，他发现，只要把这些白色的书页放在太阳下好好晒一晒，他就可以把它们当作本子来记日记，不过，要想记日记，他还必须找到一种能代替墨水的液体。没想到，一种聚集在东岸悬崖下浅水中的鱼，还真的给他提供了制造墨水的材料。这种叫刺鲀[①]的鱼十分厉害，一是它长着强有力的锯齿状下颚，二是它身上布满了小刺，在紧急情况下那些小刺就会竖立起来，刺得敌手患上某种荨麻疹，它具有一种特别奇异的功能，可以随意吸足空气或水而使身体膨胀起来，直到胀得滚圆滚圆，像一个圆球。吸入的空气存积在它的肚子里，这时候，它能肚皮朝天地游泳，并不因为这样一种奇特的姿势而有丝毫的不便之感。有一次，当鲁滨孙用棍子拨弄一条搁浅在沙滩上的刺鲀时，他发现，同它那或柔软或鼓胀的肚子接触过的所有东西，都染上了一种胭脂红的颜色，而且很奇怪，这种胭脂红居然一直不褪色。于是，他捕捉了一大堆这种鱼，尝了尝它们的肉，觉得味道鲜美，肉质结实，很像鸡肉。他把从鱼肚子的腺体孔中分泌出来的纤维状物质挤在一块布上，由此采集到一种带有恶臭但红得鲜亮

---

① 刺鲀，原文为“diodon”，属硬骨鱼纲，刺鲀科，鳃裂短，口小，形大而重，肉鲜美，为一种主要热带海产。

的颜料。于是，他赶紧用秃鹫的羽毛削成一支笔。当他在一张纸上描出第一个字的时候，他不禁喜极而泣。他仿佛觉得自己一下子从陷身的兽性深渊中挣脱出了一大半，通过完成这一神圣的行为——写字，他已经走向了朝着精神世界的回归。从此以后，几乎每一天他都要翻开那本**航海日志**，他那物质生活的大小事件，他从来不记载在里头——他对此并不在意，他要记录下的，是他的沉思、他的内心生活的进程，甚至还有浮现到脑海中的往事的回忆，以及由回忆引起的思索。

对他来说，一个新的纪元开始了——或者说得更确切一些，经过了一段他为之羞愧并竭力忘却的沉沦之后，他在海岛上的真正生活开始了。所以，当他最终决定正式采用一种历法的时候，他并不为自己无法确定年月日而大伤脑筋。自从弗吉尼亚号失事以来，已经流逝了多少时日他早就不记得了，但他觉得这并不太重要。弗吉尼亚号的灾难发生在一七五九年九月三十日凌晨二时左右。从那一天到他在一棵枯松上刻下一道痕迹的第一天之间，经过了一段无法确定、无法规定、充满了黑暗与哭泣的时日，以至于鲁滨孙如今处身于人类历法的一个断层之中，这就如同他和人世被汪洋大海分隔，天各一方，他被抛弃在一个时间的孤岛上，就如同他生活在一个空间的孤岛上一样。

随着他对海岛的勘察逐步深入，他不断充实和完善着第一手资料，在花了好几天工夫后，他终于画出了一幅海岛地图。最后，他决定为这一片陆地重新起一个名字。当初，在踏上这片土地的第一天时，他用了一个令人沮丧的名字“荒凉岛”命名它，这是一种耻辱。当他读《圣经》时，他被一种令人称绝的悖论所感动，按照这一悖论，宗教把绝望作为不可饶恕之罪，而把希望当成对神三德之一[①]，他遂决定，从此后把这海岛叫作斯佩兰扎：希望岛[②]。这名字既悦耳动听，又如同沐浴着灿烂的阳光，此外还令他十分世俗地回想起一个热情奔放的意大利姑娘，那是他早年在约克大学读书时认识的。他的虔诚所并蓄的淳朴与深沉，使这些多重的联系显得十分恰当，要是换了一种稍微浅薄一点的头脑，恐怕会把它们看成是亵渎神圣。再说，当他以某种方式注视着自己像模像样地画出来的小岛地图时，他仿佛觉得，地图显示出一个无头女人的侧影，一个女人，是的，她端坐着，两腿盘曲在身下，她的那种姿势，人们实在难以说清楚是体现了什么样的心情，可能杂糅着屈从、恐惧，或许还有单纯的放松。这一想法在他心中一掠而过，随即弃他而去。不过，它以后还会再来到他的心中。

他仔细检查了一下从弗吉尼亚号上抢救下来的那几袋粮食，稻米、小麦、大麦，还有玉米，结果却大失所望。老鼠和谷象虫已经吞噬了一部分粮食，留下的仅仅是掺和着屎粒的糠皮。另外一部分也被雨水或海水泡坏了，生出一处处的霉斑。经过好一阵认真挑拣，几乎是一粒一粒地扒拉，最后，他终于挑出了10加仑[③]好小麦、6加仑好大麦和4加仑玉

---

① 基督教神学的对神三德为“信”“望”“爱”。

② 斯佩兰扎：原文为意大利文“Speranza”，意为“希望”。

③ 1加仑（英制）合4.546升。

米——稻子不算，稻子虽然未受损失，却无法播种。他禁止自己消费小麦，哪怕一小撮也不行。他想把小麦播种下去，因为他赋予面包以一种无限大的价值，就像赋予可能把他和人类集体联系在一起的任何东西以极大价值那样，他视面包为生命的象征，这是在天主经中谈到的唯一食粮。他似乎还觉得，希望岛的土地会赐给他的这一面包，将是它接受他的确实证明，就好像他本人早就接受了被偶然抛置到这一无名海岛那样。

这一天，正好刮西风，他趁机在海岛东滩岸放火烧荒，烧出了好几英亩[①]的草地，接着，他用一把锄头开荒耕地，播下了他的三种粮食作物。这把锄头，是他用从弗吉尼亚号上撬下来的一块铁板做成的，他在铁板上钻出了一个足够大的洞，在洞上安了一杆长柄。对于那第一季庄稼，他寄予这样一番意义：这将是大自然——也就是说上帝——对他双手付出的劳动的一种裁判。

在岛上的动物中，最有用的当数山羊和羊羔了，它们的数量很大，只需要把它们驯养温驯就成。然而，尽管这些小山羊很容易让人靠近，一旦鲁滨孙伸出手来放在它们肚皮上想挤奶时，它们便发狠似的反抗。于是，他只好建造起一处围圈。他先打下一些桩子，用木杆横向地连接起来，然后，再用藤条把横杆交织缠紧。他把年幼的小羊羔关在里面，以它们的咩咩叫声吸引它们的母亲进圈。随后，鲁滨孙放出小

---

① 1英亩合40.4686公亩，1公亩等于100平方米。

羊羔们，并很耐心地等上好几天，让母山羊的奶涨得乳房痛苦不堪，到头来巴不得有人赶紧来挤奶。就这样，他在土地上播种上庄稼之后，又在岛上开天辟地地首创了畜牧饲养业。如同远古时期的人类一样，他经历了从采集、狩猎阶段到农耕、饲养阶段的过渡。

然而，要说海岛从此在他眼里就成了一片将由他主宰的荒野之地，并将被驯服成一个十分适合人类生活的环境，还差得很远呢。几乎没有一天不发生什么意想不到的事件，或者什么倒霉的事情，一而再，再而三地重勾起他的忧虑。早在他明白到，他是那次海难的唯一幸存者时，早在他感觉到，他已然成了全人类的孤儿时，这种忧虑就已从他的心中诞生。不过，看到他那几经耕耘的庄稼地、他那整整齐齐的羊圈、他那井井有条的仓库、他那气魄豪迈的军火库，他精神上的无依无靠感也会平和些许。但是，一天，当他忽然发现，在一只他刚刚放过血的小羊羔身上，正趴着一只吸血大蝙蝠，他那稍稍平和的心又提到了嗓子眼。那怪物的两扇带尖爪的、有锯齿的翅膀，像一件死神的外套，覆盖住了虚弱得摇摇晃晃的小牲口。还有一次，他正在半浸于海水中的岩礁上采贝壳，突然一股水流喷射过来，滋了他一脸。对这突如其来的攻击，他有些不知所措，刚走了几步，冷不防又遭到第二股喷水的射击，居然还射得如魔鬼般准确，一片水花在他脸上迸散，他不得不立即停下来。原先那一腔如此熟悉、如此可怕的忧虑，顿时又啃噬起了他的心。等到他发现，在这岩石坑洼的缝隙中，有一条灰色的小章鱼，它具有一种惊人的本事，能用一种虹吸的方法把水喷射出去，而且还能变换喷射的角度时，他那焦虑的心态才算松懈了一半。

还有那群看来早早就盯上了他本人的秃鹫，就是那群他一直称之为他的“行政参议会”的懒鸟，到最后，他也只有忍受它们毫不松懈的监视。无论他走到哪里，无论他做什么，它们总是左右不离地跟着，一个个弯腰拱背、脖子粗大、羽毛脱落，它们虎视眈眈地窥视着他——那倒不一定如他心情沮丧时所猜度的那般，是在等着他死，而是等着他每天都要扔掉的尚可一食的弃物。然而，虽说他多少已经勉强地忍受了它们在附近相伴相随，却实在难以容忍它们那残酷的、令人憎恶的风俗场景。它们那老淫荡鬼一般的交媾，侮辱着他迫不得已的贞洁。当他看到，公秃鹫粗野地蹦跶了几下之后，便笨重地踩上了母鹫的背，随后，用它那钩子一般的尖喙，一把啄住了伙伴那光秃秃的、充血的脖背，同时，两个屁股孔对孔地作了一次猥亵的勾结，这时，鲁滨孙感到一阵被激怒了的哀愁充满了他的心头。一天，他观察到，一只个儿稍小一点、无疑也更为年幼一些的秃鹫，被好几个同类追逐着，虐待着。它们一个劲儿地纠缠着它，用喙啄它，用翅膀刮它，你推我撞地扯它的毛，终于把它逼到了一块岩石前。然后，这番捉弄突然停顿下来，似乎那牺牲品刚刚求了饶，或者表示出屈从于那些迫害者的苛求。这时，小秃鹫朝地面僵硬地伸长脖子，机械地向前迈了三步，随后停下，浑身痉挛似的颤抖一阵，往卵石堆上呕出一摊烂糊糊的、已经被消化了一半的肉，无疑，这是它吞吃独食的结果，谁让它不幸被同伙撞见了呢。于是，那群秃鹫一拥而上，扑向这一摊污秽，你争我夺地把它吞扫了一个干净。

就在那一天上午，鲁滨孙不小心弄折了他的锄头，而且那头最棒的奶羊又逃走了。那一幕情景终于把他打垮了。数月以来，他第一次感到一阵精力衰竭，向烂泥塘的诱惑让了步。他重新踏上了通往东海岸沼泽地的那条野猪出没的小路，又一次找到了那片满是泥浆的水塘，有多少次，他的理智在那里变得狂妄疯癫。他脱掉衣服，纵身滑入流动着的淤泥之中。

在一片腐臭的有毒蒸汽中，有一团团乌云般的蚊子尽情飞舞着，他似乎感到，一个困扰着他的章鱼、吸血蝙蝠和秃鹫的包围圈渐渐地松开了。时间和空间都消融了，在围镶着一圈树叶的雾蒙蒙的天上，勾勒出一张脸孔来，他的眼前只有这一张脸。他躺在一张轻轻摇动着的弯月形的小摇篮中，上面围有柔软的平纹细布做的华盖。只有他的小手从百合花般洁白的、把他从头到脚团团裹紧的襁褓中探出。在他的身边，一阵阵话语的喊喊喳喳声和干家务活儿的丁零当啷声，构成了家庭生活亲切甜美的气氛，他就诞生在这样一个家里。他母亲坚定而又清脆的嗓音，他父亲总抱怨着什么的尖假嗓子，还有哥哥姐姐们的欢笑声，交织回响在一起。他不明白他们都在说些什么，也不打算去弄明白。这时，一个个花团锦簇的气泡渐渐散去，簇拥出露西那清秀的脸容，两条又粗又大的辫子使她的脸看起来又消瘦了一些，其中一条辫子一直拖到他的压脚被上。一阵使人心肝撕裂的柔情向鲁滨孙袭来，搞得他虚弱不堪。在他那露现于腐烂的杂草中和睡莲的叶子上的嘴角边，挂上了一丝微笑。在他的两片嘴唇连接的地方，盘吸着一条褐色的小小蚂蟥。

航海日志

每人都有他致命的恶癖。我的癖性就是滚落到烂泥塘中去。当希望岛变得糟糕，当它向我显出它野兽般的面容时，它就把我驱赶到那里。烂泥塘是我的失败、我的罪孽。而我的胜利，则是我应强加于希望岛之上的精神秩序，用来与它的自然秩序相对抗，因为这自然秩序本不是什么别的，只不过是绝对混乱的另一个名称而已。我现在知道，这里的问题关键并不是仅仅幸存下去。幸存下去，就是去死。必须耐心地、坚持不懈地去建设、去组织、去建立秩序。每一个停顿都是向后倒退的一步，都是滑向泥淖的一步。

我以为，我所处的异乎寻常的环境，证实了许多观点的改变，尤其是关于精神与宗教问题的看法的改变。我每天都读《圣经》；同样，我每天都虔诚地聆听智慧的源泉在我内心发出的话语，就像它会在任何人心中发出话语那样。有时，我为我所发现、我所接受的事物之新颖而感畏惧，因为，任何的传统都不会压倒我们自身存在的圣灵之声。

罪孽与美德亦如此。我接受的教育告诉我，在罪孽中，包括无节制、贪婪、放荡、炫耀的放纵，与之相对，美德则包含着谦卑、忍让和克己。我清楚地看到，这样的道德准则于我是一种奢侈品，假如我定要按它行事，也许会被它害得丢了命。我的处境告诫我，要把多做归于美德，而把少做归于罪孽，要把勇敢、力量、自我肯定、对万物的支配叫作美德。而罪孽，则是自我放弃、放任自流、逆来顺受，一句话，就是泥淖。这无疑是超越基督教教义的回归，回归到一种对人类智慧的古老看法，就是以virtus代替vertu[①]。但是某种基督教教义的本质，是对自然和万物的激烈否定，我对希望岛过多地实践的正是这样一种否定，它差一点导致了我的毁灭。我只有反其道而行之，才能战胜这一堕落，在这种情况下，我才能接受我的岛，并使自己也被它接受。

随着越狱号的失败留给他心中的恼恨逐渐地被淡忘，鲁滨孙越来越多地想象着一艘小船将会给他带来的好处，要是有一叶小舟，他就可以一顺溜地勘探从岛内行走无法到达的滩岸。于是，他动手砍了一棵松树，用树干挖成一艘独木舟。他用斧头来做这一工作，尽管这样干进度很慢，而且十

---

① “Virtus”为拉丁文，意为“男子气概”，往往指道德威望、精神影响、坚强性格、力量、勇气、勇敢，泛指人的种种优秀品质，也含有“美德”之义。“Vertu”是法文，意即“美德”“德行”。

分单调，但他每天还是有条不紊地干上好几个钟点，丝毫没有建造越狱号时的那种狂热心境。一开始，他打算在树干下斧头的地方点上火烘烤一下，但又怕伤及树木的整体，便只是用火炭在已挖出的凹槽中烫灼一下。总之，他放弃了对火焰的任何求助。这小船被规规矩矩地挖空、雕琢、削平表面，用细沙抛光，它是那么轻巧，他一伸胳膊就可把它举过头顶，他可以像戴着一顶硕大的木制风帽那样，把它架在肩膀上带走。当他第一次看到小船儿在波浪上起舞，活像一匹小马驹在牧场上活蹦乱跳时，他觉得，这一天真是一个欢乐的节日。他还削了一对简陋的划桨，不过，考虑到当初造越狱号时过于贪心求大，这一次他决意尽量减缩，甚至否决了安装风帆。从此，他开始了环岛航行，对海岛四周作了一系列的勘察，勘察的结果使他对他的领地有了充分的了解，但同时也使他更清楚地感觉到，他面临的是一种绝对的孤独，他以往所有的经验都没有令他有如此深切的感受。

航海日志

孤独并非一种永恒不变的情境，然而自从弗吉尼亚号失事后，我本来会一直深陷于这一情境之中。这是一种在我身上起腐蚀性作用的环境，这种作用尽管极其缓慢，却从不间断，而且朝着一种纯毁灭性的方向发展。头一天，我仍在两个同为想象的人类社会之间游移：已然失踪的船员水手和岛上的居民。因为我原以为海岛上是有居民的。我同航海伙伴的接触还余热未消。我继续想象着被海难打断了的对话。后来，海岛显现出它原本的荒芜面貌。我在没有任何活魂灵的景色中探行。在我身后，我那群不幸的同伴已然消失在深沉的黑夜之中。他们的嗓音已经沉默了许久，而只是在此时，我的声音才开始厌倦了它孤单的独白。从此，我怀着一种可怖的迷惘追随着**非人化**的进程，我在我自己身上感受到这一进程难以逃避的力量。

现在我才知道，每个人都在自己身上——犹如超越于自身之上——承担着一大堆既脆弱又复杂的东西：自然习惯、心理反应、条件反射、生理机制、固有成见、梦想，以及已经形成的，并在与同类的反复接触中继续变化着的种种牵连。由于缺乏生命的汁液，已然微妙地开放的鲜花也萎黄了，凋谢了。他人，我的世界的主要支配因素……每一天，我都要衡量我应把什么归于他人，我都要记录下在我个人的建筑中出现的新裂缝。我知道，在失去语言功能的同时，我会遭遇什么样的危险，我怀着万分的忧虑，以全部的热情与这种极端的衰弱搏斗。但是，我与万物的关系本身已被我的孤独改变。当一位画家或一位木刻家要在一片景色中或在一个建筑物的近处引入一个人物时，并非出于对附属物的兴趣。这些人物**提供了比例**，而且更为重要的是，他们构成了一些**可能的视点**，为具有不可或缺的潜在的观察者现实的视点增添了新东西。

在希望岛，只有一种视点，就是我的视点，任何的潜在性都被剥夺了。而这一剥夺并非一蹴而就。开始时，出于一种无意识的自发倾向，我在一些小山顶上，在某一块岩石后或者在某一棵树的枝叶中，安排了一些可能的观察者——一些参数。就这样，海岛处在一个由数学上的内插法与外推法构成的网络之中，这一网络把海岛一清二楚地区分出来，使它很容易被识别。任何一个正常的人在一种正常的情境中都会这样做。我只是在这一功能——就像别的许多功能一样——在我身上渐渐衰弱的情况下，才开始意识到它的。今天，事情已然如此。我眼中海岛的景象已还原为它本来的样子。我所没有看到的部分，是一种**绝对的陌生物**。如今我所不在的地方，到处笼罩着一种不可探测的黑夜。在写下这几行文字时，我还证实了，它们试图再现的经验不仅是史无前例的，而且从其本质来说，是与我所使用的字词相悖的。其实，语言以某种基本的方式揭示着这一**居住着人群**的世界，在这世界中，他人如同一个个灯塔，在他们周围创造出一个光灿灿的小岛，小岛内的一切即便说不上已被认知，至少也是可认知的。灯塔在我的领域中消失了。由我的奇思妙想孕育的灯塔之光，有很长一段时间照在我的身上。而现在，它完结了，黑暗笼罩了我。

而且，我的孤独不仅损害到万物的可理解性，甚至还侵蚀到万物生存的本质中去。我越来越对自己感官见证的真实性产生疑虑。我现在知道，我的双足所稳稳踏着的土地，为了不至于动摇，也会需要除我之外的其他人的脚来踏立。为了抵御视觉上的幻景、海市蜃楼、恍惚的幻觉、白日美梦、奇思怪想、疯狂的谵妄、听觉的混乱……最最坚实的城墙，就是我们的兄弟、我们的邻居、我们的朋友甚或我们的敌人，但必须要有个人，伟大的神明啊，要有某个实实在在的人！

附记。昨天，在穿过位于东南海岸草场前的小树林时，有一股气味劈面朝我袭来，猛然地——几乎又是痛苦地——把我带回到了老家的家中，我像是回到了我父亲接待其客商的前厅，不过，那是礼拜一上午，恰恰不是我父亲的接待日，我母亲在我们女邻居的帮助下恰恰利用这一天来擦地板打蜡。这回忆是那么强烈、那么不合时宜，我不禁又一次怀疑起我的理智是否丧失。在片刻中，我使劲抵御着这种带着不可抗拒的温柔回忆的入侵，随后，我便任由自己的思绪被引导到往昔之中，这荒芜空旷的博物馆，这如同一口石棺般上了釉彩的死神，它怀着如此诱惑人的柔情呼唤着我。最后，幻象终于放松了它的缚抱。我在树林中信步游荡，发现了好几棵笃耨香，树如松形，树皮由于炎热而会开裂，渗出一种琥珀色的树脂，它那浓烈的香气包裹了我孩提时代的每一个礼拜一上午。

因为那是一个礼拜二——他的日程表要求那天是礼拜二，这天上午，鲁滨孙在退潮后展露的海滩上采拾一种美洲帘蛤，它们的肉有一点坚实，但很是鲜美，他可以把它们养在一个盛有海水的坛子里，保存整整一个礼拜。他头戴一顶英国水手常戴的那种圆帽，脚穿一双同样合乎规定的大木鞋，下身穿着一条短裤，腿肚子露在外面，上身是一件宽松的亚麻布衬衫。他长着红棕色汗毛的白皮肤受不了太阳光的炙晒，但这会儿，太阳被一大片鬈毛羊羔皮似的卷云层遮掩住了，他便可以把那柄几乎从不离手的棕榈太阳伞留在岩洞里。大海正值退潮，他就穿过散布着破碎贝壳的地段、满是淤泥的滩涂，还有不算太深的水洼，他有着足够的欣赏空间，一眼望去，足以将希望岛的青翠、金黄与黝黑饱览无遗。由于没有任何其他的对话者，他便和岛屿继续着一场长久的、缓慢的、深刻的对话，他用他的动作、他的行为和他的事业构成一次次的询问，海岛则一一作出回答，或认可其成功，或惩罚其挫折。他不再怀疑，从今往后，一切的演进都将围绕着他与它的关系，围绕着他的安排的成功。他时时刻刻竖着耳朵，全神贯注地倾听不断从它那里发出的、以千万种形式体现出来的、时而密码般时而象征符号式的信息。

他越过一片镜面般平的清水，挨近一块覆盖着海藻的岩石。他逗弄着一只万般莽撞的小海蟹，它朝他挺出大小不一的一对螯钳，恰如一员剑客，左手挥着他的长剑，右手舞着他的短刃，正在这时，他突然发现了一个赤足的脚印，顿时像被雷霆击中天灵盖一般。若是发现他自己留在沙土上或泥淖中的脚印，他本不会感到如此恐慌，更何况他许久以来一直都不肯不穿木鞋就外出。但是，他眼前的这一足迹深深地**印在了岩石本身之中。**这会不会是另一个人的足迹呢？要不，兴许由于他在岛上逗留得实在太久，早先自己在泥潭中踩下的一个脚印，竟然由于石灰钙凝结的效果而石化了？他脱下右脚的木鞋，把自己的赤脚放到半浸着海水的坑洼中。是这样的，绝对没错。他的脚严丝合缝地嵌入了这一石头模子中，就像套进了穿惯了的一只旧半筒靴那样。他是不会搞错的，这个古老的印记——亚当还在天堂乐园做主人时留下的印记，维纳斯跃出海面时留下的印记[①]——它同时还是鲁滨孙本人的、不可模仿的、留在岩石之上的签名，因而它也是不可磨灭的、永存永在的。希望岛——如同阿根廷草原上野性尚未全泯的牛群中的一头母牛，但已被火红的烙铁打上了印记——从此带上了它的救主和主人[②]的印迹。

玉米完全萎蔫了，鲁滨孙播种玉米的田地一块块地恢复了它们早先荒草地的面貌。但是，大麦和小麦长得十分茂盛，当鲁滨孙亲手抚摩着淡绿中透着微青的嫩旺的茎秆时，

---

① 据希腊和罗马神话的一种说法，爱与美之神维纳斯是从海的泡沫中诞生的。

② “救主和主人”原文为“Seigneur et Maitre”，指天主。

他感受到了希望岛给予他的第一阵喜悦——然而，这喜悦是多么甜美、多么深厚！他费了好大的努力，才抑制住自己清除杂草的内心冲动，那些四处疯长的野草已然玷污了庄稼地上那美丽的青纱帐，但是，他不能违背福音书上的告诫，在收获之前就分清谷粮与莠草。他幻想着，用不了多久，他就可以从岩洞中质地较疏松的西面石壁上挖出的黑洞洞的烤炉中，烤出金黄色的圆面包来，他心中感到一阵欣喜。一个短暂的雨季使他提心吊胆了好几天，担心他的谷穗喝足了雨水之后会增加分量，从而成片地倒伏。所幸的是，阳光重又普照大地，庄稼又挺直了腰杆，麦芒儿在微风中来回摇荡，好似一大队脑袋上竖插着羽毛的小马。

收割时刻来到了，鲁滨孙想到了他的收割工具，他拥有的那些用来代替长柄镰刀、短把镰刀的工具中，勉强能凑合着用的，就数那把在接舷战中使用的老式军刀最称手了，也就是当初挂在船长室作装饰用、海难后被他同其他物品一起带出来的那把军刀。他原先打算用一种割草的方法，使用一根弯曲的木棍，把一抱麦子拢住、稳住，然后用军刀一下子割倒。但是，这一把英勇的兵器一旦上了手，他浑身就冒出一股奇特的热情，他放弃了一切法则，一边发出愤怒的吼叫，一边抡圆了军刀扫荡，一路挺进。如此的收割法，浪费的麦穗倒是极少，但是，麦秆就被抛弃掉了，一点秸秆都收不上来。

航海日志

刈麦一整天，这一本该庆贺我的劳作与希望岛结出首批果实的日子，倒更像是一个狂暴的人跟空虚展开的一场战斗。啊！我离那样一种完美的生活依然如此遥远！在这种完美生活中，每一个行动都要受到经济法则和协调规律的支配。我就像一个小孩子那样，被一种无序的狂热所攫住，在这项工作中，我丝毫没有重新找到那种轻松的满足，而在以往，我在西赛马场的美丽乡野参加的收割庄稼活曾给予我那种愉快的满足感。节奏的特质，两条胳膊从右到左的摆动——而这时，身体则做着一种从左向右的相反运动，以维持平衡，深深切入一团团花朵、嫩苞、细茎之中，并把这种禾本科植物麻利地切断，干净利落地放倒在我左侧的刀刃，还有飞溅出来的茎液、草浆、乳白汁液所散发出的强烈气味，这一切构成了一种纯净的幸福，令我如痴如醉，无悔无恨。由粉红色的磨刀石打磨出的锋刃相当的柔韧，以至于刃口显而易见地卷向一个方向，然后又卷向另一个方向。这偌大一片牧场般的庄稼地需要有条不紊地一步步地刈割、攻打、消灭，一步步地转过去，再绕回来。但是，这一大片地是很细巧地构成的，是有生命的、细微的机体组成的世界，是植物的有序宇宙，那里的物质被形式消耗得完全疲竭。欧洲式草场的这种细巧结构与我在这里搅动的萎靡不振的、没什么区别的自然截然相反。热带地方的自然是强有力的，却又是粗糙的、单调的、贫瘠的，就像它那蓝色的天空。嗨！什么时候我能够重见我们家乡那魅力无比的雾蒙蒙的苍白天空，见到飘浮在乌斯河的泥塘上空那灰蒙蒙的美丽动人的浮云？

他用连枷一阵敲打，把麦穗脱了粒，收在一块对半折叠的帆布中，然后在一个刮风天里，露天簸扬麦粒，让它们从一个葫芦里流下，落到另一个葫芦中。麸皮和细小的残屑随风飘落到远处。他很喜欢干这种扬清谷物的工作，它简单易行，但又不枯燥乏味，能唤醒他精神上的一些象征含义。他的灵魂朝着上帝升扬，恳请着上帝把他心中盈满着的轻浮思想驱散到远处，而在他的心中只留下智慧话语的沉甸甸的种子。最后，他十分自豪地证实，他的收获达到了30加仑小麦和20加仑大麦之多。为了磨面粉，他准备了一个石臼和一杆槌杵——那是一段中空的树干和一截中腰狭细的硬树枝，他还做了一个烤炉，准备烘他的第一炉面包。正是在这时，他有了一个突如其来的想法，决定不消费一丁点儿这第一次的收获。

航海日志

我要为自己举办一次庆典，欢庆这即将出自希望岛的大地、出自我的烤炉、出自我的双手的第一块面包。这将在以后举行。以后……在“以后”这两个简单的字里头，有着多少的承诺啊！以一种无可辩驳的显然性突然向我显示的，是与时间搏斗的必要性，也就是说，要把时间囚禁起来。随着我一天天地得过且过，时光从我的手指缝里偷偷溜走，我失去了我的时间，我失去了我自己。实际上，岛上的一切问题都可以归纳为时间这一概念，假如说，我在这里一开始——从最低点出发——仿佛存活于时间之外的话，那也绝非偶然。通过恢复我的历法，我重新把握了自己的命运。从今往后，必须更进一步。初次收获的小麦和大麦，一粒一颗都不该在现在被吞噬。它们应该整个成为转向未来的一种动力。于是，我要把它们分成两部分：第一部分从明天起就用来播种，第二部分则为保险起见，当作备用种子——因为，必须预见到，即使播下的种子也未必完成收获的承诺。

今后，我将服从以下的法则：任何的生产都是创造，因而都是好事；任何的消费都是破坏，因而都是坏事。实际上，我在这里的处境与我那些同胞的处境相当相像，他们每一天都在成批成批地走下航船，走上新大陆的海岸。他们也必须屈从于一种积攒的德行。对他们来说，丢失时间同样是一桩罪过，而积蓄时间则是最根本的美德。积蓄！眼下，我又一次回想起我那悲惨的孤独状态！对于我，播种就是善，收获就是善。但是，每当我研磨麦粒、烘烤面团时，恶就又开始了，因为那时候，我是在为我一人劳作。一个美洲移民可以无悔无恨地继续着他们制作面包的过程，直至最终完成，因为他将卖出他的面包，他积攒在钱箱中的银钱将是他积蓄起来的时间或劳动。至于我，可惜啊，我那不幸的孤独剥夺了我银钱的好处，更何况，我还不缺钱！

今天，我测度了那些肆意贬低“金钱”神圣制度的人内心的疯狂与险恶。金钱为它所接触的一切赋予精神上的意义，它给它们带来一种既合乎理性的——即可以测量的——又具有普遍意义的量度，因为，一种可兑换成金钱的财富，对所有的人来说，都有可能被接受。图利的买卖是一种最根本的美德。图利的人懂得使他那图财害命、有悖社会公德的本能——荣誉感、自尊心、爱国主义、政治野心、宗教狂热、种族主义——缄默不言，而只让他那些互助合作的癖好、互惠交流的兴趣、人类团结的意义开口发言。必须按照“黄金时代”这一词组的字面意义来理解该表达法，我看得很清楚，假如人类只是由那些唯利是图的人来引导，那么人类很快就将达到他们的黄金时代。不幸的是，创造历史的却几乎总是那些对利益漠不关心的人，于是，战火毁灭了一切，鲜血流成了河。威尼斯肥胖商人们那奢侈的舒适生活给了我们很好的例子，它也为一个以利润为唯一法则的国家所熟悉，而西班牙宗教裁判所瘦得皮包骨头的狼群则向我们表明了，对物质财富丧失了兴趣的一些人又能做出何等的卑鄙行径。匈奴人如若善于利用他们掠取的财富，就会在汹涌的征战洪涛中迅速地停步。他们不愿再负担着自己掠夺的沉重成果东西奔波，而会安定下来更好地享用财物，而万物也就将恢复其原有的自然过程。但是，他们是一些不知利害的蛮子。他们蔑视黄金。于是他们蜂拥而前，把沿途的一切焚为灰烬。

从此后，鲁滨孙努力使自己不耗费什么而活下去，同时又竭力工作，紧张地开发着岛上的资源。他开垦了好几公顷的草地和森林，播上种子，他把萝卜、芜菁、酸模等散生在南方的植物种类移植了满满的一块地；他还保护棕叶甘蓝不受鸟儿和昆虫的侵害；他安置了20个蜂房，开始养殖第一批蜜蜂；他在海岸边挖掘出几方淡水和海水的养鱼塘，放养欧洲鳊鱼、海天使鱼[①]、骑士高鳍石首鱼，甚至还有螯虾。他备制了数量巨大的干果、熏肉、咸鱼，以及像粉笔那样又硬又易碎、可以无限期保存的小块奶酪。他最终还发明了一种制糖法，靠着制出来的糖，他能够做出果酱、果脯蜜饯。糖是用一种棕榈树做的，树干的中央部分比根部和顶部稍稍粗一些，能分泌出一种异常甜的汁液。他砍倒一棵这样的

① 海天使鱼是一种类似于鳐鱼的海鱼。

树，削去顶上的树叶，汁液马上开始从上端的创口溢出来。它能这样流上好几个月，但是，鲁滨孙需要每天一早在树干上再削去一层新皮，因为流液的小孔很容易堵塞。单单一棵树就给他提供了50加仑的生糖浆，它慢慢地凝结成一块巨大的甜点。

正在这一时刻，泰恩，这条弗吉尼亚号上的雪达犬，从灌木丛中蹿了出来，急速地跑向他，怀着一腔的友谊和柔情。

航海日志

泰恩，陪我漂洋过海的忠诚旅伴，回到了我的身边。这个简单的句子所包含的快乐是无法言表的。我永远也不会知道，自沉船以来它一直待在哪里，又是如何活过来的，不过，我想我至少知道，是什么原因使它远离着我。正当我疯子一般地建造越狱号时，它曾突然出现在我面前，随即又连连愤怒地嗥叫着逃之夭夭。在我盲目的茫然中，我自问，是不是可怖的海难，以及随之而来的在充满敌意的自然界中一段长时间的孤独生活，又使它恢复了原始的野性。实在是难以置信的自满自负！我们两个之中的野蛮者，是我，我不再怀疑，恰恰是我那凶野的神态和失常的面容，吓退了那只可怜的畜生，与我自己比较，它倒是更深地停留在文明的熏陶中。有许多狗是在被逼无奈的情况下，极不情愿地抛弃主人的，因为主人沉溺在罪孽、堕落或者疯狂中，细想起来，这样的例子确实不少。人们找不到一条会允许主人跟它在同一个汤盆中争食吃的狗。泰恩的复返令我满心喜悦，因为它证实了，并且奖赏了我对那曾把我拉向深渊的腐蚀力量的胜利。狗是人的天然伙伴，而不是那种令人作呕的、蜕化堕落的造物的伙伴，在灾难有时剥夺了人的人性时，确实可能把人变成这样的一类造物。从此以后，从它那双善良的浅褐色眼睛中，我将明晰地看出，我是不是能把自己维系在人的高度上，而不管可怕的命运要如何把我压垮在地。

但是，鲁滨孙要想完全彻底地恢复他的人性，就不该给自己提供一个深深的岩洞，或是枝叶的凉棚，而是另一种遮身之所。如今有了最佳驯养的家畜作为伙伴，他就该为自己建造一栋房子，一种仅为字面意义上的简单亲属关系所包含的智慧，有时竟然也是如此深邃。

他把房址选定在收藏着他所有财富、地处全岛最高点的岩洞的入口处。他先开掘了一条长方形的槽沟，底深3英尺，填上卵石做基床，卵石上再铺一层白沙。在这层干燥而渗水性极强的地基上，他立起隔墙，交叠地垒上顶角带槽口的棕榈树干，树干间的空隙用树木鳞片和植物纤维填实。在用一根根向两边倾斜的木杆做成的一排轻巧的房梁上，他安上芦苇织成的席片，然后在芦席上层层叠叠地铺上印度橡胶树的叶子，当作屋瓦。他在外墙的表面抹上一层掺和着碎草秸的黏土灰浆。许多表面平整但形状不一的石板，像拼图板似的拼在一起，覆盖在沙质的地面上。几张母山羊皮，几张灯心草编织的席子，一些个柳木家具，从弗吉尼亚号抢救出来的餐具和灯盏，望远镜，军刀，一把悬挂在墙上的长枪，这一切创造出一种舒适的，甚至有些亲切的气氛，鲁滨孙享受地沉浸于这一氛围中。从外面来看，这第一座房屋有一种热带枞木屋的奇特模样，既毛糙又精致，顶架看似脆弱不堪，四壁却结实非凡，鲁滨孙很高兴在这里重新发现了他自身处境的种种矛盾。此外，他也敏锐地感觉到这一别墅缺乏实用性，但他也感觉到他赋予它的主要功能，尤其是精神方面的功用。他很快决定，不在这屋子里做任何实用性的事情，甚至连烹调炊事也不做，而以一种精雕细刻般的耐心来装饰它，并且只在礼拜六晚上睡在这里，而在其他日子里继续享用他那张填塞在岩洞的石壁深处、用羽毛和兽毛铺设的陋床。渐渐地，这栋房子对他来说变成了某种人类博物馆，他走进这里时，没有一次不感受到举行一种庄严仪式的情感。他甚至养成了习惯，早早地打开了从弗吉尼亚号上搬下来的箱子，取出里面的衣服（有些衣服还是很漂亮的）。每次步入这地方，他必定要换上衣服，男式短裤、长袜、鞋子，打扮得衣冠楚楚，仿佛是去拜访他自己内心中最珍贵的客人。

后来，他又意识到，由于别墅的内部一天中只有几个小时能见到太阳，很有必要在屋里安置一座钟，或者一部随时随地都能计时的机器。经过几番摸索尝试，他选定了制作某种相当原始的漏壶。这只是一种透明的大腹玻璃瓶，在瓶底上钻透一个小孔，水通过这个小孔一滴一滴地漏出来，落到摆在地上的一个铜盘中。大腹玻璃瓶正好需要24个小时把水排空到接盘中，鲁滨孙在瓶子侧面刻上24条平行的圆圈线，每条线上都标一个罗马数字。就这样，水面的高度随时都标志着时刻。对鲁滨孙而言，这个漏壶成了一种巨大鼓舞的源泉。当他听到——无论在白昼或是在黑夜——水滴落在接盘上发出有规律的声音时，他就不由得生出自豪的感情，时间不再偷偷地从他身边溜走，流入一个黑暗的深渊中，而是从此得到调节，得到控制，一句话，它本身也被驯服，就好比由于一个唯一的人的心灵之力，整个海岛也将渐渐地被调节，被控制，被驯服。

航海日志

从今往后，不管我醒着还是睡着，不管我在写字作文还是在做饭烧菜，我的时间就由一种滴答滴答声来计量了，这滴答声机械、客观、无可辩驳、精确无误、便于检验。我是多么需要这些修饰语，好确认对种种恶势力所取得的伟大胜利！我希望，我苛求我周围的一切从此后都能得到衡量、证实、确认、计算、推理。将来，还必须想办法丈量海岛，绘制它所有陆地按比例缩小的剖面投影图，把这些资料数据登录在地籍册中。我想让每一株作物都标上名签，每一只飞鸟都套上环标，每一头哺乳动物都打上烙印。我将坚持不懈地努力，把这个昏暗的、琢磨不透的、暗中充满着无声骚动和险恶涡流的海岛，变成一个抽象的、晶莹剔透的、清晰彻骨的建筑！

但是，我有没有足够的力量把这一艰巨的使命承当起来呢？我打算为治理希望岛而配制的大剂量的理性药方，究竟有没有在我自己身上找到药源呢？漏壶有规律的滴答声，一会儿工夫之前还以它那种勤奋不已的、令人安心的美妙旋律，仿佛打着节拍，为我吟唱着摇篮曲，可突然之间，它又召唤来一个令我恐慌不已的完全相反的景象：一滴水的永无休止的滴落，毫不留情地洞穿了最坚硬的顽石。自欺欺人是毫无用处的：我的空中楼阁整个地坍塌了。而语言的损坏则是这一侵蚀最显然的后果。

我不断地大声说话，我决不让一个思考、一个意念凭空溜走，立即对着树林或者云彩把它说出来，然而一切都是枉然。我看到，我们的思想曾寓居并熟悉地活跃在词语的城堡之中，就像鼹鼠藏匿在它密网一般的坑道之中，而现在，这词语城堡的宏伟城墙正在日复一日地土崩瓦解。思想为了前进而依附其上的那些固定点——就像人们行走在露出于溪流的石头上——风化为细屑，陷塌为尘土。我对并不表示具体事物的字词的意义产生了疑问。我再也不能说别的，只能说**字面**上的东西。隐喻、委婉说法、夸张修辞要求我花费异乎寻常的注意力，其意料不及的效果，便是在这些修辞法中特别强调了一切具有荒诞意味和约定俗成意味的东西。我想，在我头脑中扮演的这一过程，对一个生活在社会中的语法学家，或者一个语言史学家来说，都将是天赐的宝物。而对于我，这却是一份不但无用而且有害的奢华。譬如说，**深刻**这一概念，我就从来没有想过要探究它的用法，尽管人们常常说什么“一个思想深刻的人”“一段深刻的爱情”，诸如此类的表达……然而，以牺牲肤浅为代价，盲目地增加深刻的价值，也是一种奇特的偏见，它想说“肤浅的”意味的并不是“有着广阔的幅员”，而是“很少有深度”，而“深刻的”却相反，意味着“有着很大的深度”，而非“有着狭窄的幅员”。然而，一种感情，譬如说爱情吧，我似乎觉得，它与其说是由其深刻的程度，倒不如说更是由其表面广度来测定它的重要性的——如果爱情也是可测定的话。因为，当我衡量自己对一个女人的爱时，我是以这样的事实为依据的：我同时在爱着她的手、她的眼睛、她的行为举止、她平常穿的衣服、她习惯用的物件，还有她让人接触到的各种东西，还有我看到她在其中变化着的风景，她嬉戏游水的大海……所有这一切，我觉得似乎都是表面！相反，一种庸俗的情感却直接地瞄准着——**在深度上**——性器官本身，而把其他的一切抛却在无动于衷的昏暗之中。

一种类似的机械——当我的思想也想使用它时，它刚刚发出了嘎吱嘎吱的声音——也是以牺牲其外在性为代价，而显示内在性的价值。人的存在可能就是封闭在一种毫无价值的表皮之内的珍宝，人们越深入其中，人们所接触到的财富也就越多。但是，假如里头没有什么珍宝呢？假如这座雕像是**实心的**，具有一种单调的、同质的实心特征，就如一个用木屑填塞的布娃娃那样呢？至于我，我知道得很清楚，没有任何人会来向我提供一副面孔、一些秘密——我只是希望岛中的一个黑洞，只是关于希望岛的一个视点——一个点，也就是说，什么都不是。我想，只有超越内中与外表的皮囊之屏障，心灵才能拥有一个显著的内涵，随着心灵合并到围绕着自我之点的更为宽广的范围，它才能得到无限的充实。鲁滨孙只有在他跟整个希望岛彻底重合为一个整体时，才能变得无比充盈富实。

从第二天起，鲁滨孙奠定了一个度量衡博物馆的建筑基础。他把它建成小楼房的形状，但使用的是他所能找到的最耐火的材料：大块的花岗岩石和红土的混凝土块。在楼房中，他在类似祭坛那样的底台上摆放着一些标准件——如同众多的偶像，并且紧靠着墙壁——像是陈设着各种理性之武器的展台，有寸、尺、码、韦尔热[1]、链、品脱、皮科丹[2]、布瓦索[3]、加仑、格令[4]、德拉克马[5]，还有英国常衡制的盎司和磅。

---

① 韦尔热是古代土地面积单位，相当于0.1276公顷。

② 皮科丹是衡量一匹马每顿吃多少燕麦的容量单位，在法国约合2.5升。

③ 布瓦索也是古代粮食容量单位，约合12.5升。

④ 格令为重量单位，在现代英国合64.8毫克，在古代法国合53毫克。

⑤ 德拉克马为古希腊重量单位，合3.24克。

第四章

在鲁滨孙日历的第1000天，他穿上了自己的盛装，把自己关在别墅里闭门不出。他带着一副庄重、警觉的神态，站在一张斜面书桌前，那是他专为能站着写字而发挥想象力设计制作的。然后，他打开在弗吉尼亚号上找到并洗晒干净的一本最厚的书，挥笔写道：

希望岛宪章

自当地历法之第1000日起实施

第一条

依据尊敬的教友乔治·福克斯[①]之教诲应被感受并听从的圣灵圣示，乔治二世国王陛下[②]的臣民，一七三七年十二月十九日出生于约克郡的鲁滨

① 乔治·福克斯（1624—1691），英国基督教教派公谊会（通称贵格会）的创始人。

② 乔治二世（1683—1760），英国国王，1727至1760年在位。

孙·克鲁索，被任命为位于太平洋之中、介于胡安·费尔南德斯群岛和智利西海岸之间的希望岛的总督。以这一总督之名义，他拥有在该岛全部领土上，包括由内心之光所昭示的方向和航道上之全部领海行使立法以及行政的一切大权。

第二条

鉴于岛上居民具有思想活动，故而他们必须以响亮、畅晓易懂的声音进行之。

附注

因缺乏使用而导致话语功能丧失，这是在日益威胁着我的最具屈辱性的一大灾难。我已经证实，当我试图大声地发表讲话时，舌头便产生某种障碍，就像饮酒过度后的情形那样。因此，从今以后，我们要在内心中进行长篇的谈话，只要头脑中保持着意识，内心谈话就要一直进行，更重要的是，这种谈话要直至发展到舌头的表达，使内心的意识能够不停地形之于外。这本来也是它的自然倾向，必须保持注意力上的一种特别警惕性，使得在表达话语之前能把它牢记住，以免到时候忘了如何表达，孩子们的例子充分证明了这一点，老人们由于精力衰竭在独自说话时也往往如此。

第三条

禁止随地自然排泄，大小便须在专门指定之处进行。

附注

宪章第三条规定专门地点用于自然方便，肯定会出人意料。然而，随着这种或那种必然需要随时到来，总督可以另行规定律令，但鉴于放任自流会危害岛上居民，故而迫切需要对他们强调一种小小的纪律，使他们在生活中最接近于野兽生活的一点上亦有所约束。

第四条

礼拜五为斋戒日。

第五条

礼拜日停工歇息。礼拜六晚十九点，岛上之一切劳作必须停止，晚餐上居民们必须穿上他们最好的服装。礼拜日上午十点，全体居民要在庙宇中集合，默诵经文，礼拜祷告。

第六条

唯总督一人被允许吸烟。且在第一个月，他只准于每礼拜日下午吸一次；而在第二个月，他只准隔一礼拜吸一次；再下一个月，他整个月里只能吸一次；然后，两个月才吸一次，以此类推。

附注

仅在不久之前，我才发现已故范·戴塞尔船长留下的那杆陶瓷烟斗的用途以及其使用中的乐趣。可惜的是，保存在铁筒中的烟草储量不多，告罄在即。于是，需要尽量少吸，以便尽可能延长吸用的时日，这一点相当重要，假如吸烟上了瘾，而又无法得到满足，岂不是自惹祸害、自寻痛苦？

鲁滨孙专心致志地沉思了一会儿。然后，他合上了这一册宪章，又打开了另一本书——同样也是空白的无字之书，在扉页上用大字写下：

希望岛刑法

自当地历法之第1000日起实施

他翻过去一页，思考了许久，最后写道：

第一条

违反宪章将受惩罚：禁食若干日，禁闭若干日。

附注

这是目前唯一可行的两种惩罚，因为肢体的惩罚和死刑的执行涉及岛上居民的增殖问题。禁闭用的凹坑位于草地上，在石头小山和最近一片沼泽地的中途。它暴露在光天化日之下，每天在最炎热的整整六个钟点里，它要遭受太阳光的强烈照射。

第二条

禁止在污泥浊水中做任何形式的滞留，若违背，则处以在禁闭坑中双倍时间的拘留。

附注

这样一来，禁闭坑仿佛成了污泥浊水的一种对应物——由此，它拥有了某种解毒剂的意义。刑法的这一条微妙地显示出这样的原则，一个违法者应在他犯罪之处受到惩罚。

第三条

任何人若以其排泄物污染岛屿，将受禁食一日之惩罚。

附注

这是关于过失与惩罚之间微妙对应原则的又一先例。

第四条

…………

在决定是否制定对岛屿领土及其领海区域内有伤风化罪进行惩罚的刑法之前，鲁滨孙沉思了片刻。他朝着大门走了几步，把门打开，仿佛要向他的臣民们露一下面。热带大森林繁茂的树叶如一片绿色的海洋，滚滚绿浪一直向着海边翻腾而去，直到在远处和蓝天融为一色。因为他长有一头棕红的头发，像一条火红的狐狸，从很小很小的时候起，他母亲就喜欢让他穿绿色的服装，她反复地向他灌输对蓝色的不信任，她常说，蓝色既不和他铁锈色的头发相配，也不跟他服装的色彩谐调。然而，眼下这一刻，树叶之海映衬在远到天边的汪洋之原中，任何颜色都吟唱不出比这绿叶之海更加和谐的赞歌。太阳、大海、森林、蓝天，整个世界都被一种如此的凝止震撼，连时间之流程也仿佛悬停，漏壶的滴答水声也听不到了。“假如有一个千载难逢的良机，”鲁滨孙心想，“圣灵将降临显现在我这个希望岛的立法者眼前，那必定是在一个像今天这样的日子，在一个像眼下这样的时刻。一条火舌在我的脑袋上跳跃不已，一缕烟雾径直地向着天顶升腾，这火舌、这烟雾，难道还不能证明，我就是上帝的神庙？”

当他大声地说出——遵循宪章第二条的规定——这些话语时，他看到，在大森林绿色帷幔的后面，有一缕细如柔丝的白色轻烟徐徐升腾，看来，是从拯救湾方向冒出来的。鲁滨孙以为他的祈祷得到了满足，便跪倒在地，口中喃喃吟诵一篇简短而又虔诚的祷文。祷文念诵完后，他的心中却又疑窦丛生。他站起身来，从墙上摘下一杆火枪、一个火药壶、一袋枪弹，还有那架望远镜。随后，他一声呼哨，唤上泰恩，避开那条他辟踏出来的从海滩到岩洞的直道，一头蹿入了厚厚的灌木林丛之中。

他们一共有四十来个人，团团围绕着一堆火站立着，火堆上冒出一股又厚又浓的乳白色烟雾，异乎寻常地持续不断。三条带有浮筒和平衡杠的长长的独木舟被拖曳到了沙滩上。那是在整个太平洋一带十分常见的一种船只，尽管船身狭窄，而且吃水很浅，但在海上行驶起来具有相当的稳定性。至于那些待在篝火周围的人，鲁滨孙拿望远镜望去，认出他们是海岸印第安人，即居住在智利中部和南部某些地区的可怕的阿劳干部族[1]的人，当年，他们在抵抗印加人[2]入侵归于失败后，曾经使西班牙征服者遭受了流血惨败。这些人个子矮小，粗壮，身穿一种十分粗糙的兽皮裙。他们的面庞很宽，两个眼睛分得特别开，更为奇特的是，他们有一个把眉毛全部拔光的习惯，而且他们的头发又厚又密、又浓又黑，如波纹一般闪亮，保护得十分漂亮，一遇到机会，他们就十分自豪地晃动这满头的黑发。鲁滨孙由于常去他们在智利的主要居民点特木科[3]旅行，因此很熟悉这种人。他知道，假如他们与西班牙人新的武装冲突再次爆发，那么在他们的眼中，任何一个白人都将得不到半点宽容。

难道他们穿越了从智利海岸到希望岛的宽阔海面吗？海岸航行者代代相传的本领使得这种探险的壮举成为可能，不过，更有可能是，胡安·费尔南德斯群岛中的这个岛或那个岛已经被他们拓殖了，他们是从那里来的——如此而言，鲁滨孙当初没有陷入他们的魔掌，还算是撞上了好运，因为，如果落入他们的掌心，他肯定会被杀掉，或者至少也会沦为奴隶。

幸亏他在阿劳干尼亚地区曾经听说过一些关于他们的故事，他猜出了眼下正在海滩上进行的仪式的意义。一个披

① 阿劳干人为南美印第安人的一支，以前多居住于智利中部地区，现所剩无几。

② 印加人是南美印第安人最主要的一支，曾建立过印加帝国，有过辉煌的文明，西班牙殖民者入侵后，印加帝国瓦解，印加人的后裔现已不多。

③ 特木科在智利中部，现为阿劳干尼亚地区的首府。

头散发、瘦骨嶙峋的女子，在男子们围成的圆圈之中摇晃着身子，走近篝火，往火中扔一把粉末，同时拼命地嗅闻着从火堆上当即缭绕升腾的白烟。然后，仿佛吸了这白烟之后身轻如燕，她转过身来朝向那些纹丝不动的印第安男人，一步又一步地走着，走到这一个或者那一个的面前时，又猛然停住，似乎在检阅他们。随后，她又回到篝火旁，那一套表演又重新来一遍。鲁滨孙心中不禁纳闷，不知道那女巫在仪式结束之前是不是会窒息昏倒。然而，事实并非如此，戏剧性的结局突然产生了。这个衣衫褴褛的身影将手臂指向其中的一个男人。她张开的大嘴想必在诅咒着什么，不过鲁滨孙听不清楚罢了。那个被算命女巫指定的印第安人——他似乎被认定为某种罪恶的替罪羊，要承担使种族集体蒙受其害的某种瘟疫或旱灾的责任——立刻就俯身趴在地上，惊恐万状，战栗不已。另一个印第安人走向他。他手中的大砍刀一挥，首先将那可怜虫的皮裙挑上半空，随后又一下一下地按次序砍去，先砍下了他的脑袋，然后是他的双臂和双腿。最后，那牺牲者被肢解为六大块，一块块地被扔到火堆中。这时候，女巫蹲下身子，在沙滩上蜷缩成一团，又是祈祷，又是昏睡，又是呕吐，又是撒尿。

印第安人四下散开，不再围什么圆圈，也不再注意中间的那堆篝火，火堆上的烟已经变成黑色。他们走到那几条独木舟的周围，其中的六个人从船里拿出羊皮袋，然后向森林走去。鲁滨孙急急忙忙地向后撤退，眼睛一刻不离地直盯着那些人的行动，看他们步步侵入他的领地。假如他们发现了他在岛上居住的某些痕迹，那两条船[1]上的人马便会出动搜寻他，那么，他就很难逃脱。然而幸运的是，第一处水泉位于森林的外边，印第安人无须更进一步深入到岛的腹地。他们把带来的羊皮袋灌满水，一人用一根长杆挑着两个羊皮袋往回走，等他们回到独木舟那边，他们的同伴早已在两条船上各就各位了。女巫处于虚脱状态，躺在一条船尾部上的一个豪华座位上。

等到他们消失在海湾西边崖石的后面时，鲁滨孙才走进去，凑到火堆前。只见里头还可以辨认出赎罪的祭献者焦黑的遗骸。他想道，这帮野蛮的人就这样以他们残暴的天性，无意识地履行了福音书上的名言："假如你的右眼叫你跌倒，就剜出来丢掉，宁可失去百体中的一体，不叫全身丢在地狱里；若是右手叫你跌倒，就砍下来丢掉……"[2]但是，仁慈之心不是不会同意这样的经济法则吗？它是不是更加要求治愈眼疾、洁净肢体呢，尽管这生疮之目、不洁之肢已经成为集体的危害，成为众人所恶之物？

带着满腹的疑虑，希望岛的总督回到了他的住所。

第七条

希望岛宣布为设防之要塞。该岛防务置于总督指挥之下，总督为军级司令官。自日落后一小时起，全岛强制实行宵禁。

---

① 原文如此，这里说有两条船，上文提到有三条。

② 语见《新约·马太福音》第五章，第二十九至三十节，为耶稣所说。

第八条

礼拜日之宗教仪式扩大至工作日进行。

附注

鉴于野蛮事件的压力有所增长，与之相关的仪式应得到加强，以为补偿。此理不言而喻。

鲁滨孙放下他的秃鹫羽毛笔，朝四周看了看。在他居住的别墅以及度量衡博物馆、法院和神庙等房屋面前，现在已耸立起一道带雉堞的围墙，围墙外有一条深达12英尺、宽约10英尺的堑壕，壕沟从岩洞的一壁向另一壁伸展开去，形成一个巨大的半圆形。两支用燧石点火的火枪和一把双筒手枪——全都装满了弹药——架在围墙中央三处雉堞的边沿上。一旦遭遇战斗，鲁滨孙足以使进犯者以为，要塞中的防守者绝非仅他一人。肉搏战用的军刀和斧头同样放在随手可取的位置，不过，一对一肉搏的可能性微乎其微，因为围墙跟前设置了许多陷阱。首先，有一连串排列成五角形的漏斗形陷阱，在陷阱的深底，尖尖地竖立着一个用火煨硬了的戳桩，上面覆盖着一层灯心草编织的薄薄的席子，席子上再放置一丛丛的青草。其次，鲁滨孙还在从海湾过来的小路尽头——那里形成了一片空地，通常情况下，入侵之敌势必会在那里聚集一下，商量对策之后再往前进——的地下挖了一个地洞，地洞中埋了一桶火药，用一根引绳系上，在远处一拉，随时都可引爆。最后，不消说，跨越在堑壕上的吊桥是从堡垒内侧控制起吊的。

修建好的这些防御工事，以及由于害怕阿劳干人再回来而维持着的戒备状态，使鲁滨孙时时处于一种高度兴奋的紧张之中，他感受到这种状态在精神上和物质上的益处。他再一次感到，要想抵御由于缺乏他人之存在而产生的心神涣散的后果，建设、组织和立法都是最有效的救药。他从来没有像现在那样感觉到自己如此远离着泥淖。每天晚上，在宵禁之前，他都要带上泰恩巡逻一圈，泰恩似乎也明白了威胁着它的危险的本质。巡逻一圈后，他便履行“关闭”要塞的一套程序。一些大石块被滚到事先计算过的地点，好迫使潜在的来犯之敌走向陷阱。“吊桥”也被拉起，所有的通道一概堵死，宵禁之钟敲响。随后，鲁滨孙准备晚餐，支起住所中的饭桌，退到岩洞中去。几分钟之后，他再度从洞中出来，洗得干干净净，身上弄得喷喷香，头发梳得油光光，胡子修得整整齐齐，穿上了他做礼拜用的好衣服。最后，在点燃着涂有树脂的荆棘细枝的枝形大烛台的微光下，在泰恩忠诚而又充满敬意的守护下，他开始慢慢地吃起晚饭来。

在这一紧张的军事行动阶段之后，迎来了一个短暂的雨季，淫雨连绵，迫使他对他的种种建筑设施又进行一番艰难的加固、维修工作。随后，又是一个粮食收获的季节。收获竟是如此丰厚，他不得不把原先以主岩洞内部为起点的一个附属岩洞挪作粮食储藏库之用，这个小岩洞是那么狭窄，进出是那么不方便，所以直到目前为止，鲁滨孙还始终没有利用过它。这一次，他不再拒绝给自己做面包的快乐。他保留了丰收庄稼中的一小部分，打算用来烤面包，他终于点燃了许久以来早已准备就绪的烘炉。对他来说，这是一次震撼人心的经验，他当然衡量了它的重大意义，然而，这一经验的种种方面要到很久以后才会向他显示出来。就这样，他再一次潜入到已经丢失的人类集体的元素之中，潜入到这一既是物质又是精神的元素之中。但是，假如说，这头一次烘烤面包以其全部神秘而又普遍的意义，使他再次追溯到人性的本源，那么，它同样也在其彻底个性化的蕴涵的暧昧中，带来了另一些人性的本源——掩遮的、内在的、深深地埋藏在他早年儿童时期的羞臊的秘密之中的人性本源——通过这种经验，那些得到承诺的人性本源会始料不及地在他孤独的生活范围中如鲜花一般地绽放。

航海日志

今天上午，当我第一次揉捏着我的面团时，一些被生活的骚动磨灭但又被我的离群索居挖掘出来的形象，又在我的心中复活了。那时候我可能有十岁，我父亲问我将来希望从事什么样的职业，我不假思索地回答他：面包师。他神情严峻地望着我，慢慢地点了点头，表示出一种爱意深切的肯定。毫无疑问，在他心目中，这一卑微的职业有着某种神圣的庄严性，这是由于它那与面包联系在一起的所有象征，因为，面包不仅是人类的最佳食物，而且按照基督教传统来说，同样也是人的精神的食粮——他本人出于对贵格会教训的忠诚，当然拒绝基督教的传统，但他对基督教的可尊敬的本质仍然抱有十分的尊重。

对于我，那完全就是另外一回事了，不过，在那个时代，我虽然亲眼看到面包行闪耀着光芒的成功，却并不怎么在意阐述出它的意义。每天早上，在去学校的路上，我要经过某一处地下室的通风窗，那里头暖乎乎的、母爱般亲切的气息，像是从肉体上散发出来的，第一次它就让我惊讶不已，以后又总是将我吸引住，使我久久地趴在通风窗的铁栏杆上，不肯离去。外面，是清晨时分潮乎乎的昏暗天色，是泥泞的街道，路尽头，还有充满恶意的学校和粗暴的老师。在令人神往的金黄色的地下室内部，我看到一个小伙计——光着膀子，脸上蒙了一层“白粉”——正在满胳膊地揉着金黄的大堆面团。我一向总是偏爱具体物质，而不喜欢种种形式。亲手触摸和嗅闻品尝对我来说，总归是比目睹及耳闻更为激动、更为透彻的感受方式。我想，这种特点当然并不表明我的心灵本质的优越，相反，我倒是十分谦卑地忏悔这一点的。对于我，颜色只是预示坚硬或柔软的程度，形状只是表明在我手中的物体到底是柔若丝绵，还是坚如磐石。所以，我简直无法想象比这没有脑袋的、温乎乎的、色眯眯的庞大肉体更为滑腻、更为可人心意的东西了，它在一个半裸男人的拥抱下，慵懒无力地瘫软在面缸的深底。现在我明白了，我当时想象的是圆面包和面包师之间奇特的姻缘，我甚至幻想那里有一种新型的酵母，能赋予面包一种麝香般清新的香味，就如春天的气息那样芬芳。

就这样，对鲁滨孙而言，岛上狂热的组织工作，同自由的、起先略显腼腆的无意识倾向的流露并驾齐驱。看起来仿佛真是如此，这整个人为的、外部的构架——摇摇晃晃的却不断得到热切的完善的构架——的存在理由，仅仅是为了保护一个新人的形成，一个在很久后才将生存的新人的形成。但对这一点，鲁滨孙现在尚未完全认识清楚，他只能对他那体系的不完善表示遗憾。事实上，对宪章及刑法的遵守，对自我处罚的执行，对不让他有丝毫喘息机会的一套严格的时刻表的实行，对伴随他生活中重大行动的礼拜仪式的参加，他为防止失足而给自己强制规定的这一整套法律条文和清规戒律，并不能阻止他的忧虑，他依然忧心忡忡地感到热带大自然那野性十足的、桀骜不驯的存在。同时，他在内心中深深地感到孤独状态对他一个文明人心灵的侵蚀作用。他严禁自己萌生某些感情、产生某些由本能引起的结果，但无济于事，他不断地落入种种迷信或困惑之中，这些迷信与困惑猛烈地摇撼着他徒劳地为自己修建的建筑，使他无法再把自己封闭在其中。

因此，他无法阻止自己给一种叫窜鸟的鸟的叫声附加上某种预卜吉凶的含义。这种总是深深地躲藏在荆棘丛中的鸟儿——虽不被人看见，但常常就在伸手可及的地方——在他的耳畔尖声地叫上两下，其中一记叫声无疑承诺着幸福的来临，而另一记叫声，则仿佛在声嘶力竭地预告一场灾难就要降临。鲁滨孙甚至怀疑，这声悲戚的哀鸣就是死神的召唤，尽管如此，他还是情不自禁地钻入那鸟儿喜欢待的黑黝黝、潮乎乎的荆棘丛中，即使他的心将被鸟儿们预兆不祥的尖叫撕裂，他也在所不惜。

不过，他又越来越经常地怀疑是自己的感觉在欺骗自己，同时由于找不到任何可证实的疑点，而把这种或那种感受看得淡如轻烟。再不然，他便不知疲倦地重新体验某种在他看来显得不合常规、漏洞百出、自相矛盾的经验。譬如说，他划着独木舟靠近岛屿东南沿海航行时，被一阵阵震耳欲聋的鸟叫声和昆虫的嘶鸣声惊呆，这一片嘈杂声如同掀天的波浪，一阵接着一阵连绵而来。然而，等他靠了岸，钻进了树林子以后，他才发现自己沉浸在一片寂静之中，这倒使他心中充满了古怪的不安。猛兽的吼叫只能从树林之外依稀听到，而且离树林有好一段距离，要不然，兴许是他的来临才引起了这般沉寂？他返回到独木舟上，离开，又回来，靠岸，重新开始，他被折腾得怒气冲冲，精疲力竭，却始终弄不明白是怎么回事。

海岛东北部的那几堆庞大的沙丘也是如此，当他到那里勘察时，从沙丘里好像发出一种低沉的吼叫声，深不可测，仿佛从地心处传出，吓得他手脚发冷。但是，任你怎么听，都听不出这声音究竟来自何处。当然，他曾在智利听人们说起过一座叫作布拉马多尔[1]——意思就是大声哀鸣的山——的小山，因为步行者的脚步带动的沙会发出一种像洞穴中低沉回音一般的声响。

但是，他是真的回想起了这样一个故事，还是为平息自己的忧虑而于无意识中发明了这一故事？他可说不上来，他带着一种着魔般的固执，行走在沙丘中，并按照一种流行在水手中的秘诀，大张着嘴巴，以求听得更真切一点。

航海日志

凌晨三点钟。清醒的失眠。我在岩洞湿乎乎的走廊中来回游荡。如若我是一个小孩子，当我看到这些憧憧阴影，这些圆拱形的逐渐消逝远去的坑道，当我听到水珠滴落在石板上粉碎的声音时，我一定会吓得晕过去。孤独是一杯烈酒。对于孩子，那是无法忍受的，而对于醉心于孤独之中，善于控制兔子般剧烈心跳的男子汉，它能带来一种苦中作乐的醉意。难道希望岛真的要为一种我自幼年时代起就已描绘出的命运加冕吗？孤独与我，当我早年在乌斯河畔一面苦思冥想，一面做着长距离的散步时，我们就已经邂逅了；同样，当我满怀嫉妒之情，准备好一大堆蜡烛，把自己关闭在父亲的书房里，打算通宵熬夜时，或者，当我在伦敦拒绝利用

① 原文为西班牙文“El Bramador”，意思是“大声喊叫者”。

介绍信，拒绝由它们把我推荐给我父母的朋友们的时候，我们就已经邂逅了。就像人们经过一段十分虔诚的童年时期，便自然而然地进入宗教中那样，当弗吉尼亚号在希望岛的礁石上结束了它航海生涯的那一夜，我就已经进入了孤独之中。这孤独，亘古以来，就在那片海滩上等待着我，伴随着它那命中注定的伴侣：沉默……

在这里，我渐渐成为一个熟谙寂静的专家，我恐怕应该说，成为一个熟谙种种寂静之道的专家。我的整个存在体伸展着，就像一个巨大的耳朵，我珍视着我沉浸其中的寂静的**特殊本质**。有些寂静是芳香的气体，如同英格兰的六月之夜，另一些寂静拥有烂泥淖的青绿色的稠度，还有一些则坚硬而又清脆，如乌木一般。我已经会探测岩洞中沉沉黑夜般寂静的阴森森的深度，那种隐隐令人作呕的肉麻引起我的一丝不安。在大白天，我没有一个妻子，没有子女、朋友、敌手、仆人、主顾，可以将我羁留在生活之中，就像船锚固定在陆地上。为什么在深深的黑夜中，我还必须任由自己在黑暗中漂流得那么远、那么深？很可能会有这样的一天，我会消失得无影无踪，仿佛被在我四周催生出来的虚无吞没。

储存谷物的地窖逐年增多，很快就产生了防鼠害的严峻问题。随着粮食越积越多，老鼠这种啮齿类动物似乎也成比例地繁殖，一种动物能和当地的资源财富如此相适应，鲁滨孙不由得从心底里表示钦佩，这同人类的情况完全相反，人类越增殖，人类赖以利用的资源就越贫乏。但是，既然他认为，只要他还有能力种庄稼，他就不能停止一季接一季地备积粮食，所以，他得设法严惩那些寄生虫。

某些带红色小圆斑的白蘑菇应该是有毒的，因为许多山羊误食了混杂在青草中的白蘑菇碎片后就死掉了。鲁滨孙把它们熬成药汁，浸泡小麦粒。然后，他把有毒的小麦撒在老鼠常经之地。可是老鼠们饱食一顿之后，却安然无恙。于是，他又制作了一些捕笼，想用翻板活门让老鼠陷入笼子里。但是，这得做上好几千个笼子才顶事，再者说，当他把捕鼠笼浸到河水中，看到这些老鼠仇恨而又充满智慧的小眼睛死盯着自己，他就不禁从内心中感到一股恶心，这是一种什么样的滋味！孤独使他变得无比脆弱，所有类似于某种敌对感情的表现都会伤害他的心灵，哪怕这表现来自最值得蔑视的动物败类。人们用来在人际关系中作自我保护的彼此冷漠无情、彼此漠然无知的甲胄，在这里已经消失，就像人手上的老茧，由于长期的游手好闲，渐渐地退成软软的白皮。

有一天，他目睹了两只老鼠之间的殊死决斗。这两个小畜生仿佛瞎了眼睛、聋了耳朵似的，对周围的一切置若罔闻，只顾在地上滚着厮打，口中发出愤怒的吱吱声。最终，它们彼此咬断了喉咙，直到断气仍扭在一起毫不放松。对比这两具尸体，鲁滨孙发现，它们分属于不同的两个种类：一只是黑鼠，体形圆胖，身上的毛秃得很厉害，从各方面来看，很像是当年他曾在航船上看到过并竭力驱赶的那种；另一只毛色发灰，体形更为细长，身上的毛很浓密，是一种乡下常见的野鼠，在草地的某一部分常可见到，看来它们似乎是在草地上生活繁殖的。无疑，这后一种是本地鼠，而前一种则来自弗吉尼亚号沉船，靠这里丰收的粮食得以大量增殖。看来，这两种老鼠分别有着各自的资源和领地。鲁滨孙曾经证实过这一点，那一天夜里，他把在岩洞中捕获的一只黑老鼠放回到草地上。很长一段时间里，只有摇曳不已的青草泄露了草底下那一段看不见的行程的痕迹。随后，追踪限定在一定的范围中，在一堆沙丘的脚下，沙土开始飞扬起来。当鲁滨孙赶到跟前，起先被他俘获的那只老鼠只剩下了一团团黑毛，还有被咬断的残肢。于是，他从岩洞口起，一路撒下一条细细的谷物的引线，一直到草地为止，接着，他还在草地上撒下两口袋的粮食。这一重大的牺牲有可能换来一无所得的结果。但是，心血没有白费。从入夜起，黑老鼠们成群结队地跑出来，想把它们以为属于自己的那些财富搬回家。战斗爆发了。在好几英亩的草地上，仿佛有一场暴风雨掀起了无数次细小的沙尘喷发。一对一对的角斗者翻滚着，像是活生生的铁弹，同时，无数吱吱哇哇的叫声从沙土里响起，仿佛那里成了地狱般可怖的娱乐场。在苍白的月光下，平原呈现出一派小儿哭闹的沸腾景象。

战斗的结果恰在预料之中。在敌人领地上苦命搏斗的动物总是要吃败仗的。这一天，所有的黑老鼠都死了。

航海日志

昨天夜里，我伸出被子外的右臂麻木了，“死了”。我用左手的拇指和食指抓住它，把它举起来，这个外异的东西，这一大块巨大而又沉甸甸的肌肤，这一截错接在我躯体上又重又胖的他人肢体。我就这样梦见摆弄着我自己的整个尸体，惊叹它那死沉死沉的分量，走向这一悖论的深渊而难以自拔：**某物即我，我即某物。**但它真的就是我自己吗？我感到心中有一段回忆在蠕动，我回忆起孩提时代，我们那的教堂中一幅表现圣德尼[①]殉道的彩绘玻璃画给我带来的一种古老的激情：他在一座圣殿的台阶上被斩首，躯体还弯下腰，一双大手捧住自己的脑袋，把它从地上捡起来……然而我所欣赏的，却不是这一奇迹的生命力之证明。在我天真幼稚的虔诚信念中，这一神迹仿佛是最不起眼的，再说，我也曾亲眼见过没脑袋的鸭子四处乱飞。不，真正的奇迹在于，他的脑袋从脖子上落下来掉到河流中了，可圣德尼还要跑去把它找回来，而且如此小心翼翼、满怀柔情、情意深切地捧着它。啊！举例说吧，假如我被砍了头，我就不会跟在这颗脑袋后面跑，它红棕色头发和满脸的雀斑给我带来了多少不幸啊！我是多么强烈地想摒弃它们啊！这有着

① 圣德尼（?—270?），基督教使徒，巴黎第一任主教。

火焰一般头发的首级，这又细又长的胳膊，这鹳鸟一样细的腿杆，这像褪了毛，但还东一搭西一搭留有粉红色绒毛的鹅一样的白皙躯体！这种强烈的厌恶使我对自己的一种形象有所心理准备，但是，这一形象只是在希望岛才达到了它整个的丰满度。确实，一段时间以来，我就训练自己进行这样一种活动，即把我所有的特征——没错，我说的是**所有的**特征——接二连三地从我身上剥脱下来，就像剥洋葱那样一层接一层地剥下来。这样一来，我就在我之外，远远地构建出了一个个体，他姓克鲁索，名鲁滨孙，身高6英尺，等等。我看到他生活在岛上，活动在岛上，既不再去利用他的时间，也不再为他的苦难而受罪。谁是这个**我**？这问题远不是一个玩笑。它甚至不是不可解决的。因为，**假如不是他，那么就是希望岛。**从此，就有了一个飞翔着的我，一会儿落在人的身上，一会儿落在岛的身上，他使我时而成为人，时而成为岛。

我刚刚写下的，不正是人们所谓的“哲学”吗？眼下我正经历着的，是何等奇特的变形啊！我这个所有人中最讲究实际、最不善思辨的人，之所以经历这样的变形，就是为了使我不仅能向自己提出类似的问题，而且至少在表面上解决这些问题！这些，我以后还要谈到。

由于对自己容貌的这一厌恶，再加上受一种敌视一切享乐的教育之影响，长期来，他一直对镜子敬而远之，他把从弗吉尼亚号上拿回来的镜子挂在了宅所中最少光顾的外墙上。自那一天后，他对自身变化产生了高度警惕，终于有一天，这种警觉驱使他来到了镜子跟前——他甚至把自己常坐的椅子也搬了出来，以便更舒服地注视他能看到的唯一的那张人脸。

他的相貌没有任何显著的变化，然而他却几乎认不出自己来了。他脑子里出现的只有一个词：**毁容。**“我被毁了容。”他高声喊道，失望紧紧揪住了他的心。他无谓地寻找着，在卑鄙的嘴角边、浑浊的目光中，或在枯燥的脑门上——这些缺陷他素来熟知于心——寻找着一种解释，解释一下把他固定在镜子潮乎乎的斑点上的那张面具为何总带来莫名的倒霉。那是一种更为普遍，同时也更为深刻的东西，某种硬邦邦的东西，某种与死亡有关的东西，过去，他曾在一个经过长年不见天日的囚禁后释放的囚犯脸上注意过它。人们或许可以说，一个严酷无情的寒冬在这张熟悉的脸上扫荡而过，荡涤了它的所有色彩，凝固了它的所有颤动，简化了它的表情，只留下一丝粗野。啊！当然啦，这一大把从一个耳朵连到另一个耳朵的方方正正的胡子，没有一丝一毫拿撒勒人[①]大胡子所特有的朦胧、光滑的柔和。这胡子恰恰属于《旧约》的范围，属于它那不经过审判的立即处决，此外，

---

① 拿撒勒人指耶稣，拿撒勒在耶路撒冷东北方，据《圣经》记载，耶稣曾在那里居住过。

那一道过于坦诚的目光也是如此，它那摩西[①]般的威力也令人恐慌。

这一个新型的那喀索斯[②]，沉湎于忧愁中不能自拔，被自我厌恶折磨得万般疲惫，他面对着他自己，长时间地沉思苦想。他明白，我们的脸是肌肤中的一部分，是我们同类的在场将它反复塑造，使它温暖，赋予它生气。一个人，当有人跟他进行了一番热烈的谈话后刚刚离他而去时，他的脸一时间内还保留着那生气勃勃的激动神色，要过一会儿才渐渐安息下来，而另一个对话者的突然出现，又会重新煽起那蓬勃的火焰。“一张湮灭了的脸，兴许是人类始终尚未触及的一种灭绝程度。”鲁滨孙大声地说出了这句话。然而，在喊出了这些如石头一般沉重的话语时，他的脸部却没有什么动弹，甚至不比吹响雾中悠悠的号角或者围猎时的猎号多动弹一下。他竭力去想一些开心的事情，试图微笑一下。但做不到，不可能。事实上，他的脸上老是挂着某种冰冷的东西，看来，恐怕需要和家人长久而欢快地重逢，才能使他冻解冰释。唯有一个友人的微笑才能使他也跟着露出微笑……

他从镜子那可怕的迷惑中挣脱出来，朝四周瞧了瞧。在这岛屿上，他不是拥有了他所必需的一切吗？他渴了有水喝，饿了有食物吃，安全不成问题，甚至还有舒适的起居，

---

① 摩西为《圣经·旧约》中的人物，曾带领流亡埃及的犹太人返回迦南，并接受上帝所赐的“十诫”。

② 那喀索斯是希腊神话中的美少年，因过分自恋，被爱神阿佛洛狄忒惩罚。他最后爱上自己在水中的倒影，憔悴而死，死后变成水仙花。现今大多借“那喀索斯”一词用来指自恋癖现象。

他有《圣经》在手，可以满足精神需求。但是，到底有谁能够以一丝微笑，来融化他那张脸上凝固的冰冻？他的眼睛低垂下来，转向趴在他右边地上的泰恩，泰恩也把它的嘴脸伸向他。鲁滨孙是不是产生了一种幻觉？**泰恩朝它的主人微笑。**在它嘴脸的一侧，那片带有细细的锯齿状肉刺的黑唇，微微向上咧起，露出两排獠牙。同时，它滑稽地把脑袋歪向一侧，它那浅褐色的眼睛仿佛嘲讽似的眯了起来。鲁滨孙双手捧住那个毛茸茸的胖脑袋，一阵激动，目光顿时模糊一片。被忘却已久的一股热浪从心底涌上，烧得他双颊发烫，嘴角难以觉察地颤抖起来。那就像是在乌斯河畔上，阳春三月最初的熏风微微拂来，预示着春意躁然欲动的勃发。泰恩一直龇牙咧嘴地做着鬼脸，鲁滨孙饶有兴味地注视着它，以求恢复人类禀性中最最温柔的一种。从此，这将成为他和它之间的一种游戏。突然间，鲁滨孙停止了他的劳作、他的狩猎，甚至都不在海滩上或者树林中走动一下了——要不然，他就在深夜里点燃松树脂火把——他那张只是半死的脸以某种方式固定在了泰恩身上。而那条狗，则俯首帖耳地冲着他微笑，它那狗的微笑一天比一天更清晰可辨地映现在它主人的脸上。

晨曦已透出一片绯红，而鸟儿啾啁和昆虫嘶鸣的大合唱却尚未开始。空中没有一丝风拂动鲁滨孙宅所敞开的大门上用作饰物的棕榈叶。鲁滨孙睁开眼，时间已比往日晚多了。他当即意识到了这一点，但是，他的精神意识或许仍然沉睡着，他不想为此事而抱怨自己什么。他想象着门外正等待着他的那整整一个白天，仿佛一片远景尽收眼底。首先是洗漱梳理，随后是在斜面经桌前阅读《圣经》，然后是向国旗致意，“开放”要塞。他要放下吊桥，架在壕沟上，还要把堵塞着通道的一块块大石头移开。早上的时间要用来照应饲养的牲畜。标着B13、L24、G2和Z17牌号的母山羊，应该带往公羊那边去。鲁滨孙每次想起这些下流无耻的妖婆子急不可耐的样子，心中忍不住充满了厌恶，这些母羊干细的腿脚间耷拉着又大又缠步子的乳房，争先恐后地跑向公羊的圈栏。接下来，他在整个上午任凭它们自由自在地私通交配。同时，他还要视察一番他准备修建的人工养兔场。那是一个多沙的盆地，散布着一丛丛的荆棘窝和染料木，他已经用小石块垒起了一道围墙，圈住了这片地，他在这片地里播种野生芜菁、紫花苜蓿，还种了一方畦的燕麦，目的是为了让刺豚鼠来这里生息繁殖。刺豚鼠是一种短耳朵的金毛野兔，自从在希望岛定居以来，他仅仅猎杀到很少几只这样的刺豚鼠。吃中饭之前，他还应该把三个养鱼塘里的淡水补充到一定水量，旱季对淡水的威胁实在太大。随后，他就将站着匆匆地吃午饭，他要穿上那套宽大的将军服，因为在整整一个下午里，有繁忙的公务要等他去处理：海龟普查统计的公布，宪章与刑法立法委员会的主持，最后，还有一座十分大胆地架设在山谷之中的藤索桥的落成典礼，那条藤索桥从100英尺的高空横跨深谷，桥下是一片茂密的热带森林。

鲁滨孙疲惫不堪地询问自己，他是不是还抽得出时间，来完成那座树木状的厥木凉亭，他早就动手在靠近海湾滩岸的森林外缘建筑这座凉亭了，它不仅将成为捕猎水禽用的一个极佳的隐蔽所，可以潜伏在那里监视大海，还将是一个绿荫浓浓的歇息地，即使在白昼最炎热的时分，那里依然还是清凉爽快。这时，他突然明白早上醒来过晚的原因：他头天晚上忘了给漏壶注水了，它刚刚停止了滴漏。确确实实，笼罩着整间房子的那不同寻常的寂静，是由滴落到铜盆里的最后一滴水的声响刚提示出来的。他转过头去，观察到下一滴水正腼腆地出现在空空如也的大肚瓶子的下端，它伸长着，鼓成一个梨形的侧影，犹豫了好一阵，然后好像丧失了勇气似的，又恢复了它的圆球形状，甚至还往上缩了缩，终于决定不落下来，由此引起了时间之流的一种逆行。

鲁滨孙惬意地瘫躺在他的床上。这是多少个月以来的第一次，一滴接着一滴粉碎在盆中的水珠，它那一丝不苟的节奏，现在竟然停止了节拍器一般严谨的运动，不再来支配他最最细微的动作。时间中止了。鲁滨孙放假了。他坐在床沿上。泰恩跑来，深情地把自己的嘴脸贴在他的膝盖上。就这样，鲁滨孙对海岛——他的绝对孤独之女——的无上权力，一直发展到了对时间的一种支配！他有些忘乎所以地估摸，从此后，他只需把漏壶堵死，就可以制止时间的飞翔……

他站起身，走到门槛上，停在门框中央。一阵幸福的目眩紧紧裹住了他全身，令他摇晃了一下，使他不得不将肩膀靠在门框上。后来，当他体会将他全身心攫住的这种心醉神迷的状态，并寻求赋予它一个名字时，他把它称为**纯洁无辜的**

时刻。他先是以为，漏壶的停流只不过使他的作息时间之环松了一个圈，延误了他紧迫的劳作而已。然而，他后来又发现，这一停顿并非仅仅是他个人的事，而是整个海岛的事。简直可以说，万物突然在其使用的方向上——在其消耗的方向上——停止了影响彼此的进程，便会各自返璞归真，如鲜花绽放一般焕发它们所有的特性，天真无辜地为它们自己而存在，它们自身将达到至善至美，而无须寻求任何别的证明。一种崇高的温柔之情从天而降，仿佛在一阵柔情的冲动中，上帝想起来，要祝福他的一切造物。空中仿佛悬浮着某种幸福的气氛，在极其短暂的一瞬间里，鲁滨孙感受到难以言状的喜悦，以为发现了**另一个岛**，就在他长久以来孤苦伶仃地在其中艰难辛劳着的这个岛的后面，这另一个岛，更加新鲜，更加温暖，更加充满着博爱，而他平日忙碌于平庸不堪的杂务，蒙住了自己的眼睛，竟没能发现它。

真是美妙无比的发现：逃脱作息时间和礼拜仪式所规定的严格纪律，而又不至于沉湎于污泥浊水，竟然是完全可能的！**改变**而又不衰落，是完全可能的！他可以打破经过如此辛劳而获得的平衡，他可以上进，而不会重新堕落下去。无可辩驳的是，在极其隐秘的自身变形中，他刚刚攀登上了一个新台阶。但是，这只是一道转瞬即逝的闪电。幼虫在一阵短暂的迷醉中已经预感到，有朝一日它必将展翅飞翔。多么令人心醉，然而又是多么短暂的幻象啊！

从此后，他常常求助于漏壶的停流，以试图进行各种体验，说不定有一天，一个新的鲁滨孙将从他沉睡其中的蛹壳中脱胎而出。但是，他的时刻还没有来到。另一个岛不再像值得纪念的今天早晨那样，从晨曦那绯红的雾霭中露现。他十分耐心地捡起他的旧衣服，继续扮演着被他一度中断了的角色，在烦琐事务和礼节的锁链下，忘记了他曾还企求过别的东西。

航海日志

我很少沉湎于哲学之中，但是，我被迫进行的长时间沉思，尤其是我的心理机制因被剥夺了任何的社会面而产生的某种缺陷，使我对古老的认知问题得出了一些结论。总而言之，我似乎觉得，他人的在场——以及他人在一切理论中不被觉察的引入——是在认知者和被认知者的关系中造成混乱和迷惘的一个重要原因。这并不是说，他人在这一关系中不应扮演一个卓越的角色，而是说，它只应适时地、公开地进行，而不应以不切时宜的方式，或以偷偷摸摸的方式。

在一个黑洞洞的房间中，一支蜡烛被移来移去，照亮着某些物件，而让另一些留在黑夜中。它们从漆黑中浮现出来，被照亮一会儿，随后，又重新沉浸到黑暗之中。然而，无论它们被照亮或是没被照亮，都改变不了什么，既不能改变它们的性质，也不能改变它们的存在。它们在光束经过之前是什么样，在这一光束经过之际和经过之后，仍是什么样。

我们一向赋予认知行为的形象大致就是如此，蜡烛体现着认知的主体，被照亮的物体代表着一切被认知者。然而，我的孤独教会我的，是这样一个事实：这一简明图像仅仅涉及**通过他人**而对事物的认知，也就是说，涉及的是认知问题的一个狭窄而又特殊的方面。一个外来者被引入到我的房子里，他发现了某些东西，他观察它们，然后掉转脑袋不理它们，而去注意别的东西，这就是与黑暗房间中来回照明的蜡烛的神话极为一致的情形。关于认知的一般问题应该在一个更早、更基本的阶段上提出，因为，要想说到一个进入我房子的外来人，说到他在房间里种种物件之间东张西望，就必须有我在那里，以目光遍视我的房间，观察擅入者的举动。

如此说来，存在着两种关于认知的问题，或者不如说，有两种认知，很有必要对它们加以明晰的区别，如果没有这种不同寻常的区分，没有这种区分来为我提供一种看待事物的全新视点，我很可能继续糊里糊涂下去：一种认知是**通过他人**的认知，另一种是**通过我自己**的认知。假如借口说他人即是**另一个我**而混淆这两者，人们就将一事无成。然而，当人们自认为是认知的主体时，他们往往正是在这样做：他们作为某一个个体进入到一个房间中，他们看，他们摸，他们感觉，一句话，他们认识那里的客体物件。因为，这一个个体，是他人，而这些客体物件，却是我——这整个场面的观察者——在认识它们。为了正确地提出问题，必须描绘出并非进入房间之他人的情境，而是正说话、正观看之我本人的情境。这就是我要尝试做的。

当人们努力描绘这个我，而不把这个我混同于他人时，第一个事实就摆了出来：这个我只是以间断的方式，总之是相当罕见的方式存在着。它的出场相应于一种次要的、如同自省的认知方式。那么，基本的、直接的认知方式又是什么样的呢？在那种情况下，客体对象全都摆在那里，在阳光下明明亮亮，或者在阴影中隐隐藏藏，无论是粗糙还是柔滑，无论是笨重还是轻灵，它们都被认识、品味、衡量，甚至被烤煮、刮刨、弯折等等，而无须有一个被认识、品味、衡量、烤煮等的我以任何方式存在，假如使我出现的自省行为没有完成的话——实际上，这一自省也很少能够完成。在认知的基本状态中，我对一个物体对象的意识，是这一物体对象本身，物体对象被认知、感觉，而又没有任何人在认知、感觉。这个形象用一支在物体上投射出一束光芒的蜡烛说不够恰当。最好还是用另一个形象来代替这一形象：无须任何外部之光把它们照亮，而由自身发出磷光的物体。

这一阶段是天真的、基本的，仿佛是自发冲动的——这也正是我们一般的生存方式，在这一阶段中，存在着被认知者的一种幸福的孤独，存在着在自身中拥有一切的万物的一种童贞，这里说的一切，包括它们内在本质的种种特征——颜色、气息、滋味和形态。如此一来，鲁滨孙**就是**希望岛。只有通过爱神木的簇叶，太阳射来的一枚金箭，他才有了对自己的意识，只有在滚涌上金色沙滩的海浪的泡沫中，他才认识到自己。

突然间，啪嗒一声，什么东西松开了搭扣。主体从客体中摆脱出来，从客体身上剥下一层色彩与重量。在这一世界上，有什么东西破裂了，整整一大块东西坍塌下来，变成了**我**。每一个客体都因一个相应的主体而失去自身。光变成了眼睛，它不再作为原先的光而存在：它不再是别的，只是视网膜的刺激。气息变成了鼻孔——而世界本身被证实本无香臭之分。风吹红树[①]发出的悦耳的音乐声则被否定：这只是耳鼓膜的振荡而已。到最后，整个世界都消融在我的灵魂中，而我的灵魂就是希望岛的灵魂，它是从海岛脱胎出来的，就这样，在我充满疑虑的目光下，海岛渐渐死去。

① 这里的红树是红树科、马鞭草科、海桑科和棕榈科一些灌木与乔木的统称。常生长在海边、河口潮湿处，丛生，其主要特征为具有暴露在空气中的支柱根。

一场动荡发生了。一个客体突然间退化为一个主体。毫无疑问，它是值得如此的，因为这整个机制具有一种意义。矛盾的症结，混乱的本源，它从海岛的机体中被排斥、被抛却、被弃绝。这一搭扣松动的魔法与一种世界之理性化的过程是相应的。世界寻找着它自身的合理性，这样一来，它就排除了主体这一渣滓。

那一天，一艘西班牙大帆船向希望岛驶来。还有什么比这更为真实可信的呢？然而，自从最后一批西班牙大帆船消失在大海汪洋的水面上，已经有一个多世纪过去了。船舷上竟然举行着一场欢庆典礼。那航船非但不抛锚停泊，不放下小艇登陆，反而沿着海岸行驶，仿佛它离滩岸依然还有千万里之遥。可是，有一个年轻姑娘穿着陈年的破旧衣服，从航船的艉楼上注视着我，这个年轻姑娘是我的妹妹，死去已经有十多年了……如此的精神错乱是不能维持太久的。某种魔法出现了，西班牙大帆船被否定了它获得生存的种种意向。它成为鲁滨孙的幻觉。它消融在这一主体中：一个惊惶不安、头脑发热、神志混乱的鲁滨孙。

一天，我行走在森林中。大约一百步开外的地方，一截树桩直直地立在小径中央。这是一截奇怪的树桩，它毛茸茸的，简直可以说像一头动物的侧影。然后，树桩活动起来。可是，这太荒诞了，一截树桩是不会活动的！再后来，树桩变成了一头公山羊。可是，一截树桩怎么可能变成一头公山羊呢？这里就必须产生一种魔法。魔法产生了。树桩彻底地消失了，甚至可以说是**追根溯源**般地消失了。原来那里一直有一头公山羊。但是那树桩呢？它变成了一种视觉上的幻象，那是鲁滨孙视觉上的扭曲。

主体是一个丧失了资格的客体。我的眼睛是光与色的尸体。当气味的非现实性得到证实时，我的鼻子便是气味所留下的一切。我的手是对被握之物的否定。由此，认知的问题诞生于**时间之错乱。**它包含了主体与客体的同时性，它企图探明它们之间那些神秘的关系。然而，主体与客体不能够共存，因为它们本是同一种东西，先是被纳入现实世界中，随后被弃为废物。鲁滨孙便是希望岛的一种作为人的废弃物。

这一棘手的公式使我充满了一种阴郁沉闷的满足。那是因为它向我显示了狭窄而又崎岖的拯救之路，无论如何，这毕竟是某种拯救之路，这一拯救指的是，一个富饶而又和谐的岛，得到尽善尽美的耕种和管理，种种特征维持着相当的平衡，自行循着它的道路发展，而无须有这个我存在，因为它离我是如此之近，即便仅仅作为一道目光，也会有太多的我，应该将我缩小成为那种内在的磷光，它使得每一事物都得到认知，而又没有人在有意识地认知，没有人具有意识……哦，这是多么微妙而纯粹的平衡啊，如此脆弱，如此珍贵！

但是，他实在是急不可耐地想摆脱这些梦幻、这些思辨，想在希望岛坚实的大地上脚踏实地地走一走。他相信，总有一天，他将找到一条通向海岛最隐秘的内核的切实之路。

第五章

岩洞位于海岛的中心，在巨大的雪松的根下，洞口大开着，好像在一大堆乱七八糟的岩石底下开了个巨型的通风窗，在鲁滨孙眼中，这岩洞永远具有一种根本性的重要意义。然而，在很长一段时间里，他只是把它用作保险柜，吝啬地在里头积藏他在这世界上最珍贵的东西：他收获的粮食，他储存的果脯、腊肉，再深一点的地方，则藏着他好几箱子的衣服，他的工具，他的武器，他的黄金，最后，在最靠近尽头的洞底，是他那几桶黑色火药，其数量足以把整个小岛夷为平地。尽管很久以来他就不使用火器捕猎野兽了，鲁滨孙依然十分重视这些威力无比的粉末，使用火药的权力非他莫属，从中，他汲取着一种最高权力能给予人的慰藉。坐在这把具有爆炸权力的宝座上，他便掌握了对小岛及其居民朱庇特式的至高无上的君权。

但是，好几个礼拜以来，岩洞对他来说又增添了一种新的意义。在他的第二种生活——一旦他摆脱开总督—将军—统治者的身份属性，停住了漏壶的滴漏，这第二种生活也就开始了——中，希望岛不再是一片亟待管理的领地，而是一个**人**，一个具有毋庸置疑的女性本质的人，无论是他的哲学思辨，还是他心灵与血肉的新需求，都使他倾向于这样一个女人。从此，他总在隐隐约约地自问，这岩洞是不是那个庞大肉体的嘴、眼睛，或者别的什么自然孔道。他在想，假若他的勘探一直进行到头，会不会把他带到某个隐蔽的皱褶处，说不定会给他向自己提出的某些问题提供答案。

越过火药库，通道沿着一段坡度极陡的狭长坑道继续延伸，这段坑道，直到被他后来称为**地底下阶段**的那一时期，他还一直没有深入过。确实，勘探工程面临一个极棘手的难题，即照明问题。

光凭手握一把松明火炬——而除此之外，他又找不到别的东西代替——就深入到那么深的坑道中去，实在是一种非常可怕的冒险之举，因为那里靠近火药库，而且，甚至连他自己也不太确信，桶里的火药是否有一些撒落在地上。更何况，这样做的话，会使本来就已相当稀薄、憋闷的空气充满令人窒息的烟雾。至于在洞穴底开凿一条通风与照明的管道的计划，也同样被否定了，他只剩下**接受黑暗**这一种办法，也就是说，乖乖地忍受他曾试图征服的苛刻环境，而这一想法，在几个礼拜之前，甚至都没在他头脑里转悠过。当他意识到自己已进入自身变形的过程后，他现在准备让自己经历最艰难的转化，以响应某种可能的新的神启。

他先是试图**习惯于**黑暗，以便能摸索着在深深的洞底前行。但他明白，光有想法仍无济于事，还必须作一种根本性的准备，必须超越人类习惯于封闭其中的光明与黑暗的交替，最终走向那完全的、彻底的盲人世界，当然，这一世界比起明眼人的世界来更不适宜居住，但它并非被截除了它整个的光亮部分，而潜入到阴沉的黑暗之中，就像那些长有眼睛的人想象的那样。眼睛创造了光明，同样也发明了黑暗，但是，没有眼睛的人则既不知道光明，也不知道黑暗，他们并不会为光明的缺乏而痛苦。为了接近这一状态，他只有长久地一动不动地待在漆黑之中。鲁滨孙正是这样做的，他一动不动地待在漆黑中，身边放着几块玉米饼和一壶羊奶。

一片绝对的寂静笼罩着他的四周。没有一丝声息传到洞穴深底。然而，他已经知道，这一体验将获得预期的成功，因为他丝毫也没感到与希望岛分离。相反，他强烈地感到和她生活在一起。他蜷曲地蹲在岩石边，在黑暗中大睁着双眼，他看到白色的浪涛拍打在小岛四周的沙滩上，看到棕榈枝叶在风儿的拂动下仿佛一个劲儿地点着头，看到天上掠过一只蜂鸟，像是一道红色的闪电。他感觉到，在退潮后露出的所有海滩上，回荡着一股清凉的潮湿气味。一只寄居蟹趁此机会，从它的甲壳中探出头来，透一口气。一只黑脑袋的海鸥突然间猛地俯冲下来，直冲一条躲在红海藻下的谢托东鱼[①]飞掠而去，一阵激浪溅起，把所有的红海藻掀翻，现出一片赭褐色。鲁滨孙的孤独以奇特的方式被克服了，不是**从侧面**，以“包围”与“并行”的方式被克服——就像当一个人处于人

① 谢托东鱼是一种色彩鲜艳的棘鳍类海鱼。

群之中，或者和一个朋友在一起的时候那样被四下包围，并肩相依；而是**从中心**，从某种方式上说，是以核心辐射的方式。他想必是置身于希望岛的**灶心**附近，这个巨大躯体的一切神经末梢就是从这中心向四面八方放射开去，而来自外表的一切信息则又反馈集中到这里来。如同在某些大教堂中见到的那样，常常有那么一个点，由于声波以及声波的干涉作用，人们可以从这一点听到最最细微的声响，无论声响是从哪里传来，从半圆形后殿、从祭坛、从祭廊，还是从中殿，都能听到。

太阳渐渐地向地平线沉落。在小岛中央叠堆的岩石山脚下，洞穴大张着它那黑黝黝的口子，鼓圆鼓圆的，像是一只巨大的眼睛，充满惊异地凝视着远方的海洋。一会儿工夫后，太阳运行的轨迹将严丝合缝地把阳光投射到地洞的轴心上。洞穴的深底将被照亮吗？能有多长的一段时间呢？鲁滨孙用不了多久就会知晓，连他自己也说不出是什么道理使他如此坚信，反正他对这次遇合赋予了重大意义。

事情发生得如此迅速，以至于他不禁自问，他到底是不是成了一次视觉幻象的牺牲品。或许这仅仅是一次在他眼皮后面闪烁了一下的假光觉[1]？或者，它真的是穿透了黑暗却尚未伤及黑暗的一次闪光？他曾经等待着大幕拉起，黎明的曙光胜利地降临。而这仅仅是一枚光明的尖针，给他沉湎其中的一团凝重的漆黑带来一记针刺而已。地道想必比他以为

① 假光觉指视网膜受到非光源的刺激（如振荡或压力）引起兴奋而发生的光觉，也叫光幻视或压眼闪光。

的要更加长，而且远非那么直。但这又有什么关系？两道目光——光明的目光与黑暗的目光——毕竟相遇了。一支阳光之箭已经穿透了希望岛地下的灵魂。

第二天，同样的闪光再次产生，然后，又过去了十二个钟点。黑暗始终**恒定不变**，不过它已经不再在他周围创造那种轻度的晕眩，那种使得行路人因被剥夺视觉目标而摇晃的晕眩感已经完全消失。他置身于希望岛的腹中，恰似鱼儿在水中那样，但他毕竟还没有达到那超越了光明与黑暗的彼界，而在那彼界中，他将感觉到绝对彼界的第一道门槛就在脚下。或许他应作一次净身的斋戒。更何况，他只剩下一点点的羊奶了。于是，他就又静心稳坐了二十四小时。然后，他毫不犹豫、毫无恐惧地站起身来，深深地沉浸在自己事业的庄严肃穆之中，走向了岩洞的深底。他没有游荡多时，便找到了他想寻找的东西：一条垂直而又极其细窄的通道的口子。他立刻就试着滑落下去，但试了几次都没能成。石壁平滑细腻，犹如人的肌肤，但是口子实在太窄，他滑到一半就被卡住了腰。他索性脱了个精光，然后把剩下的羊奶抹在身上。这样，他先把脑袋探下细细的卡口，这一回，他终于慢慢地但有规律地滑下了卡口，仿佛一团经过咀嚼的食物在食道中蠕动。经过一记十分柔和的坠落，他的双手探到了底，其间真不知是经历了短短的一瞬间，还是漫长的几世纪。他来到了一个像是地下藏尸室的狭小地方，只有把脑袋留在孔道入口处，整个身子才能勉强站立。他开始仔细地触摸起所在的那个洞穴来。地面虽很硬，却很光滑，而且很奇怪的是温乎乎的，但是四壁却呈现出惊人的疙疙瘩瘩。里头有一些石化了的乳头状凸起物、石灰质的疣瘤、大理石的蘑菇状凸块以及形如海绵的化石。稍远处，石质的地面上覆盖着一层卷曲的乳头状凸起，这些乳头越来越密，越来越厚，渐渐接近一朵巨大的矿石之花，它实际上是石膏矿的某种分泌结晶，整个组合极像是在一些沙漠中能看到的玫瑰花样的石膏结晶。它散发出一种潮湿的、带有铁腥味的芬芳，有一点令人提神的酸味，还混有一丝甜丝丝的青涩感，使人联想起无花果树的汁液。但是，在这一切中最能引起鲁滨孙注意的，是位于这藏尸室偏僻角落里的一个大约5英尺深的岩洞。岩洞内部极其平滑，但奇怪的是，它好像经过了精雕细琢，恰似一副用来做某种复杂玩意的模子的内胚。鲁滨孙暗暗纳闷，这个东西，恐怕就是他自己的身体，经过了多次的尝试后，他终于确实找到了这样一个合适的姿势——身体蜷缩成一团，膝盖抵着下巴，小腿交错，双手放在脚上——这样，他正好天衣无缝地被嵌在岩洞中，而全身一旦严丝合缝地适应了洞穴，他便立即忘记了自己身体的界限。

他悬浮在一种永恒的幸福中。希望岛是一颗在阳光下成熟的果实，它那赤裸的白色种仁，被严严实实地包裹在千万层厚厚的仁衣、果核、果皮之中，这种仁叫作鲁滨孙。如此安居于这一陌生岛屿岩石内层的最隐秘深处，还有什么不是他的安宁呢？在这海岸上不是发生过一次海难事故吗？在那次海难中，不是有一个死里逃生者吗？他不是成了一个管理者，让他的土地上覆盖了丰收的庄稼，让他的牧场上繁殖着成群的牲畜吗？或者说，所有这一切曲折的变故莫不是一场梦，莫不是躲藏在这一巨大石瓮中、蜷缩于永恒之中的这小小幼虫的一枕黄粱美梦[①]？他是什么，难道不是希望岛的灵魂本身吗？他回想起一个套着一个的季戈涅太太的木偶[②]：它们全都是空心的，一个套着一个，把它们拧出来时会发出吱吱的响声，除了最后的一个，那个最小的木偶，它是实心的，沉甸甸的，它是这一套中所有其他木偶的核心和实证。

他或许睡着了。恐怕连他也说不清楚。因为，在他所处的**非存在**状态中，清醒与沉睡的区别已经被抹却得差不多了。每当他要求自己的记忆努一把力，估计一下从他下到洞穴中后流逝了多少时间时，在他脑子里出现的固定不变的形象，始终是那一个**停流的**漏壶。他注意到，标志着太阳经过岩洞之轴的闪光又产生了一次，但只是在稍晚一些的时候，发生了一种令他吃惊的变化，尽管他长久以来就一直在等待着某种类似的东西：突然间，**黑暗改变了信号。**他沉浸其中的黑转变成了白。从此，他便漂浮在白色的黑暗之中，如同一块凝固的乳在一碗奶里那样。同样，他不是曾经把羊奶涂抹在自己高大的白色身躯上，才得以进入到这一深度中的吗？

在这一深度中，希望岛的女性本质才具备了母性特有的一切特征。由于时间与空间界限的弱化，鲁滨孙得以史无前

---

① 此句中有文字游戏，“石瓮”原文为“urne de pierre”，另一义为“石头骨灰瓮”；“幼虫”原文为“larve”，另一义为“亡灵”。

② 季戈涅太太为法国木偶戏中的一个传统角色，身材高大，从她的衣裙中会一个接一个地走出一大群木偶小孩。

例地深入到他沉睡着的童年世界中，他母亲的形象便始终萦绕在他的心头。他感到自己被抱在母亲怀中，她是一个身强力壮的女人，拥有一颗非凡的心灵，但不太与人交流，难得有感情外露的时刻。他记不起来她是不是曾亲吻过他的五个哥哥姐姐和他自己。然而，这个女人并不是一个情感干枯的狠心人，完全相反。说到与她孩子无关的任何方面，她不过是一个普普通通的女人罢了。当一枚丢失了五年之久的家传首饰失而复得的时候，他看到她流下了喜悦的眼泪。当有一天孩子们的父亲因心脏病发作倒地不起时，他看到她惊惶得手足无措。但事情一旦涉及孩子们，她就变成了一个**如有神启的**女人，说她似有神启，是就这个词的最高意义而言。她同孩子们的父亲一样，与贵格会的关系十分密切，她对神圣经书的权威，如同对教皇主义的教会的权威一样，全然不屑一顾。面对邻居的大惊小怪，她坚持认为，《圣经》固然是一本反映上帝旨意的书，但它毕竟出自人类之手，由于历史的兴替和时代的嬗变而被损害得面目全非。较之于这部来自数千载之深层的天书，她感觉从她自身深处迸发出来的智慧的源泉，要纯洁得多，活跃得多！在那里，上帝直接对他的造物说话。在那里，圣灵恩赐给他们超自然的光芒。然而，对她来说，她作为一个母亲的天职与这一平和的信仰混合在了一起。她在自己孩子面前的行为举止，都带有某种**必然可靠**的成分，它比任何的示范都更能使他们振奋。她一次都不用去亲吻她的孩子，但他们在她的目光中读到，她了解他们的一切，她比他们自己还更强烈地感受到他们的欢乐和他们的痛苦，她随时准备把自己取之不尽的珍宝，即温柔、明智和勇敢，全都卑微地施与他们。孩子们在拜访他们的邻居时，看到那些咋咋呼呼、劳累过度的女人对待自己的后代时反复无常，不是狂怒叱骂，就是滥用柔情，不是巴掌耳光，就是亲吻拥抱，惊讶得不禁目瞪口呆。他们的母亲永远是那样的本色，一举一动总是那么镇定自若，总是最有效地让她的孩子们心思安宁，精神愉悦。

有一天，父亲不在家中，底层的店铺突然起火。她和孩子们当时正待在二楼。大火以唬人的速度，在这幢有好几百年历史的木头房屋里迅疾地蔓延。鲁滨孙当时还是个刚出世几礼拜的婴儿，他最大的姐姐大概也只有九岁。急急忙忙赶回家来的小呢绒商人当即跪倒在大街上，面对着熊熊烈火，祈求着上帝，但愿全家人此刻都外出散步去了。这时，他突然看到他妻子神态自若、不慌不忙地从滚滚的浓烟和呼呼的大火中钻出来，就像一棵果实累累的压弯了腰的大树，她身上满载着六个安然无恙的孩子，肩上扛着，怀里抱着，背上驮着，围裙里还兜着。鲁滨孙正是在这样一个侧面上保持着对他母亲的回忆，这一真理与善良的支柱，这一殷勤而又坚实的大地，这一使他得以逃脱恐惧与忧虑的避难所。他在洞穴之底重又找到了某种东西，它包含着这一略带生硬的完美柔情，包含着这一万无一失、不带虚假热情的关怀。他看到他母亲的双手，那一双从来没有抚摩过他，也从没打过他的大手，这双手那么有力，那么坚硬，要用最恰当的比喻来说，它们就像是两个天使，一对依照心灵之吩咐共同行事的兄弟般的天使。它们揉着一堆又白又腻的面团，那是主显节[①]的前夕。第二天，孩子们将要分享一大块烘麦饼，在它烘烤得凹凸不平的饼皮里，藏着一粒蚕豆。现在，他就是被攫在力大无比的岩石手掌中的这一团柔软的面，他就是藏在希望岛那巨大的、坚不可摧的肉体中的这一粒蚕豆。

闪光又一次投射到地洞深处，在这深处，他由于绝食，越来越从石头躯壳中抽离出来。然而在这乳白的黑夜中，它仿佛在鲁滨孙身上产生了**相反的**效果：短短不到一秒钟的瞬间，周围的白色变黑了，随后又立即恢复了它白雪般的纯洁。简直可以说，一股墨黑的浪涌进了洞穴的口子，滚动了一会儿后退去，没有留下丝毫的痕迹。

鲁滨孙隐约感到，若他还想重见天日，那么他就该中断这种迷茫的诱惑。在这苍茫昏暗之地，生与死彼此挨得是那么近，只消有片刻的疏忽大意，继续生存的意志只消有一丁点儿的放松，那么，从此界到彼界的致命滑落就会发生。他从洞穴中挣脱出来。他既没有变得迟钝，也没有变得虚弱，确实，他只是觉得身轻如燕，仿佛轻灵得化为了精神。他毫不费力地爬上了地道，他漂浮在那里，如同一个浮沉子[②]。他来到山洞的底部，摸索着找到了自己的衣服，根本来不及穿上，就把它匆匆卷成一团，夹在腋下。乳白的黑暗依然笼罩

---

① 主显节在1月6日，为纪念耶稣诞生后东方三王来朝拜而设立，在这一天，按照风俗习惯，人们要分食内藏一粒硬蚕豆的烘饼。

② 浮沉子是一种用来测量压力的底部穿有孔的空心圆球形仪器，置于玻璃瓶中能上下浮沉。

在他的周围，但这并不叫他感到有什么不安。经过长期的地下逗留，难道他已经成了一个瞎子？他蹒跚地走向洞口，突然有一把火剑朝他劈脸刺来。一阵剧烈的疼痛吞噬了他的眼睛。他连忙用双手捂住了脸。

正午的太阳晒得岩石周围的空气颤巍巍地跳跃升腾。这一刻里，连蜥蜴都躲进阴影中藏起身来。鲁滨孙半弓着腰向前走，冷得簌簌发抖，两条涂着凝结的羊奶的湿淋淋的大腿夹得紧紧的。无依无靠地独立于一片尖刺的荆棘丛和锋利的燧石林之中，他又是恐惧，又是羞耻，感到一种精神上的崩溃。他赤裸裸，白森森，浑身的皮肤布满了鸡皮疙瘩，像是一只拔光了尖刺的受了惊吓的刺猬。他那阳具仿佛受了侮辱，缩得没了踪影。手捂在脸上，指头之间滤析出一声声低低的抽泣，尖尖的，细细的，就像是小老鼠的吱吱叫声。

他好歹挪动着步子，在泰恩的引导下，深一脚浅一脚地朝他的住所走去。泰恩在他的前后左右欢腾跳跃，因为重新见到主人而欣喜万分，同时又因他的变化而张皇不安。终于，房子里昏暗半明的光线起到了镇静作用，他定下心后关心的第一件事情，就是重新启用漏壶计时。

航海日志

这次在希望岛心腹处的深入和逗留，我到现在为止尚不能准确领会其价值意义。它到底是一种善，还是一种恶？这兴许是整整一桩有待审理的公案，只是我还缺少审理此案的主要证件。当然，对污泥塘的回忆给我带来种种不安：岩洞与泥塘有一种无可辩驳的连带关系。但是，恶难道不总是善的模仿者吗？路济弗尔①以他自己的鬼脸模仿上帝。岩洞究竟是烂泥塘的一种新的、更诱惑人的变形，还是对烂泥塘的否定？当然，它像污秽的泥淖一样，在我的周围激活了我过去岁月中的种种鬼魂魔幻，它让我沉湎其中的回顾之梦，与我每日里为把希望岛维持在尽可能高的文明水平上而进行的斗争，断然不能相提并论。但是，那泥淖之塘让我回想起的，主要是我姐姐露西，是这样一种温柔而又短暂的存在——总之，一种病态的存在，而那岩洞赋予我的，却是我母亲那高大而又严峻的形象。多么神奇的庇护神啊！我宁愿更相信这样的想法，那颗一心希望能来援救她最受威胁的孩子的伟大灵魂，它没有什么别的办法，而只有化身于希望岛之中，才能更好地扶持我、哺养我。当然，考验是严峻的，回归到光明中，要比沉沦于黑暗中更为艰难。但是，我渴望在这一有益的苦练中重现我母亲的风范，她认为，如若不经过一段痛苦的努力——如同付出代价——就不能取得进步。通过这次地下隐居，我感到自己变得那么身强力壮！从此，我的生

① 路济弗尔在罗马神话中为启明星，在《圣经》中，他就是魔鬼撒旦。

命就将建立在一块坚固非凡的基石之上，这是一块紧紧嵌在岩石心中的基石，它直接地汲取沉睡在岩石中的能量。以前，在我的身上，总有着某种浮动不稳的、不太平衡的东西，引起厌恶与焦虑。我常常自欺欺人地梦见一座房屋，那一座我将拥有以安度余生的房屋——我想象它是用成块成块的花岗岩砌起来的，庞大雄伟，坚如磐石，稳稳地建在神妙的地基之上。现在，我不再做这个梦了。我不再需要它了。

福音书上写道，若不把自己培养得像一个小孩子，人们是进入不了天国的。再没有一句话比它更应该从字面上来理解了。岩洞不仅仅给我带来不可摇撼的基础，使我今后可以把自己贫困的一生托付给它。它还是向着失落的纯洁无辜的一种回归，而我们每一个人都为这失落的纯洁而偷偷地哭泣。它奇迹般地把子宫中黑暗柔和的宁静与坟墓的宁静合为一体，把今生今世和生命彼岸连为通途。

鲁滨孙又在洞穴中隐居好几次，但是作物收获和草料刈割迫在眉睫，他不得不从洞穴中出来。它们之间的关系竟然是那么一般，他实在感到惊惶不已。无疑，粮食供应和牲畜喂养用的草料并未遭到什么威胁，因为小岛的开发足以保障全体居民的生活需要。但是，在他与希望岛所维系的微妙关系上，能感觉出有一种不平衡。他似乎觉得，他浑身肌肉中那勃勃欲发的新生力量，令他每天清晨醒来时就要吟唱一曲优美行动赞歌的那一种青春喜悦，他从洞穴深底汲取的那全部幸福的青春活力，这一切，全都借自于希望岛的生命源泉，而且正在危险地消耗着它的内在能量。往日在农忙收获时节之后慷慨地滋润大地的充沛雨水，如今悬浮在铅灰色的天空中，迟迟不肯落下，空中常有闪电划过，始终带着威胁，然而空气吝啬得干燥如烟。平时用于提供多汁、肥美的蔬菜的好几英亩马齿苋，还没等到成熟，便在地上干巴巴地枯萎了。好几头母羊产下了死胎。有一天，鲁滨孙在东海岸沼泽地中央看到一群美洲野猪跑过，激扬起一团烟尘滚滚上升。他立即得出结论，肯定是烂泥塘干涸了，消失了，他心中不禁产生一种深深的满足感。但是，他平日里汲取淡水的那两处水泉也枯竭了，从此以后，他被迫走更远的路，到森林中仍有水的那一处泉眼。

这最后的一眼泉水缓缓地从一个乳头状的土墁中滴滴答答地渗出，它高高地位于树林中央的一片空地中，仿佛小岛在这个地方撩开了它的树木之袍。当鲁滨孙急匆匆地扑向这涓涓细流时，他快乐得就像长了翅膀的小鸟那样，仿佛干渴的嘴巴已经饱饮了甘霖似的。当他把贪婪的嘴贴到泉眼上，尽情地吮吸这生命的汁液时，他禁不住哇哇大哭起来，心中充满了无限的感激之情。透过他低垂的眼睑，他仿佛看到了摩西亲口许下的诺言如火焰一般地燃烧着：

以色列的子孙。我要让你们进入到流淌着奶与蜜之地。[1]

然而，他再也不能不承认，假若希望岛内部真的流淌着奶与蜜，那么正相反，他强加于她的极度的母性天职将使她枯涸衰竭。

航海日志

原因已经探明。昨天我又一次藏匿到洞穴中。这将是最后一次，因为我已经认识到我的错误。昨天夜里，在我无声无息的半睡半醒之中，我的精液遗泄出来，情急中我赶忙用手去捂，想捂住它，那个狭窄的凹洞——仅仅只有两指之宽——它凹陷在洞穴的最底部，它想必是希望岛的最隐秘的腹中之腹。我的心中回想起福音书上的话，不过这一回带着一种威胁的意义：任何人，若不像小孩子，断不能[2]……我得通过什么样的脱胎换骨，才能说自己拥有小孩子的纯洁无辜呢？我是一个年富力强的男子，我就应该像男子汉一样承受我的命运。我从希望岛的胸怀中汲取的力量，是一种向我自己的源泉

---

① 事见《旧约·出埃及记》第三章。

② 语见《新约·马可福音》第十章第十五节："凡要接受神国的，若不像小孩子，断不能进去。"在《马太福音》第十九章第十四节、《路加福音》第十八章第十七节中也记载有相似的话。

倒退的危险报酬。诚然，我在那里找到了安宁与喜悦，但我以我成人的重量，压垮了那哺养了我的大地。希望岛因我而怀孕，就将不再生产，就像即将要做母亲的女人月经停止那样。还有更为严重的事情，我会以我的精液玷污她。这活跃的酵母，在这巨大的烤炉一般的岩洞里，什么样可怕的成熟它酿造不出来！我仿佛看到希望岛整个地膨胀起来，犹如一个圆球形的奶油蛋糕，在海平面上饱饱地撑起它浮肿的形状，最后破裂粉碎，把某个乱伦而结的怪胎一股脑儿地抛吐出来！

我冒着危险，不惜以我的灵魂、我的生命，以及希望岛的贞洁为代价，探索着大地母亲的道路。或许要到很久以后，等到衰老断绝了我身体的生育机能，涸竭了我的男性本能，那时，我会再下到洞穴中去吧。但到那时，我就将一去而不复返了。那样，我就将给予我的遗骸一口最温柔、最富有母性的棺材。

漏壶重新恢复了它的滴答声，鲁滨孙那贪得无厌的活动又在希望岛的天地之间展开。一项宏大的计划酝酿成熟，它的实施一直可以追溯到这一天：把海岛东滩岸的沼泽地改造成为水稻田。他从来都没敢动一动弗吉尼亚号上留下来的那一口袋稻谷。放弃让种子变果实的希望而把它消耗掉，为图一时的痛快而把这笔资本——在这笔资本中，或许沉睡着多少个世纪的收获——挥霍一空，就是一种犯罪，一种十足的犯罪，他绝对不能犯这种罪，他甚至不可能**从肉体上**去做这事，因为，哪怕是残害一小匙子粮食，他的喉咙也难以吞咽，他的肠胃也难以消化。

但是，要在沼泽地上种水稻谈何容易，它要求在人为控制下，随意自如地解决稻田的排灌问题，这就得建设一个包括蓄水池、水坝、田埂、水闸等在内的水利系统。对于一个已忙得不可开交的人来说，这项工程实在太宏大，是啊，他还有别的耕作劳动，别的饲养活儿，别的公务杂事。好几个月中间，漏壶再也没有停滴过，但是，一直持之以恒地写下的日记证明，他对生命、死亡和性的思索一直在进行着，而这种思索本身，仅仅是他深刻的存在本质的一种变化的表面反映。

航海日志

我现在明白到，假如他人的在场是个体之存在的一个基本因素，那么，它也不是绝对不可替代的。诚如乔治·福克斯的教友们所谦卑地指出的那样，他人固然是必要的，但并非不可缺少的，他人可以由环境拒绝赐之于的那个人来替代。由**所建造的**来代替**所赐予的**，这是普遍性的问题，是真正有关人性的问题，假如真的是它把人与动物区别开来，那么我们可以说，大自然所无偿给予动物的一切，人只能期望用他自己的技艺去得到——他的衣袍，他的武器，他的食物。我在海岛上孑然一身，如果我不建造些什么的话，那我很可能把自己降低到动物的水平——实际上我也已经开始这样做了；或者，正相反，如果社会不再为我建造的东西，我都要自己去建造的话，我就将变成一个某种意义上的超人。于是，我过去建造了，而且现在继续在建造着，但是实际上，我的事业是在两个不同的层面上，在**两种相反的方向上**进行着。因为，假如说，在海岛的表面上，我推行着我的文明事业——耕种、饲养、建筑、管理、立法等等。当然这都是从人类社会复制而来的，因而在某种程度上说是**回顾性的**，那么，我感觉自己是一出更为激进之变革的戏剧，它以某些独特的解答，代替了孤独在我身上创造的废墟；这些解决的方法多多少少带有暂时的性质，或者摸索的性质，却越来越不像它们从中脱离出来的人性原型。为了解决这两个层面的对立，我似乎觉得，它们日益扩大的分歧不可能无限制地严重化。这样的一个时刻将是命中注定要来临的，一个越来越**非人化**的鲁滨孙，不再是一个越来越**人化**的城邦的总督和建筑师。我已经在我外在行为中，无意中闯入了空无的通道。我常有这样的时候，一边工作着，一边却不真正相信我在做的事，我工作的质量与数量并不被我感觉到。相反，在某些努力中，有着一种重复劳作的醉意，这醉意为的是赢得任何一种形式的分心：工作，是为了能在工作中不去想终极目标。然而，人们不能无限地从内部挖掘一座建筑，而又不让它最终倒塌。这样的一个时刻很可能会来临：得到治理与耕种的岛屿完全不再引起我的兴趣。那时，它将失去它唯一的居民……

可是，既然如此，为什么还要等待呢？为什么还不决定，让这一天早早到来呢？为什么？因为在我心灵的目前状态中，再次陷入污秽的泥淖中将是致命的。我心中正孕育着一个宇宙，但这是一个尚在孕育中的宇宙，它叫作混沌一片。针对这一混沌，**得以治理**——越来越得到治理，因为在这种事情上，人们只有前进才能维持直立——的岛屿是我唯一的庇护所，是我唯一的救生索。它曾拯救了我。它现在仍在拯救着我。与此同时，宇宙是可以寻找的。混沌的这一部分或那一部分暂时有序地排列出来。比如说，我曾经以为在岩洞中发现了一个生存模式。但这是一个错误，尽管其经验是有益的。还将会有别的经验。我不知道，这一类连续不断的自我创造将把我带往何方。假如我知道的话，那么，这种创造就将结束、完成、一劳永逸。

欲望也是如此。这是一股激越的水流，只是被自然与社会囚禁在一段水渠中，关闭在一座磨坊中，安定在一架机器中，使之服从于它自己毫不介意的一种目的：物种的永存永续。

我丢失了我的水渠、我的磨坊、我的机器。

整个社会建筑在我心中年复一年地坍塌为废墟的同时，制度与神话的支架也消失了，这一支架本来有助于欲望**获得形体**，我这里说获得形体，是就这个词的双重意义而言，也就是说，为自己提供一种确定的形式，并消融在一个女性肉体中。然而，若是说我的欲望不再被纳入到种的延续的终极目的，那就未免太不够了。它甚至都不再知道要为谁显现！很久以来，我的记忆中充满了女人的想象，可以给我的想象提供令人动心的造物，尽管她们并不存在。可现在，全完了。我的回忆苍白无力。全是一些空壳的、干瘪的豆荚。我嘴里说着：女人、乳房、大腿、被我的欲望分开的大腿。什么都没有。这些文字的魔术不再表演了。一些声响，**声音的气息**[①]。可以说我的欲望因营养不良而自行死亡了吗？远不是的！我始终在心中感觉到这一生命源泉的喃喃之声，但它现在变得完全无拘无束了。它并不乖乖地进入到社会预先给它准备的河床中，而是四处泛滥，八方流淌，仿佛摸索着寻找一条正确的通道，去那里聚集，一起流向一个对象。

就这样，鲁滨孙怀着一种极大的兴致，观察着周围动物们的婚配习俗。从一开始，他就对山羊和秃鹫——从某种程

① 原文为拉丁文“flatus vocis”。

度上说，也就是对哺乳类和鸟类——不屑一顾，在他看来，这些动物的性爱就是人类性爱的漫画式丑化。但是昆虫理所当然地吸引了他的全部注意力。他知道，某一些昆虫被植物的花蜜吸引，身上沾满了雄蕊的花粉，然后会无意识地把花粉带到雌蕊的花柱上。他通过望远镜在马兜铃管状花朵上观察到的这一系统的完美构造，使他沉浸于心醉神迷之中。昆虫刚刚钻入这种心形的美丽花朵中，花冠的一部分就像有搭扣一样，咔嗒一下在它身后关闭了起来。一时之间，小虫子便成了花托的囚徒，成了这一最最令人醉心的阴性花托的囚徒。这毛茸茸的野蛮小虫子愤怒地横冲直撞，想挣身逃脱，而这样一来，它身上便落满了花粉。很快，又是咔嗒一响，花托还了它以自由，它腾身飞去，带着浑身的粉霜，又到其他地方去当囚徒，无意识地充当着花卉之爱的忠诚奴仆。

这种被残酷分离的植物夫妻发明的远距离授精，在他看来具有一种激动人心的、高贵的优雅，于是，他不禁沉湎于幻想，期望有一种神奇的鸟儿，身上涂抹着希望岛总督的精液，一直飞到约克郡，使他寂寞守空帷的妻子受孕。但他又反复思索，觉得经过如此长久的杳无音信之后，她一定认为自己已成了寡妇——兴许，她已经出了守寡期，重新结了婚。

他的幻想步入了另一条路。一只膜翅目[①]雄性昆虫的行为令他惊诧不已，这种雄性昆虫只光顾某一品种的兰科植物[②]，

① 膜翅目为昆虫纲中的第三大目，种类繁多，多为益虫，如蜜蜂、蚂蚁等。

② 这种植物指的是“Ophrys bombyliflora”。——原注

而又丝毫不像是要去采花蜜的样子。他手拿望远镜，几小时几小时地待在那里观察，企图阐解小虫子的行为。他先是发现，那花朵以植物性物质恰如其分地复制出了这种昆虫的雌虫的下腹，以至于显现出某种形态的阴道，这一类阴道很可能散发出一种特殊的刺激性欲的气味，专门吸引和诱惑那爱欲勃勃的雄虫。这雄虫并不采集花蜜，它只是在调戏花儿，随后，它按照它那种类特有的授精仪式与花儿做爱。性爱动作使它处于一种很恰当的姿势，聚集为两个花粉块的花粉靠它那两个黏稠的小胞囊落到小虫的脑门儿上，由于装饰有这一对植物之角，被愚弄的情郎继续着它从雄花到雌花的反复不已的追求行为，它为兰花的未来而如此辛勤劳作，却还以为在为自身的传宗接代效力呢。一种如此登峰造极的狡诈与机敏简直使人怀疑起造物主的严肃。自然造化到底是由一位无比睿智、无比威严的上帝创造的，还是由一个被古怪的天使之手推至极端的巴洛克式造物神操纵，按照最为疯狂的组合创造的？鲁滨孙把这些疑虑抛在一旁，尽情想象着岛上的某些树木也可能会这样利用他——就像兰科植物利用膜翅目昆虫那样——来传运它们的花粉。那么，这些树的枝杈也就会变成散发出芬芳香气的淫荡女子，她们扭捏弯曲的肉体兴许就会接纳他……

他跑遍了海岛的角角落落，最后终于找到了一棵皂角树，这棵树的树干——可能是被雷电或是大风击垮——先是横趴在地上，然后又勉强向上长起，分杈为两根粗大的主枝。树皮又平滑又温湿，分杈处的内部甚至还相当绵软，深窝中长着又细软又光滑的绿苔。

在被他后来称作**植物之道**的门槛上，鲁滨孙犹豫了好几天。他反复地在这棵皂角树的周围转来转去，一脸鬼鬼祟祟的神色，后来，在青草丛中分杈的树枝上，他发现了某种暗示，仿佛它就是两条硕大的黑乎乎的腿。最后，他赤裸裸地俯身趴在那被击垮的树上，用双臂抱紧树干，他的性器官探入了那个开放在分杈处、长着绿苔的小洞洞中。一阵幸福的麻木感浸透他的全身。他那半开半闭的眼睛看到了一朵朵奶油状肉质的花儿潮水般地绽放开来，从它们微微倾斜的花冠中，弥散出一股浓郁的令人头晕的芳香。花儿微微张开着潮湿的黏膜，仿佛等待着上天的某种恩赐，一群群昆虫在上面懒洋洋地来回飞舞。鲁滨孙是不是人类谱系中被召唤着回归到生命的植物之源的最后一个人？花卉是植物的繁殖器官。植物天真无邪地向任何的来者展现着它的生殖器官，作为它最绚丽多彩、最浓郁芬芳的部分。鲁滨孙想象着一种新的人，每一个人都豪迈地在头顶上显示着他们的男性特征和女性特征——巨大惹人的、光彩照人的、浓香袭人的……

他和皂角树保持了好几个月幸福的私通关系。然后，雨季来了。从表面来看，没有任何的变化。然而，有一天，正当他像受磔刑[①]的人那样，四肢分开地俯伏在他那奇特的爱情十字架上时，一阵疼痛闪电般地穿过他的龟头，使他一下

---

① 磔刑为古代的一种酷刑，即把肢体分裂。

子从树干上跳了下来。一只带红斑点的胖大蜘蛛在树干上跑过，消失在草丛中。经过好几个小时，疼痛才平息下来，然而，那受了伤的阳具却已经肿得像一只小橘子了。

诚然，鲁滨孙在他多年的孤独生活中，在因热带气候而疯狂生长的动植物的环境中，还遭遇过许多其他的不幸事件。但是，这一次意外事件具有一种不可否认的道德意义。蜘蛛的一记刺螫，实际上不正是说明一种脏病——它就像是法国人之病[①]，当年他的老师就反复不断地告诫青年学生对此严加预防——的传染吗？他在这里看到了一个信号：植物之道兴许只是一条危险的死路。

① 所谓的“法国人之病”（mal français）是梅毒（syphilis）的代称。

第六章

鲁滨孙将水闸的把手往上升了三个孔洞，然后用一个销子插入第四个孔洞，把水闸锁定稳住。蓄水池铅灰色的水面微微颤抖了一下。随后，水面上显现出一个青绿色的活生生的漏斗形水涡，凹陷下去，犹如一顶液体的花冠弯曲着，围着它的茎枝越来越迅速地旋转着。一片枯叶缓缓地滑向漏斗的边沿，在一阵犹豫后，摇晃了一下，便消失不见了，仿佛被水吞了下去。鲁滨孙转过身来，背靠在水闸的闸门框上。在闸门的另一边，一股肮脏的水流冲泄在潮湿的土地上，顺流漂浮着干草、碎木屑以及一团团的灰色泡沫。在150步远的地方，水流冲到泄水闸的闸口，开始倒灌，而此时，一直在鲁滨孙脚下奔涌的水浪失去了狂躁劲。一股腐烂沤臭的气息升腾而起，弥散在空中。在这块底心为黏土、看来适合种水稻的冲积土上，鲁滨孙一下播下了他多年来一直细心保存的10加仑左右稻谷中的大部分。田里的水将维持着一定的水位，如若下降过多则要重新补灌，一直到作物的扬花期为止。此后，鲁滨孙要让水慢慢枯涸下去，而在谷穗成熟过程中，如有必要，还要把水排干。

这泥浆水咕噜咕噜的吞咽声，这污秽的漩涡散发出来的腐臭气息，所有这一切泥沼水泽的氛围强有力地刺激着他的精神，使他回想起烂泥塘的情景，他的精神世界在两种境地之间摇摆，一边是胜利的感情，另一边则是恶心欲呕的软弱。这一水稻田难道是对趋向污浊的习惯的决定性驯服，还是对希望岛上所有最野蛮、最令人不安的一切的最后胜利？不过，这一胜利来之不易，代价沉重，鲁滨孙会永远记住他为这一切付出的努力，他要使河流改道，让河水流入蓄水池中，他要在下游一带的水田四周加高堤埂，他要修筑两个水闸，并配有黏土垒成的闸墙，用厚木板叠成的水闸板，以及闸门底下用石块砌成的保护装置，以免水闸底部因被水流冲刷而蚀空。这一切，仅仅是为了在十个月后，在他储存着小麦、大麦的地窖里，能够再增加几袋稻谷——而脱粒碾米本身还将需要好几个礼拜的劳动——更何况，现在地窖里的粮食已经堆放得满满当当的了。又一次，他的孤单早早地就事先惩罚了他的全部努力。他对自己全部业绩产生的虚荣心，突然间变得那么难以忍受，那么不容争辩。他的耕种徒劳无益，他的饲养荒诞不经，他的储存完全背离了常理，他的地窖成了一个玩笑，还有那个要塞堡垒呢？那篇宪章呢？那部刑法呢？为了养育谁？为了保护谁？他的每一个行动，他的每一项劳作，都是向着某个人的一声召唤，但始终得不到任何的回音。

他跳到田埂上，纵身一跃，跨过一条灌水渠，直冲冲地朝前跑去，由于突如其来的绝望而眼前一片迷茫。他要毁了这所有的一切。他要烧了收获的粮食。他要炸了他的建筑。他要打开畜栏，鞭挞那些母山羊、公山羊，直到把它们打得流血，让它们仓皇出逃，奔向四荒八野。他梦想某种灾祸降临，把希望岛毁成齑粉一团，他梦想海水上升，把这一化脓的疤瘌淹没在它吉祥的水下，而他本人正是这一疤瘌的痛苦万分的意识。他痛哭流涕，哽咽唏嘘。穿越了一片长满桉树、檀香树的森林后，他来到遍地绿草的沙质土高地上。他扑倒在地，好长一段时间里，他眼前什么都没有，只有一阵阵的假光觉，像闪电一样在他眼皮的红色之夜中闪过；他的耳朵什么也听不见，只听到自己心中的忧伤如暴风雨一般翻腾。

当然，这已经不是第一次了，几乎每一项耗费长时间精力的工程的完成，都会使他精疲力竭、精神空虚，从而让他轻而易举地被怀疑与绝望俘获。但是，有一点是确信无疑的，在他的眼中，管理小岛越来越经常地显现出像是一项无用而又疯狂的事业。正是在这一期间，在他内心诞生出一个新人，一个与管理者格格不入的陌生人。这两个人还没有共存于他身上，他们彼此交替存在，又彼此排斥，而最糟糕的危险则是：前者——即管理者——还没等到新人能够生存时，便一劳永逸地在世界上消失了。

地震没有发生，他泪流满面，咸滋滋的泪水活活地吞噬了愤怒与忧愁，使他免于被憋闷死。一道智慧的微光回归到他身上。他明白到，只要另一种形式的生命——尽管他并没有想象它，它却在他心中模模糊糊地形成着——还没有准备好来代替他原有的行为，代替他自从海难以来始终忠诚恪守着的十分符合人性的行为，那么，被治理的海岛就一直是他的唯一拯救。他必须继续耐心地工作，同时在自己心中留神窥伺他变化的种种征兆。

他沉沉睡去。当他又一次睁开眼睛，懒洋洋地翻滚了一下，脸冲着天空时，太阳已经西斜了。清风吹过草丛，传来一阵慈悲的响声。三棵松树以平静柔和的伟大姿态，把它们的枝丫十分博爱地交叉在一起，然后又分开。鲁滨孙感觉自己的灵魂轻飘飘地飞向一艘沉甸甸的白云之舟，那白云之舟仪态万方，正慢悠悠地越过天空。一条甜丝丝的河流在他心中流淌。正是在此时此刻，他确信发生了一种变化，兴许是在大气的重量中，或者是在万物的呼吸中。他身处在另一个岛上，在他曾经依稀看到过一次，此后却一直没有再露现的那个岛上。他绝无仅有地感觉到，他躺在岛的身上，好像躺在某个人的身上，他感觉到自己身下那个岛屿的躯体。这是一种他从未如此强烈体验过的感情，甚至在他赤脚走在海滩上时都没有体验过，尽管那海滩是那么鲜活生动。海岛那紧挨着他的几乎肉体一样的在场，使他浑身发热，使他激奋不已。那片包裹着他的土地，它是赤裸裸的。他也把自己脱了个精光。双臂交叉着，腹部躁动着，他以自己的全部力量拥抱着这一泥土的庞大躯体，经过一整天太阳的炙晒，这躯体热腾腾的，在傍晚万般凉爽的空气中释放出麝香般清香的汗水。他的脸深深埋入了青草的根部，嘴里吐出一口热辣辣的气息到满地的腐殖土上。而大地也尽情回报，向他脸上送来一大股浓烈的气味，这气味混杂着已死植物的灵魂，以及种子、花苞那发黏的霉臭味。在这一基本的水平上，生命与死亡是多么紧密地混淆在一起，多么睿智地交融为一体！他的阳物像铧犁一样掘开了土壤，在对世间万般造物的无比慈悲怜悯中，一泻如注。作为太平洋上伟大孤独者的形象，这是多么奇特的播种啊！这位娶大地为妻的人，眼下就安卧此地，昏昏沉沉，他觉得自己仿佛是一只小小的青蛙，惊恐万状地贴在大地圆球的表面上，随着这地球晕晕乎乎地转动在无限的宇宙空间中……最后，他稍稍有些头晕地重新爬起来，迎风而立，受到三棵松树一致的、热烈的致意，远处，传来热带森林的林涛声，好像以它们的喝彩响应着三棵松树的致意，那一片翻腾荡漾的绿色林海一望无际地伸向天边。

他置身于一片微微有起伏的草地中，草地被横谷和陡坡切断，横谷和陡坡上覆盖有一层茸茸的草皮，草的截面是圆柱形的，颜色绯红——就如毛发一般。“这是一个小斜谷，”他喃喃自语道，“一个绯红的小斜谷……”小斜谷这一词在他的心头又唤起另一个词，另一个音调十分接近的词，而且这个词还以整整一套崭新的含义丰富了前一个词，但他实在想不起这个词来了。他搜肠刮肚地想把它从记忆的荒漠中寻找出来。小斜谷……小斜谷……他看到了一个女人略显丰腴的脊背，但那是一个气势宏大的港湾。一条条波涛起伏般的肌肉围绕着肩胛骨。再往下，那片凹凸有致的美丽肌肤的平原，伸缩成一片狭窄的海滩，曲成弯弓形，十分紧实有力，正中被一条横谷分开，横谷中间覆盖着一层浅色的绒毛，绒毛按照动力线的走向辐散开来。腰①！这个美丽的词突然间回响在他的记忆之中，凝重而又响亮。确实，鲁滨孙回忆起了，他的双手曾经交合在一起，安放在这一腰窝中，在这腰窝中，沉睡着松弛和痉挛的秘密能量，野兽的腰脊，人类动物的重心。腰……他回到了他的住宅，满耳回荡着这个词，就像是大教堂的洪钟轰鸣不已。

航海日志

这一种惊愕的感觉，我们每天早上醒来时都处于其中。再没有什么能更好地证明，睡眠是一种真实的体验，它仿佛是死亡的彩排。在沉睡者身上可能发生的一切中，清醒无疑是他最不期待的，是他最没有准备来迎接的。没有任何的噩梦能像这一向着光明、向着另一种光明的骤然过渡那样使他震惊。毫无疑问，对于任何沉睡者来说，他的睡眠是确实的。灵魂振翅而飞，脱离了他的肉身，一去而不回头，毫无复返之意。它忘却了一切，把一切抛弃在虚无之中，而突然之间，一个粗野生硬的力量迫使它掉头往回，让它重新担负起它那陈旧的肉体躯壳，它的习惯，它的形态。

---

① 在法语中，“小斜谷”为“combe”，“腰”为“lombes”，音韵相同。

就这样，再过一会儿，我将躺下来，任由自己永远地滑向黑暗之中。奇特的异化。沉睡者是一个自以为死去的异化者。

航海日志

始终是这个关于存在的问题。要是在几年之前，有人对我说他人的缺席将使我有一天怀疑**存在**，我会如何嗤之以鼻！这就像当我听到，为证明上帝的存在，人们列举种种证据，其中包括世人的一致赞同时，我也会嗤之以鼻那样！“所有时代、所有国家的人们中，绝大多数都相信，或曾经相信上帝的存在，所以，上帝存在着。”多么愚蠢！上帝之存在的最愚蠢的证明。与这一力量与技巧的奇迹相比，本体论的证据又是多么贫乏！

好一个一致赞同的证明。今天我才知道，除此之外再也没有别的证明。而且不仅仅是关于上帝之存在！

存在，到底意味着什么呢？它意味着**在之于外**，sistere ex[①]。凡外在之物，即存在着。凡在内之物，即不存在。我的概念、我的意象、我的梦幻是不存在的。假如希望岛仅仅是一种感觉，或者只是一束感觉，那么，它也不存在。而我自己，

① “sistere ex”为“exsister”（存在）一词拆字后前缀后置的拉丁文写法，意为“在之于外”。

只有当我从我自身中脱逃出来，走向他人时，我才存在。

把一切弄得复杂化，都是因为那并不存在的东西竭力使人相信相反的事。非存在物有着一种强大的、共同的走向存在的渴望。就仿佛有一种离心力，在推动着我心中动荡着的一切走向外部，我心中的一切：意象、梦幻、计划、幻觉、欲望、顽念。并不**外在**之物**内在**[①]着。内在着为了外在。这整个小小的世界争先恐后地涌向大世界、真实世界的大门。而掌握着那个世界大门钥匙的是他人。当我睡着后被一个梦魇惊扰，我的妻子会摇晃着我的肩膀，让我醒转，让噩梦的**内在执着**停止。而今天……可是，为什么总是在这个主题上翻来覆去没完没了呢？

航海日志

所有那些曾认识我的人，无一例外地认为我已经死了。我对我自己依然存在的坚信却并不与现实一致。无论我做什么事，我总是无法阻止在人类整体的思想中出现鲁滨孙的尸体形象。仅这一点就足以——当然还不足以杀死我，但已经可以——把我推至生命的边缘，到一个悬浮于天堂与地狱之间的

① “外在”的原文为“ex-siste”；“内在”的原文为“in-siste”，而insiste又有“执着”的意思。

地方，总之，推到灵薄狱[1]之中，希望岛，或者换言之，太平洋上的灵薄狱……

这一半死不活的境地，至少有助于我理解在性与死亡之间存在着的深刻的、实质性的、似乎命中注定的关系。我比任何人都更靠近死亡，因此，我也更接近性的源泉本身。

性与死亡。它们紧密相关，我第一次得知两者的密切关系，还得益于塞缪尔·格洛明的话。此人是约克郡的一个古怪老头，以采卖草药为生，我很喜欢晚上去他摆满了动物标本和晒干的药草的小药铺，和他海阔天空地闲聊。他一生都在思索创造的奥秘。他向我解释说，生命连续地自我粉碎，不断地物化于一个无限的个体系列中，在这系列中，每一个个体都或多或少地彼此不同，这样它们可以有同样无穷无尽的一连串机会，以求在不可靠的环境中延续下去。大地可以变冷，变成独一无二的大浮冰；或者相反，太阳可以把大地烘烤成一片石头的荒漠，绝大多数的生命物可以死去，但是，全靠生命物的多样性，总会产生相当数量的新个体，凭借着它们自己特殊的本性，适应新的外部生存条件。按照他的说法，生殖繁育的需要，即从一个个体到

① “灵薄狱”的原文为“limbes”，原为宗教词汇，指基督降生前的好人、未受洗礼的儿童死后灵魂所去之处，有人翻译为“地狱的边境”，也转义指虚无缥缈之境地。

另一个更为年轻的个体的过渡，正是由个体的这一种类繁多性决定的，他特别强调了个体为种类而作的牺牲，而物种在生育行为中，始终是在暗暗地被消耗着。由此，他说道，性就是物种本身在个体之中活生生的、带威胁的、致命的体现。生育，就是激发出下一代，而下一代天真无辜却又冷酷无情地把上一代打发到虚无之中。双亲一旦从不可或缺的状态中脱离出来，它们就变成了惹人讨厌的弃物。亲子会十分自然地把它的传种者废弃，就如同它曾十分自然地从传种者那里接受了用于生长的一切那样。由此可以说，吸引两性彼此仰慕的本能也就是死亡的本能，这是确凿无疑的。同样，大自然本以为应该遮掩它的游戏——然而，这游戏本来就通体透明。情爱者们所追求的，显然是一种自私的欢乐，然而同时，它们却行走在最最疯狂的舍生求死的道路上。

有一次，我印证了这种想法，当时，我有机会穿越北爱尔兰的一个省份，那里发生了一场可怖的饥馑。饥荒幸存者在村镇的小街巷中游荡，像是一群骷髅一般瘦的幽灵，人们把死者堆架在柴垛上，打算将他们连同比饥荒更为可怖的疫病之苗一起毁灭于大火。绝大多数的尸体都是男性——确实，对大多数的灾难，女人远要比男人更能扛得住——而他们全都提出了同一个悖理的教训：在这些被饥馑折磨得衰竭、耗空了内容物、只剩下皮包骨头的干巴巴的尸体中，那阳物——也只有阳物——却像个魔怪似的、恬不知耻地如鲜花怒放，比这些可怜的饿鬼生前任何时候都更为肿胀，更为勃发，更为筋腱强劲，更为得意扬扬。生殖器官这一死后的殊荣，为格洛明的话语增添了一道奇异的光彩。我立刻想象这一生命之力——个体，与这一死亡之力——性——之间的一场戏剧性搏斗。白天，个体绷紧了弦，情绪激动，清醒明白，排斥着不可贪图之物，甚至压抑它，侮辱它。但到了晚上，在黑暗、疲惫、炎热、麻木的掩护下，在那种被限制了的麻木状态的掩护下，欲望这一被击垮了的死敌重新站起来，投掷出它的利剑，把人简单化，使他成为一个情人，使他陷入一个暂时的垂死状态，然后，它合上他的眼睛——而情人就成为这样一个小小的死者，一个沉睡者，躺在地上，在彻底放松、舍弃自身、忘却自我的欢乐中漂浮。

躺在地上。这四个从我的笔端十分自然地流出的字，兴许就是一把钥匙。大地不可抗拒地吸引着紧紧拥抱着、嘴巴亲吻在一起的情人们。在肉欲欢爱之后，大地把他们紧紧抱住，摇晃着他们进入幸福的梦乡；但同样也是大地包裹着死者，吮吸他们的血液，吞噬他们的肌肤，直到那些孤儿回归到宇宙之中，而他们本来正是从宇宙中抽取生命的时间。爱情与死亡，个体的同一个解体过程的这两个方面，以一种共同的冲动投入到了共同的大地元素之中。两者都有着土地的本性。

最有远见卓识的人们猜测到了——他们远还没有清清楚楚地发现——这一关系。我目前所处的史无前例的情境，为我明明白白地显示出来这一点——我都说了什么！它迫使我以我皮肤上的全部毛孔体验这一关系。缺了女人，我不得已只好去做**直接的**爱。借助于阴性通道作迂回曲折的繁殖的可能性被剥夺，而我又无可延期地置身于这一土地上，这方土地也将是我最后的居留地了。在这绯红的小斜谷中，我做了什么呢？我用我的性器官挖掘了我的坟墓[①]，我死了，是一种暂时的死，这一暂时的死亡名叫肉欲。同样我要强调，在我被裹挟进去的变形过程中，我就这样穿越了一个新的阶段。因为，我需要好多年的时间才能最终完成变形。当我被扔弃在这片海岸上时，我走出了社会的模子[②]。改变性器官天性自然下垂趋地的方向以便使之进入子宫通道的机制，安然地存在于我的腹腔之中。要么是女人，要么就什么都不是。但是，渐渐地，孤独使我

① 在法语中，“坟墓”为“tombe”，其读音与“小斜谷”（combe）十分相像。

② “模子”原文为“moule”，这个词又有软体动物“蚌”的意思，而且在法语的俚语中用来指称女阴。

变得简单起来。改变方向已没有了对象，机制也归于停顿。在绯红的小斜谷中，我的性器官第一次找到了它最初始的元素：土地。随着我向非人性化的道路跨出这新的一步时，我的**另一个我**[①]也就确立，同时完成的，是水稻田的开垦，这是人类统治在希望岛身上实施的最有抱负的作品。

假如我不是这个故事的唯一主角，假如我不是以我的鲜血和眼泪写下它，那么，这整个故事或许将是激动人心的。

你在耶和华的手中要作为华冠，
在你神的掌上必作为冕旒。
你必不再称为撇弃的，
你的地也不再称为荒凉的，
你却要称为我所喜悦的，
你的地也必称为有夫之妇……

《以赛亚书》第六十二章[②]

鲁滨孙站立在他住宅的门槛上，面前是那张斜面书桌，桌子上翻开着《圣经》，他确实回想起来，很久以前的一天，他曾经把这个海岛取名为荒凉岛。然而，这天早晨呈现出一派婚礼般灿烂的光彩，希望岛匍匐在他的脚下，沐浴着

① 原文为拉丁文“alter ego”。
② 语见《圣经·旧约·以赛亚书》第六十二章第三至四节。

东方旭日最初几缕温柔的光辉。一群山羊从山坡上缓缓而下，小羊羔子突然从斜坡上猛冲下来，就像一团团毛球，连蹦带跳，连滚带爬，显出勃勃生机，透出无比充沛的精力。在西边，成熟的小麦在温和的煦风抚摩下，翻滚着金色的波浪，起伏不已。一簇棕榈树叶半遮着水稻田那银白色的波光，水田中初露出秧苗的绿尖。山洞前那棵巨大的雪松像一架管风琴一样发出低沉的轰鸣。鲁滨孙把圣书翻过了几页，他所读到的不是什么别的，恰恰是希望岛和她丈夫的爱情颂歌。他对她说：

我的女友，你美丽得就像得撒，你动人得就像耶路撒冷。

你的头发就像一群山羊，悬挂在基列山的半山腰。

你的牙齿就像一群刚刚洗干净从洗池中跃出的绵羊。

成双成对地排列着，就像是双胞胎，没有一个干瘪。

你的脸颊半遮在面纱后，像是裂开两半的石榴。

你腰身的曲线像是一条项链，堪称艺匠的杰作。

你的肚脐是一个圆圆的酒杯，里面永不缺少芳香的美酒。

你的腹肚是四周围有百合花的一束麦子。

你的胸脯就像两只小鹿，像一对孪生的羚羊。

你的身材亭亭如棕榈，你的乳房如同它的花串。

我说：我要爬上棕榈树，我要采撷那一串果实。

你的乳房多么像那葡萄串，你的气息清香如苹果，你的嘴像甘醇的美酒。[1]

这时，希望岛回答他说：

我的良人下入自己园中，
到香花畦，
在园内牧放群羊，
采百合花。
我属我的良人，
我的良人也属我，
他在百合花中牧放群羊。
我的良人，来吧，
你我可以往田间去，
你我可以在村庄住宿。
我们早晨起来往葡萄园去，
看看葡萄发芽开花没有，
石榴放蕊没有；

---

① 事出《圣经·旧约·雅歌》，作者没有按《圣经》原文整录，而是从不同章节断断续续地摘录后另行排列，文字用语与《圣经》译本有出入。原文分别节录自第六章第四节、第五至七节，第七章第一至三节、第七至九节。

我在那里要将我的爱情给你。

曼德拉草[1]放香。[2]

她最后对他说，仿佛她早已在他身上读到了他对性与死亡的沉思：

求你将我放在心上如印记，

带在你臂上如戳记，

因为爱情如死亡坚强！[3]

自此，希望岛就这样被赋予了经书上的语言。劲风穿透树林的呼啸声再也不是呼啸声，骚动不安的波涛声再也不是波涛声，映照在泰恩两只眼睛中守夜篝火发出的轻微噼啪声再也不是噼啪声。充满了把大地同化为一个女子，或者把妻子同化为一个花园的种种形象的《圣经》，以一篇篇的祝婚诗来伴随他那最应列入真福品者的爱情。鲁滨孙很快就把这些神圣而又炙烈的篇章记诵得烂熟，当他穿越桉树林和檀香树林，走向绯红色的小斜谷时，他就念诵圣书中新郎的诗章，然后他沉静下来，他聆听自己心中吟唱出的新娘应答颂歌。这时候，他准备好投身到一条沙土沟的怀抱，把希望岛当作一个

---

① 曼德拉草是一种具有止痛作用和催欲作用的植物，其又长又白又分杈的根常常使人联想到人类的躯干和双腿。《圣经》中译本译为“风茄”。

② 见《圣经·旧约·雅歌》，第六章第二至三节、第七章第十一至十三节。

③ 见《圣经·旧约·雅歌》，第八章第六节。

印记印刻在他心上，在她身上平息他的忧虑和他的欲望。

差不多要到一年后，鲁滨孙才发现，他的爱情导致了绯红色小斜谷中植物的一种变化。一开始，他并没有留意，凡是在他播撒自己肉体精液的地方，青草和禾本科植物全都消失了。但是，他的注意力被一种新植物的迅速增殖提醒，在岛上其他任何地方，他还从来没有见到过这种植物。它们的叶子呈锯齿形，叶瓣很大，一簇簇地团生在短短的茎上，离地面十分近。它们的花很漂亮，白色，花瓣呈披针形，散发出野禽的气息，结有褐色的肥大浆果，满满当当地从花萼中鼓撑出来。

鲁滨孙当时好奇地打量着它们，然后，也就再也不去想它们了，直到有一天，他认为自己找到了确实无疑的证据，正是在他排泄精液的地方，几个礼拜的时间过后，它们就有规律地生长出来。从此之后，他便不断地反复考虑这一神秘现象。他在靠近岩洞的地方埋藏下他的精液。但没有用。显然，只有小斜谷才能生长这一种类的植物。这些植物的奇特之处使他不敢采撷它们，剖析它们，甚至品尝一下它们的滋味，而在别的情况下，他早就会这样去尝试了。对这一问题，他百思不得其解，最后，当他寻求一种消遣，翻开了圣书中的《雅歌》时，一句他曾读了千万遍却始终未赋予重大意义的诗，突然启迪了他的灵感——年轻的新娘这样允诺道：“曼德拉草放香。”希望岛有没有可能履行《圣经》上的这一诺言？他曾经听人讲起过那种茄科作物的神迹，它们生长在绞刑架的脚下，生长在绞刑犯流淌下最后几滴精液的地方，总之，它们是人与大地交合的产物。这一天，他急急忙忙地赶到绯红色小斜谷，跪倒在一棵曼德拉草跟前，用手指扒拉开周围的土壤，小心翼翼地把它的根挖了出来。果真如此，他与希望岛的爱情并非不能孕育结果：那肉嘟嘟、白嫩嫩的根，很奇异地分成两杈，无可置疑地显现出一个小姑娘的躯体。他激动得不住地战栗，心中充满了柔情，又把曼德拉草放回土坑，在它的茎干周围培上沙土，就像把一个婴儿抱回到床上。然后，他踮着脚轻轻走开，生怕踩坏了别的曼德拉草植株。

从此，在《圣经》的祝福下，一条更牢固、更紧密的线把他和希望岛联系在一起。他已经将那个他从此可以称之为妻子的小岛人格化了，这种称呼、这种身份，无可比拟地要比他作为总督创造的所有业绩更为深刻。这更紧密的结合对他本人来说，似乎意味着他在自身人性丧失的道路上又迈出了一步，这一点，他肯定猜测到了，但是，只有在这样的一天早上，当他醒转时，他验证到，他那把在夜间悄悄生长的胡子已经开始扎根于大地，他才会认真衡量这已迈出的一步。

第七章

不可浪费时间，此乃编织生命之幅的纺线。

鲁滨孙悬空吊在一根由藤蔓织成的秋千上，两脚蹬撑着悬崖，刚刚在那岩壁上书写了上述那一条箴言，大大的字母在花岗岩上白得耀眼，格外醒目。位置也选得非同一般。这一堵黑森森的石壁托起来的每一个字词似乎都是一记寂静的吼叫，传向远方雾蒙蒙的地平线，送往流苏般闪闪发光的宽阔海面。好几个月来，他那乱糟糟记忆的无序游戏竟使他回想起了本杰明·富兰克林[1]的“年鉴”，那本书被他父亲当作道德修养的精品，他在父亲的要求下把它背得滚瓜烂熟。沙丘地上竖立的一些圆木已经有这样的宣告：贫穷剥夺一个人的全部德行，有如空瘪的布袋难以直立。在岩洞的石壁上，也能读到镶嵌上去的细石构成的句子：如若撒谎是二等之罪，负债则为罪恶之首，因为谎言总是骑在债务的马背之

① 本杰明·富兰克林（1706—1790），美国著名政治家、科学家。在他早年经营报纸印刷业时，他曾化名理查德出版了一本“年鉴”，内中有大量的谚语、格言、警句，以及各种各样的忠告、建议。

上。但是，这部每日必读之杰作，还腾跃在海滩上用字母组成的火焰上，因为在夜里，鲁滨孙感觉有必要以真理之宣告来与黑暗作斗争。他用乱麻绑住松树的细小柴枝，放在干燥石块构成的灶床上，时刻准备把它们点燃，这些排列好的细柴枝说道：如若无赖也知晓德行的益处，他们就会以无赖行径成为有德之人。

小岛上遍布着粮田与菜地，水稻田即将给予它那第一次的丰收，驯服了的羊群在圈栏中挤得满满当当，岩洞中堆满了储备的粮食，足够提供一个村子的居民食用好几年。然而，鲁滨孙总是感觉到，这整整一部辉煌的作品被不可避免地抽空了它的内容。被治理的岛屿因为另一个岛的缘故而丢失了它的灵魂，从而变得像是一架徒劳空转着的庞大机器。这时候，他的脑子里生出一个想法，从这第一个得到如此经济地管理与开发的岛屿出发，可以揭示出某一种伦理道德，而它的全部格言都能在好人富兰克林写下的文字中找到。于是，他着手把这些箴言铭刻下来，书写在石头上、土地上、木头上，总之，铭刻在希望岛的肌体上，这样，把一种与他相适应的精神努力赋予这一庞大的躯体。

他一手舞动着用公山羊的毛制成的笔，另一手提着一桶白粉浆，那是一种用冬青树的汁液和白垩粉调制成的颜料，眼下，他正在四下里寻找一处适合的地方，打算写上这种显然是唯物主义的，但又标志着某种对时间的占有的思想：谁若杀死一头母猪，谁便毁灭了它的子孙，直至千秋万代；谁若挥霍一个五先令的硬币，谁便谋害了成堆的英镑。一群小山羊在他前面乱哄哄地奔散逃窜。把这句格言142个字母[①]的每一个，分别在每一只小山羊的侧腹上剃剪出来，这样一来，随着天命的安排，随着这群一刻不停运动着的羊羔的前后位置交换，这条真理或许会在一刹那突然按顺序在羊身上显现出来，这不是挺好玩的吗？这一想法继续在他脑子里展开着，他推测着自己是否可能有这个机会，等那句成形的格言“自动蹦出来”的时候，他刚好在场目睹。正在这时候，他的毛笔和颜料桶从他手中落下，一阵恐惧令他透心冰冷。原来，是一缕细细的白烟直直地升上了碧蓝的天空。如同头一次那样，它来自拯救湾那一带，也跟上一回鲁滨孙注意到的一样，这股乳白色的烟又浓又重。但是这一次，涂写在岩石上、铭刻在海滩上竖立的圆木上的格言，会引起擅入者的警觉，使他们投身于寻找岛上的居民。他一边唤上泰恩，飞步奔向要塞，一边祈求着上帝，但愿印第安人不要先于他来到那里。由于惊恐万状，他跑得飞快，不料发生了一个他根本来不及提防的意外事件，事后回想起来，它仿佛是一个不祥的征兆：一只饲养得极驯顺的公山羊被这一阵想不到的奔跑吓蒙了，低下脑袋突然向他猛冲过来。鲁滨孙机敏地躲避开，泰恩却狂吠着逃了开去，像一颗子弹那样射入了蕨草丛中。

很显然，印第安人会发动一场以登陆点为中心、半径为半法里范围内的进攻，然而他没料到，这一等待对他来说竟变成了一种超乎神经承受压力的考验。假如阿劳干人果真

---

① 在法文原文中，这句箴言是由142个字母拼写成的。

打算包围要塞，除了数量占优势，他们还有偷袭的优势。但是，反过来说，假如他们丝毫没有留意一个居民存在的痕迹，眼下仅仅沉醉于他们那杀人食肉的游戏，那么对我们的孤独者来说，这又是令他何等放心的轻松境地啊！问题是，他必须搞清楚，以便心中有数。他紧握着一把火枪，把手枪插在皮带上，然后一头扎入乔木林中，朝海湾方向赶去，泰恩始终一瘸一拐地跟随在他身后。然而，他又不得不折身而返，因为他忘了带上他很可能需要的望远镜。

这一次，一共有三条装有平衡杠的独木舟，像小孩玩具一样停放在沙滩上。比起头一次入侵，印第安人围绕火堆排成的圆圈要更大，鲁滨孙用望远镜细细打量后，认定他们不是上一回来的那一拨人。从一堆还在微微动弹着的血肉来看，祭祀礼仪的牺牲品似乎已经被消耗，有两个战士正往那堆血肉走去。但是，正在此时，发生了一件突如其来的事，把礼仪程序搅得好一阵混乱。只见蜷缩成一团的女巫突然从昏沉沉的状态中挣脱出来，猛地扑向一个男子，她伸出瘦骨嶙峋的胳膊，指着那男子，张开着大嘴，喷发出一连串的咒语，鲁滨孙自然一句都听不到。难道说，阿劳干人的献祭仪式需要不止一个人作牺牲？男人群中出现了一阵骚动。最后，他们中走出一个人，手握一柄大砍刀，走向那个有罪之人，那个可怜虫已经被两个男人一左一右地架出来，扔在地上。大砍刀第一记落下，那人的皮围裙一下子就飞上了天。砍刀正要在赤裸裸的肉体上落下第二记，不料那可怜人竟以迅雷不及掩耳之势一蹦而起，朝向森林飞奔而去。在鲁滨孙的望远镜中，那人仿佛在原地跳跃，背后有两个印第安人紧紧追赶不舍。实际上，逃跑者正以一种惊人的速度朝鲁滨孙径直飞跑而来。他的身材虽不比其他人高，但长得比他们更为匀称矫健，仿佛生来就擅长奔跑。看起来，他的皮肤要更为黯淡一点，有些黑种人的特征，明显地跟他的同伙们有所不同——或许正是因为这个，他才被指定为献祭的牺牲品。

随着他一秒秒地逼近鲁滨孙，他与两个追赶者之间的距离也在不断地增大。假如鲁滨孙不是那么确信，从海滩方向看过来，他是绝对不会被发现的，那他可能会以为亡命者已经看到了他，是跑向他这里来躲避的。必须当机立断。再过一会儿，那三个印第安人就要跑到他的鼻子底下，要是他们发现一个始料不及的牺牲品，说不定他们之间还会和解言好呢。泰恩恰恰选定了这一时刻，对着海滩的方向恶狠狠地狂吠起来。该死的畜生！鲁滨孙急忙扑向他的狗，一条胳膊卡住它的脖子，左手紧紧地捂住它的嘴，用剩下的那只手，勉勉强强地把火枪顶在肩头瞄准。只要打死一个追捕者，他就会冒一个更大的风险，独自一人来对付整整一个部落。反过来，要是杀死逃命的人，他就会恢复献祭礼仪的秩序，而且他的干预兴许会被解释成一个受辱神明的超自然举动。他不得不作出选择，或者站在牺牲者这一边，或者站在刽子手阵营那一边——前者与后者对他而言都无关紧要——而理智命令他与更强的人们结成同盟。他瞄准了离他不过三十步远的逃亡者前胸的正中，扣动了扳机。正当弹药即将飞出枪膛之际，被主人的紧紧拥抱弄得极不舒服的泰恩猛地一挣，企图挣脱出来。枪口一偏，追捕者中跑在前头的那一个像被抛出去那样，一头栽在了一个沙土堆上，一命呜呼。追在后面的印第安人一下子停住脚步，弯下腰看看自己同伙的尸体，又抬起头来，打量着海滩尽头那密密的树林，最后，他撒开两腿，转身跑回围成一圈的同胞那里。

离那里好几米远的地方，在一片长得如同乔木一般的茂密的蕨草丛中，赤裸裸地跪着一个肤色黝黑的男子，他被吓得丢了魂似的，弯下腰直到把脑门抵在土地上，他的一只手摸索着抓到了一只白人的脚，并把那只脚放在自己的后脖背上。这白人长着一把大胡子，浑身披挂着武器，身穿母山羊皮缝制的衣服，头上戴着一顶无檐的毛皮帽子，满脑子充塞着三千余年的西方文明。

鲁滨孙和那个阿劳干人在要塞的雉堞后过了一夜，挺竖着耳朵警觉地倾听着热带森林发出的种种叹息和种种回声。夜晚，森林的声响虽然跟白天大不相同，但仍嘈杂不已。每隔两个时辰，鲁滨孙便打发泰恩出发侦察一番，如发现人的踪迹，让它立即吠叫报信。而它每次回转时，都没带来什么警报。阿劳干人的腰上紧紧地束了一件鲁滨孙的水手制服裤，那是鲁滨孙让他穿的——与其说是为了抵御深夜的寒气，倒不如说是为了他自身的廉耻，阿劳干人筋疲力尽，一动不动地毫无反应，仿佛被他可怕的历险以及他眼前难以置信的城邦击垮了。鲁滨孙给他的白面粉烘饼，他连碰都没碰一下，只是不停地大口咀嚼野蚕豆，鲁滨孙连连纳闷，不知道他是从何处弄来这些豆子的。清晨，接近拂晓的那一刻，他在一堆枯树叶上睡着了，奇怪的是，熟睡中还搂抱着泰恩，泰恩也昏昏地熟睡着。鲁滨孙知道某些智利印第安人有一个习惯，他们睡觉时往往喜欢抱着一头家畜当作一条活生生的被子，来保护自己抵御热带地区黑夜的寒冷，但是，当他看到狗的宽容——诚然，它的本性却是相当地凶狠——看到它似乎习惯了这一方式时，他依然感到十分惊讶。

但是，也许那些印第安人要等到天亮才发动攻击吧？鲁滨孙全副武装，他带着一支手枪、两把火枪，还带上所有能随身带的火药与子弹，从城墙中溜了出去，往东绕了一个大圈子，经过沙丘奔向拯救湾。海滩上杳无人迹。三条独木舟和坐船而来的人们消失得无影无踪。昨天被一枪击中胸脯、当场毙命的印第安人的尸体也已经被搬走了。只留下献祭之火的黑色圆圈，从烧焦的柴根中，依稀可以辨认出死人的骨骸。鲁滨孙把自己的枪支弹药、披挂装备统统卸下，放在沙滩上，心中感到一阵轻松，一下子从整整一个不眠之夜积攒的忧虑中解脱出来。一阵大笑不禁涌出喉咙，笑得他浑身颤动，仿佛疯疯癫癫、精神失常、难以自控。大笑一通后停下喘气时，他意识到，这是他在弗吉尼亚号遇险之后第一次大笑。难道这是一个同伴的出现在他身上产生的第一个效果吗？难道说，随着一种社会性——尽管它是那么微小——回归于他，笑的功能也同时在他身上得到了恢复？这种问题以后还会出现，但是眼下，一个远远重要得多的想法刺激着他。越狱号！他总是避免回到那次重大失败的地点去，而那次失败恰恰奏响了他连年堕落的序曲。然而，越狱号想必还在忠诚地等待着，船艏冲着大海，等待着足够强有力的臂膀，把它投向滚滚的波涛。或许死里逃生的印第安人将会伸出手来，给这项多年来一直尘封于沙土的工程提供一条出路，他对附近群岛的了解将是极为珍贵的经验！

走近要塞时，鲁滨孙发现阿劳干人一丝不挂地同泰恩打闹嬉戏。他为这野蛮人的不知羞耻而恼怒，同时，也因为这人与狗之间似乎已经产生的友谊而生气。他毫不客气地教训了他一通，直到让他明白了必须重新穿上裤子后，他才带他走向停着越狱号的海湾。

染料木已经长得相当茂盛，一片蓬蓬勃勃，小航船那又矮又壮的身影仿佛漂浮在一片随风荡漾的黄色花朵的海洋中。桅杆已经倒塌，甲板有好几处翘了起来，无疑是潮湿所致，但是船壳看来似乎安然无恙。泰恩跑在两个男人前头，已经围绕小船转了好几个圈了，只有通过蝴蝶形花朵的一路纷乱摇晃，才能猜测它就从那里跑过。随后，它纵身一跃，跳上甲板，但甲板立即在它脚下坍塌。鲁滨孙看到它消失在底舱中，只有一声声恐惧的嚎叫传来。当他走近航船时，他看到，每次泰恩费力地想从囚牢中出来，甲板都要成段成段地塌陷下来。阿劳干人把手放在船帮子上，然后把握紧的拳头向鲁滨孙的脸上伸去，接着摊开手掌，让他看到手中一小把红兮兮的木屑落下来，随风飞扬。一阵大笑使他黑黑的脸大放光彩。鲁滨孙也跟着在船体上轻轻踢了一脚。一股灰尘腾起，升在空中，同时，船的侧板上裂开了一条缝。白蚁已经蛀空了船木。越狱号再也没有用了，仅仅只是一条灰烬之舟。

航海日志

三天以来，出现了多少新的考验！我的虚荣心经历了多少屈辱的挫折！上帝给了我一个伙伴。但出于神圣意愿的某种晦涩的魔法，上帝从人类等级的最低层次中选中了这个人。他不仅是一个有色人种，而且这个滨海阿劳干人还远不是纯种，他身上的一切明显地表明，他是一个黑种混血儿！一个混有黑人血统的印第安人！假如他处于一种老成持重的年龄，能够面对我身上体现出来的文明，冷静地衡量自己的一无所能，那倒还算凑合！可是，我感到十分惊讶的是，他虽然已经超过十五岁了——鉴于这些低等种族的极度早熟——却童心未泯，常常对我的苦苦教诲发出无礼的大笑。

再有，经过了不知几个五年期的孤独生活后，我没料想突然冒出来一个伙伴，他打乱了我那脆弱的平衡。越狱号的事对我来说，重又变成了一次折磨人的堕落的机会。经过这好几年的安居、驯化、建造、立法之后，充满种种可能性的希望只要有一点点可疑的阴影，它就会促使我奔向我曾差点儿自溺的致命陷阱。让我们怀着一种谦卑的屈辱接受它的教训吧。我在这片土地上创立的所有业绩曾召唤过一个社会，却徒劳无用，我为这社会的丧失而痛哭呻吟。现在，这社会以它最粗糙，显然也最原始的形式被赋予了我，但毫无疑问，使它服从于我的命令只会更容易一些。摆到我面前的道路已经划定：把我的奴隶纳入我多年来不断完善着的体系之中。这事业将在这样一天得到确保的成功：希望岛和他毫无疑义地共同享受他们彼此汇合之利。

附记

必须给新来者找个名字。我不想在他还不配基督徒的尊严时，给他起一个基督徒的名字。一个野蛮人不是一个完整的人。然而我同样也不能强制给他一个物件的名字，尽管这或许是合乎常理的办法。最后，我把我找到他的日子当作他的名字：**礼拜五。**我相信，我相当巧妙地解决了这一两头为难的问题。这既不是一个人的名字，也不是一个普通名词，这是居于两者间的一个半生动、半抽象的实体的名字，这实体强烈地显示出它暂时的、偶然的、插曲般的特点……

礼拜五学会了一些英语，已能听懂鲁滨孙的命令了。他还学会了不少农活，垦荒、耕地、播种、耙地、插秧、刈割、收获、打麦、磨面、过筛、揉面、烘烤，样样都行。他还会挤羊奶，让奶汁凝结起来，采集海龟蛋，煮流黄蛋，挖灌溉渠，调理鱼塘，架设陷阱捕捉狐獾类分泌臭气的小兽，修补独木舟，还帮主人补缀衣物，擦皮鞋。晚上，他穿着仆役的号衣，在一旁伺候总督用晚餐。然后，他用长柄暖炉给他暖床，帮他脱衣服上床，然后自己躺到草堆上，他把干草铺在居所的门后，和泰恩睡在一起。

礼拜五温顺无比。实际上，自从那女巫伸出她关节凸起的食指向他一指后，他就已经死了。逃脱出来的，是一具没有灵魂的躯体、一具盲目的躯体，就像那些被人割下脑袋后仍在拍打翅膀、四下乱逃的鸭子一样。不过，这具了无生气的躯体并不漫无目的地逃跑。它奔跑着去寻找它的灵魂，而它的灵魂掌握在白人的手中。从此，礼拜五从肉体到灵魂都属于白人了。他的主人命令他的一切，都是好的，主人所禁止的一切，都是坏的。按照一种微妙的，却没有意义的组织安排，夜以继日地劳作，那是好的。吃得比主人所规定的食量还要多，那是坏的。主人是将军，他就是士兵；主人祈祷时，他就当唱诗班的歌童；主人盖房子，他就当泥瓦小工；主人侍弄他的土地时，他就是农田的帮工；主人照料他的牲口时，他就是牧羊人；主人狩猎时，他就是赶猎物的助手；主人撑船，他就划桨；主人旅行，他就当挑夫；主人得了病，他就来治。这些都是好的，还有，给主人扇扇子、赶苍蝇，也都是好的。而抽烟斗，赤裸着身子到处乱走，当有活儿要干时躲起来睡觉，都是坏的。但是，虽然鲁滨孙善心十足，他仍太年轻，而他青春的力量会情不自禁地迸发。

当他笑起来时，他是在喷发出一阵可怕的大笑，这阵大笑会把总督及其治理有方的岛屿矫饰的严肃谎言的面具撕得粉碎，令他晕头转向。鲁滨孙恨这类少年狂的勃发，它侵蚀了他的秩序，损伤了他的权威。此外，也正是礼拜五的放声大笑惹急了他的主人，迫使主人第一次动手打了他。礼拜五必须跟在他后头，重复着他念给他听的种种定义、原则、学说和奥义：*上帝是至高无上的主，万智万能，至善至美，无比可爱，无比公正，是人与万物的创造者。*礼拜五爆发出一阵大笑，然而这满含激情、不可抑制、亵渎神明的大笑，马上戛然熄灭，就像一簇疯狂的火焰那样，被一记响亮的耳光打得粉碎。就他细微的生活经验而言，对至善至能的上帝的呼唤，是一件十分好笑的事情。实在没有办法，现在他不得不以夹杂着抽泣声的断断续续的嗓音，重复着主人逐字逐句教给他的话。

不过，礼拜五倒是给他带来了第一件令他满足的事情。全靠他，总督终于发现了从沉船上运回来的钱币的用处。他把它们支付给礼拜五。每个月半英镑的金币。一开始，他还出于谨慎，按5.5%的利息把这全部的钱“存放”起来。后来，考虑到礼拜五已在精神上达到了理性的年龄，他就由他自由支配他的过期未付款。礼拜五用这些钱来买额外的食物、从弗吉尼亚号搬回来的有用或无用的小玩意，或者干脆用来买他半天的休息——整个一天是不能买的——这样，他就可以在他自己做的吊床上消磨上半天时光。

因为，在希望岛上，即便是歇工的礼拜日，他也远不能两手闲闲，整日游荡地偷懒。礼拜五黎明即起，洒扫庭除，清理庙堂。然后，他去叫醒主人，跟他一起背诵晨祷。接着，他们一同去庙堂，牧师主持礼拜仪式，长达两个时辰。他站在斜面经桌前，朗诵《圣经》的诗句。这一阅读不时被长时间的静思默想打断，随后便是受圣灵启迪的阐释讲解。礼拜五则跪在左侧的一排——右侧的一排是保留给妇女的——使出全部精力地认真听着。他所听到的字词——如罪恶、赎罪、地狱、基督重新登位、金牛犊、世界末日等等——在他的脑子里形成了一个令人心醉神迷的聚合体，尽管它的含义还未被他弄明白。这是一种有着晦涩之美，同时又有些可怕的音乐。有时候，从两三句话中透出一丝模模糊糊的微光。礼拜五以为明白了，一个被鲸鱼吞下肚子的人，会又平安无事地从鱼肚子里逃出来，或者，一个国家在一日之中会冒出如此多的青蛙，人们甚至在床上、在面包里都能找到青蛙，或者，两千头猪会浩浩荡荡地跳下大海，因为有魔鬼钻入了它们的体内。每当这时，他总是不免感觉上腹部奇痒难忍，肺里头憋着一股气，直想喷发出大笑来。他竭力想把自己的念头转移到惨痛悲戚的事项上来，因为他甚至都不敢想象，假如他在主人的礼拜仪式上猛然开怀大笑起来，会接着发生什么事情。

午饭——礼拜日的午饭要比平日吃得更慢，饭菜也更为精细些——之后，总督要拿上一条他自己制作的木杖，既像是主教的权杖，又像是国王的权杖，这位首领还有一顶山羊皮的大遮阳伞遮阳，由礼拜五给他撑着，就这样，他威风凛凛地在岛上四处巡游，视察着他的麦田、他的稻田、他的果园、他的畜群，还有种种建筑，以及正在建设中的工程。这时候，他对他的奴仆或是责骂几声，或是赞扬几句，然后还要对未来发表一通训言。由于下午剩下的时间并不像其他日子那样多，无法来干有利可图的活计，礼拜五便用来清洁、美化岛屿。他拔除道路上的杂草，在房屋前播上花种，整修那些装饰着岛上居住点的树木。鲁滨孙把蜂蜡融溶在被美洲黑栎染得鲜黄的松节油中，制成一种漂亮的上光蜡，但是如何来用它倒成了一个问题，因为在海岛上家具十分稀罕，地板也几乎没有。最终，他生出一个念头，让礼拜五把主道上铺的卵石和砾石打上蜡，这主道从岩洞一直通向拯救湾，是鲁滨孙来到岛上的第一天辟踏出来的。现在他回想起来，这条路的历史价值仿佛值得为之付出如此巨大的劳动，尽管一场小小的暴雨就会把这工作毁于一旦，尽管在一开始，他还自问让礼拜五去做这件事是否合乎情理。

阿劳干人善于以多种令人欢欣的倡议博得他主人的善心好意。鲁滨孙的一大忧虑，就是把厨房和作坊的垃圾、废料清除掉，以免引来秃鹫和老鼠。然而，鲁滨孙设想的种种方法没有一个让他自己感到完全满意。他埋到土里的东西，小小的肉食动物又把它们翻弄出来；他倒入大海中的东西，潮水又把它们卷冲到海滩上；如果要点火来销毁，那么代价也很大，呛人的浓烟将把房屋和衣物熏得臭气烘烘。礼拜五想出主意，利用贪吃成性的蚂蚁来蚕食那些垃圾，他已经注意到离住宅一箭地远的地方有一种这样的红蚂蚁。放置在蚂蚁群之中的废弃物，从稍远处看来似乎拥有一种外表上的生命活力，只见垃圾表面微微地有一阵阵颤动，慢慢地，这堆肉体便不知不觉地消融了下去，最后露出赤裸裸、干巴巴的骨头来，清除得一干二净，实在令人看得入迷。

礼拜五还显示出投掷博拉斯的卓越本领，博拉斯是一种放牧用的工具，由三块圆圆的卵石组成，用几根连系于一个中心点上的细绳紧紧束住。投手灵巧地投出后，博拉斯就像一颗带三个叉的星星那样旋转，一旦碰上什么障碍物，它就把目标缠绕住，把它紧紧地拴住。礼拜五一开始就用它来拴定那些公山羊和母山羊，把它们带走去挤奶、治病或者献祭。后来，他又奇迹般地用博拉斯来捕捉狍子和涉禽类水鸟。到最后，他说服了鲁滨孙，通过增加卵石的体积，把博拉斯用作一种可怕的武器，它能够把一个敌手勒得半死，甚至击穿他的胸膛。鲁滨孙由于始终担心阿劳干土著会回来攻击小岛，也就很感激礼拜五为他的兵器库增添了这一件沉默的武器，它既容易得到替换，又能置敌人于死地。他们在海滩上以一段一人来粗的树干为靶子，练习了很长时间。

礼拜五到来后的最初几个礼拜里，得到治理的海岛由于万物自身之力，重新获得了鲁滨孙的全部关怀，至少在一段时间内，鲁滨孙重又成为总督、将军、牧师……有时候，他甚至认为，新来者的在场为他的统治机构带来了一种证明、一种分量、一个平衡，这证明、分量和平衡将宣告曾威胁着这一秩序的种种危险的彻底结束，就好比某些轮船只有保证一定的载货量，才能获得航行稳定性。他甚至还感到了可能由两种因素所代表的危险，一是岛上居民持续其中的恒常的紧张状态，二是超出地窖储量的消费物质的膨胀，针对这一危机，他想用一个计划来解决，即设定一些节日欢庆，伴随几番盛宴和豪饮。但是，他对这后一项举措又疑虑重重——实际上，它并不怎么符合治理有条的岛屿的精神——担心这一想法会不会是受到了萦绕在他心头的“另一个岛屿”的暗中启迪，毕竟这“另一个岛屿”之念始终沉睡在他的心中，并在他心中暗暗地强化。说不定也正是这一乡愁般的怀念在妨碍着他，使他依然无法对礼拜五十足的驯良温顺感到满意，诱使他为考验礼拜五而一味地把这一温顺推向极端。

航海日志

显而易见，只要我手指一动，使个眼色，他就会乖乖地服从，而我居然还要抱怨，真是一桩怪事。不过在这一服从中，有着某种过分完美的、机械般的东西，这使我心灰意冷，嗨，要不是在某些情景中他似乎无法抑制自己发出毁灭性的开怀大笑，仿佛突然间有个魔鬼钻进了他的身体兴风作浪，我果真要彻底心灰意冷了。魔鬼附体。对，礼拜五魔鬼附体，甚至被双重地占有了[①]。话还得说回来，除了发出魔鬼般的捧腹大笑时，在他身上行动

① 法文中“魔鬼附体”和“被占有”为同一词：“possédé”。作者对这一词的运用显然有双重含义。

着和思想着的，恰恰是整个的我。

对一个有色人种——我应说多色人种，因为他身上混有印第安人和黑人的血统——我并不期望有多少理性。至少，他应能表现某种感情。然而，除把他与泰恩联系在一起的荒诞而又惊人的温柔之外，我不知道他还体现过什么友爱。实际上，我心中充满悔恨，但又不敢大胆承认，但我确实应该把它表达出来。我从未冒昧地对他说过“爱我吧”，因为我知道得太清楚了，这样的话，我可能第一次得不到他的服从。然而，他又没有任何理由不爱我。我曾救了他的命，当然是无意之中救的，但他怎么会猜想到呢？我教会了他一切，从劳动开始，而劳动是最高的善。当然，我打过他，但他怎么会不明白，这是为了他好呢？然而直到现在，他的反应仍然令人困惑。有一天，我对他解释，在编制柳条筐之前如何先把柳条削皮，剖成细条，当时，话确实讲得很激烈，我的手还做了一个幅度稍大一点的动作。令我大吃一惊的是，他立即向后退了一大步，用胳膊挡住了他的脸。然而，在我教他一门难学的技术，巴望他认真努力的时候，我只有丧失了理智，才可能想起来要打他。可惜的是，一切都使我认定，在他眼中，我就是这样一个丧失理智的人，在白天，在黑夜，在任何的时刻都是这样的人！所以，当我设身处地站在他的地位上考虑时，我对这个孩子满怀着怜悯之情，他毫无保护地被抛弃到一个荒凉的岛屿上，忍受一个狂人的万般荒诞之举。但是，我的处境更为糟糕，因为我在我唯一一个同伴身上看到自己如同魔鬼，那扭曲的形象就仿佛映照在一面哈哈镜中。

我看他都看烦了，他总是不求其解，不知其所以然地完成我派给他的任务，我真想弄明白这到底是怎么回事。我扔给他一件荒诞无比的活计，在世界上所有苦役犯监狱中都被认为是最下贱的挨欺负的事：挖掘一个洞；然后挖第二个洞，用来埋挖第一个洞时的杂物泥土；再挖第三个洞，用来埋挖第二个洞时的杂物泥土。以此类推。他在铅灰色的天空下，在闷罐似的大热天中苦苦地干了整整一天。对于泰恩，这一强制的活动是一种令它激动、令它沉醉的游戏。从每个洞里，都散发出复杂而使人迷醉的气息。礼拜五一抬起身子，拿小臂擦一擦脑门儿上的汗水，泰恩就冲到挖出来的土上。它把鼻子拱到土块中，像一头海豹那样，使劲地嗅闻、吐气，然后，它死命地刨着土，把碎土从两腿之间向后抛。最后，它兴奋到了极点，便连蹦带跳地围绕着洞转，口中发出抱怨似的尖叫。然后，它又回到泥灰土中，汲取新的陶醉。在这土壤中，只要人们挖掘到一定深度，就可以看到，黑黑的腐殖质与被切断的植物根茬乳白色的汁液混合在一起，仿佛死亡与生命连接在一起。

然而，如果说，礼拜五面对如此愚不可及的劳动仍然没有表示愤愤不满，那这话还算没有说透。我很少见到他如此满怀热情地干活。他在劳动中甚至带入了某种轻松愉悦的心境，这股子快乐的劲头简直挫败了我企图使他陷入抉择境地的计策——要么礼拜五是个地地道道的白痴，要么鲁滨孙被他视为恶魔——而且，他的举动迫使我在别处寻找答案。我不禁询问自己，泰恩在希望岛躯体上无故开裂的创口上的欢快跳跃，是不是具有某种揭示性的意义；我出于仅仅侮辱一下这个阿劳干人的动机，便把绯红色小斜谷的秘密泄露给了他，是不是做下了不可饶恕的蠢事……

一天夜里，鲁滨孙失眠了。明媚的月光把一方清辉投射到住所的石板地上。一只白娘子[①]发出猫头鹰一般的厉叫声，他以为听到了大地本身在为它那孤独清凉的爱情而呻吟。在他的肚子下面，干草的床褥具有一种柔和的松软，荒诞不经。他的眼前又浮现出这样的情景，在那个被阿劳干人的工具施暴似的打开的洞旁，泰恩正充满欲望地狂跳不已。他已经有好几个星期没有去绯红色的小斜谷了。他的女儿们——曼德拉草在这段时间中想必长高了不少！他坐在床铺上，把

① 此处白娘子是指一种夜行鸟类，跟猫头鹰十分相像。

双脚放在铺洒着月光的地上，他感觉有一种汁液的气息从他庞大的、如根系一般洁白的躯体中升腾上来。他悄悄地起了床，跨越过礼拜五和泰恩蜷曲着的身体，向着桉树林和檀木树林的方向走去。

第八章

礼拜五回到住所时，立即就发现，漏壶停止滴漏了。大肚玻璃瓶中的水还有，但瓶口的小孔被一个木塞堵住了，水面高度始终维持在凌晨三点的刻度上。他见不到鲁滨孙的身影，倒也丝毫没有大惊小怪。在他的思想中，漏壶的停滴极其自然地意味着总督的不在。他早已习惯于事情如其常态所显现的那样，所以也就不问自己鲁滨孙到底在哪里，也不问他什么时候会回来，甚至连他是死是活也不问一下。他更不会想到要出去寻找他。他彻底地沉浸于对周围十分熟悉的事物的沉思之中，不过，漏壶停滴和鲁滨孙不在却给那些他平常熟悉的事物带来了新的面貌。他成了他自己的主人，成了海岛的主人。仿佛是为了证明他已经处于自己所感受到的这一尊严之中，泰恩也懒洋洋地伸展开四肢，走来依偎在他身边，并抬起它那浅褐色的眼睛打量着他的脸。这可怜的泰恩，它早已不再青春年少了，它那圆鼓鼓的、像是一个木桶似的屁股，它那过于短的腿脚，它那泪汪汪的眼睛，它那一身浓密的灰暗色的毛，这一切都道出了一条饱经沧桑的老狗对那年岁的诅咒。但是，它仿佛也同样感受到了情势的新颖，等待着它的朋友作出一个决定。

做什么好呢？因干旱而缺水的酸模田和芜菁田应该浇水浇个透，但这是不能做的，设在岩洞前高大雪松上的瞭望台的建筑工程要继续进行，但这也是不能做的。这些工作显然要等到鲁滨孙回来，等他下命令后方可动手。礼拜五的目光便落在一个箱子上，箱子就放在住所的桌子底下，它被仔细地关上了，不过没有上锁，他可以看一看里面装的是什么。他把箱子拖到石板地上，把它侧着立起来，接着，他跪下身子，把它一翻，扛在肩上。然后，他走出房子，泰恩紧紧地跟在后头。

在岛的西北角，牧场缓缓消失、沙丘渐渐出现的接壤处，密密麻麻地矗立着许多奇形怪状的身影，隐隐约约有一点像人的模样，这是鲁滨孙开拓出来的仙人掌花园。当然，鲁滨孙曾经花费了一些时间，小心翼翼地从事这一不费分文的种植，但这类植物几乎不需要任何照料，便能茁壮成长，他所费的力气，只是把他在整个岛上零星发现的最感兴趣的品种，一一移植到一块尤其适合它们生长的土地上来。这是他对心中怀念的父亲表示的一种敬意，父亲唯一的爱好——除对他的妻子、儿女之外——就是一个小小的热带植物花园，即设置在家中的那个配有玻璃壁棚的圆亭。鲁滨孙在带尖细木桩的小木牌上，写上这些品种的拉丁文学名，再把木牌插在地上，出乎意料的是，他居然心血来潮地把这些学名全都记住了，连一个都没有忘记。

礼拜五把箱子扔在地上，箱子已把他肩上的皮磨坏了。箱盖上的铰链裂了开来，一大堆贵重衣料和珍珠宝贝乱糟糟地散落在仙人掌的脚下。他终于可以随心所欲地使用一下这一大堆物件了，这些珍宝衣料是多么光彩照人，却被鲁滨孙当作约束人的羁绊，当作礼拜仪式上的辅助工具，眼前花花绿绿的这一大堆撩拨得礼拜五实在心花怒放。现在，问题并不涉及他本人——无论一件什么样的衣服，都只会束缚他手脚的动作——而恰恰涉及那些奇异的植物，它们那绿汪汪的肉，肥硕的、肿胀的、撩人的肉，比起任何的人类身体来，要更适合于穿上衣物以体现它们美的价值。

他先是把这些东西小心翼翼地摊开在沙地上，用目光拥抱着它们的丰富和多彩。他聚集了一些扁平的石块，放在自己面前，把珠宝首饰摆在石块上，就像是陈列在珠宝店的玻璃橱窗中那样。然后，他久久地围绕着仙人掌转悠，拿眼光衡量着它们的身影，用手指头评估着它们的质地。这是一个植物模特儿的社会，由一些形状奇特的物体组成，它们分别类似于枝形大烛台、圆球、球拍、扭曲的肢体、毛茸茸的尾巴、毛发卷曲的脑袋、带刺的星星、长着千百个分泌着毒液的手指的巴掌等等。它们的肉身一会儿是柔软多汁的果肉，一会儿是坚韧的橡皮，一会儿又是绿莹莹的黏膜，散发出腐肉的霉臭味。最后，他走过去捡起一件有着波纹闪光的黑斗篷，轻轻一抖，便披在了Cereus pruinosus[①]宽阔的肩膀

① 这里和以下的拉丁文均为仙人掌类植物的学名。

上。接着，他用妖艳的荷叶形裙裾，覆遮了Crassula falcata肥鼓鼓的屁股。一块轻盈无比的花边被他用来当作花环，垂饰在Stapelia variegata那长着倒刺的龟头[①]上。同时，他用上等细麻布织的露指手套，套在Crassula lycopodiodes那小小的毛茸茸的指头上。一顶锦缎做的无边直筒高帽，恰好戴在了Cephalocereus senilis那毛发浓密的脑袋上。就这样，他忙活了好一阵，全身心地沉浸在他的研究中，他忙着蒙啊，盖啊，调整啊，有时后退几步，以便更好地审视一下，有时又从一株仙人掌上扯下已经穿上的衣物，换给另一株仙人掌。最后，他还给自己的作品戴上桂冠，尽可能有所区别地给它们挂上手镯、项链、羽饰、耳坠、金属搭襻、十字架和冠冕。他入神地注视了一会儿他刚刚在沙土上亲手召唤来的队列，那是高级教士、贵妇淑女和肥胖怪物的虚无缥缈的队列，但是，他并没有太久地耽搁在幻觉中。自此，他在这里再也没有什么可干的了，于是他起身离去，脚后紧跟着泰恩。

他从沙丘地带穿越而过，听着自己的脚步在沙上激起的响亮声音，觉得十分好玩。他停下步子，转身朝着泰恩，闭着嘴模仿它低沉的嗥吼，不过这一游戏并没有把狗逗乐，泰恩在流滑的沙土上连续不断地奔跳着，艰难地向前行进，随着声音越来越大，狗脊背上的毛也充满敌意地耸立起来。终于，土地变得坚实了，他们走到了因潮水消退而显得更为宽阔的沙滩上。礼拜五重新挺直了身子，鼓着胸脯，满怀幸福

① 龟头原文为“phallus”，是古代作为生殖力象征的男性生殖器雕像，也指一种类似阴茎的菌类植物。

地行走在辽阔无际、完美至极的沙滩上，沐浴着早晨灿烂的阳光。在这无边无际的广阔空间中，任何运动都无阻无挡，没有任何屏障能遮挡住远眺的目光，在这广袤的天地里，礼拜五陶醉在青春活力和无拘无束之中。他捡起一块椭圆的卵石，稳稳地放在伸展开的手掌中。比起他丢弃在仙人掌丛中的那些珠宝来，他更喜欢这块石头，它粗糙，却结构严密，一片片绯红的长石晶体与夹杂有闪光云母片的大块透明石英浑然一体。卵石的曲线与他黑黝黝的手掌的曲线仅在一点上相切，和它一起形成了一个简单而又纯粹的几何图形。一阵海浪急急地涌上海滩，铺盖在一平如镜、点缀有小小水母的湿沙上，团团地浸盖了他的脚踝。礼拜五听凭椭圆的卵石掉落下来，又捡起另一块，这一块又扁又圆，像是一个杂有浅紫色斑点的乳白小圆饼。他拿它在手上抛着玩。要是它能飞，那该有多好！要是它能变成一只蝴蝶，那该有多好！让一块石头飞起来，这一梦想始终诱惑着礼拜五那轻盈如气的心灵。他把它掷向水面。小圆石在液体的平面上弹跳了七下后，才沉入水下，而且没有激起一丝水花。早已习惯了这种游戏的泰恩，一下子冲进波浪中，四肢奋力拍打着水面，一头朝向地平线游去，它一直游到卵石沉没的那一点，便一个猛子扎下去，稍后，钻出水来，回转，由波浪一推一推地送回来，把卵石放到礼拜五的脚下。

他俩久久地向东走着，然后，等绕过了沙丘时，才往南走。礼拜五拾起一些海星、树根、贝壳、乌贼骨头、海藻团，把它们拾起后又扔掉，这些扔出去的东西便立即变成了泰恩活生生的、渴望已久的、转瞬即逝的捕猎物，它当即汪汪地欢叫着去追逐它们。就这样，他们来到了水稻田。

蓄水池已经干涸，种上了水稻的潟湖田的水位线一天天地下降着。然而，这稻田还需浸水一个月，以确保抽穗的稻谷安然无恙地成熟，怪不得鲁滨孙每次巡视后回来，总是忧心忡忡。

礼拜五手里拿着一块浅紫色的卵石。他往水田里打水漂，数着它在油光光的死水上跳了几下。小圆石盘旋起九个水花后沉了下去，这时泰恩已从田埂上跳下水追逐去了。它一阵旋风似的就窜出去二十来米，但它一下子停住了。水实在太浅，它根本无法游泳，于是它在泥水中蹚涉而行。它掉转身子，准备回到礼拜五这边来。它刚起步便猛一扑腾，好不容易从淤泥中挣脱出身子，却又更重地跌入泥淖中，它的挣扎变得忙乱不堪。再不去救援一把，它就将陷于灭顶之灾。礼拜五弯腰看了看这污秽的、隐藏危险的泥水，稍稍迟疑了一阵。紧接着，他改变了主意，朝放水的闸门跑去。他在闸板的第一个孔里插进一根棍子，身子紧紧地靠在闸门架上，使尽全力撬着撬棒。闸板向上动了一动，在滑槽中发出吱嘎吱嘎的声音。覆盖在水田上的泥浆之毯立即运动起来，并开始起皱，渐渐地消失在水闸中。几分钟后，泰恩连滚带爬地趴到田埂上。它哪里还像一条狗，简直成了一团烂泥，不过，它算是得救了。

礼拜五留下泰恩让它洗个干净，自己则一面跳着舞，一面走向森林。水稻的收获成了泡影，而这个概念在他脑子里连闪都没有闪过一下。

对于礼拜五，漏壶停滴和鲁滨孙不在，仅仅意味着同一件事，而且是唯一的一件事，即某种秩序的中断。而对于鲁滨孙，礼拜五的失踪，给仙人掌打扮，还有水稻田的干涸，都一致说明了阿劳干人之驯服工作的不稳固，或者说是失败。此外，礼拜五很少有向他主子求情而得到鲁滨孙开恩的事情。要么他什么都不做，要么他确切无误地按照鲁滨孙的训导去做，否则他就有挨骂的危险了。其实，鲁滨孙应该承认，礼拜五即便温顺殷勤至极，也总有自己的个性，而由其个性所表现出的一切总让他深为惊愕，并冒犯到治理有序的岛屿的完整性。

他先是决定容忍他同伴的失踪。然而过了两天，他却又屈服于一种复杂的不安心境，这里头多少杂糅着一丝模糊的悔疚，还有好奇心和怜悯心，而这怜悯心则是泰恩身上明显表现出的悲伤所启迪于他的，于是他动身去寻找他。整整一个上午，他带着泰恩在阿劳干人失去踪迹的那座森林中搜索。他们不时东一处、西一处地注意到礼拜五经过的迹象。不一会儿，鲁滨孙就立即明白了真相：礼拜五正合乎常理地在海岛的这个地带过着不为他所知的日子，他在这里过着一种**秩序之外**的生活，从事着一些他还弄不明白其含义的神秘游戏。一些木头面具，一个用嘴吹射弹丸的吹管，一张藤条编织的吊床，上面有一具酒椰叶纤维做成的人体模型，一些分别用羽毛、蛇皮制成的帽子，一些鸟儿晒干的尸体，这些迹象表明了一个秘密世界的存在，一个鲁滨孙尚未掌握入门钥匙的世界。但是，当他踏入长着团团像是柳树的树木的一片多涝洼地的边缘时，他的惊诧达到了极点。确实，这些小树很显然全被连根拔起过，然后又被**倒过来**重新栽上，树枝埋入土中，根系翘向天空。而最终给予这一骇人听闻的栽种方式以魔幻面目的，却是它们似乎都很适应这一野蛮的做法。在根系的尖端绽放出嫩绿的苞芽，甚至还长出了一簇簇的新叶，由此可以设想，埋入了土中的树枝也已摇身一变，成了树根，而汁液在树身中的循环交流已经调换了方向。鲁滨孙无法把自己的思绪从对这一现象的考察中扯离出来。礼拜五居然心血来潮地突发奇想，并动手付诸实践，这件事本身就已叫人忧虑不安了。可是，小树们竟然接受了这一处理，希望岛显然也默许了这种狂妄之举。至少这一次，阿劳干人稀奇古怪的灵感有了一个结果，不管这结果多么可笑，它毕竟含有某种积极的成分，而并没有导致纯粹的毁灭。对这一发现，鲁滨孙踌躇半天，百思不得其解！他返身而归，走着走着，突然，泰恩在一大丛缠绕着藤条的木兰前停住了脚步，随后，它慢慢地向前挪动，脖子伸得老长，爪子轻轻地抬起又轻轻地放下。最后，它一动也不动，只用鼻子在一棵树的树干上闻了又闻。这时，树干动了起来，礼拜五的大笑爆发出来。原来这是阿劳干人的伪装，他把脑袋遮掩在一顶鲜花串成的盔甲之下。他用一种格尼帕树[①]的汁液，在自己

① 格尼帕树是产于西印度群岛和南美洲北部的一种乔木，属茜草科。

浑身赤裸裸的皮肤上，画满了常青藤的叶子，只见藤条的枝叶沿着他的两条大腿缠绕而上，扭结在他的胸脯上。他就这样变形为了植物人，他咯咯地疯笑着，围着鲁滨孙跳起癫狂的舞蹈。然后，他走向海滩，在海水里把自己洗个干净，而鲁滨孙则在一旁默不作声，若有所思地看着他，看着他一面舞蹈着，一面跑进红树林的绿荫之中。

这一夜，依然是一轮明月高悬于纯净的碧空，皎洁的月光普洒在森林之上。鲁滨孙关上了住宅的门，吩咐礼拜五和泰恩相互看守，自己便来到森林里一条走廊般的通道上，这里，银色的清辉从丛叶间疏疏落落地泻下。可能是由于苍白月色的催眠作用，平素在荆棘丛中低呻高吟嘈杂不已的小动物和昆虫，今天却噤声了，森林一片静谧肃穆。随着他越来越走近绯红色的小斜谷，他感觉日常的忧虑一下子烟消云散，一种新婚般的柔情浸透了他的全身。

礼拜五让他越来越忧虑，使他一日更比一日忧心忡忡。这个阿劳干人不仅不和谐地融合在他的体系中，而且——真是外异之体——还有毁灭这一体系的危险。对一些重大的、毁坏性的差错，他可以忽略而不去计较，例如稻田的走水干涸，这完全可以看作他年幼无知、缺乏经验。但是在他表面的善良愿望之下，他表现出对诸如秩序、节制、计算、组织之类的概念的全然无动于衷。“他不做事倒叫我省心，他若做三分事，倒要给我添七分麻烦。”鲁滨孙神情忧郁地想道，虽说他也隐隐约约地感觉到，这样评价他未免有些言过其实了。此外，虽说礼拜五身上有一种奇特的本能，能轻而易举地赢得动物的理解和——甚至还可以说——共谋关系，因为他和泰恩的亲密无间已经到了令人恼怒的地步，但这种本能对小动物如山羊、兔子甚至鱼类来说，却有着灾难性的后果。简直不可能让这个乌木脑袋瓜懂得，他们把这些小动物圈起来集中饲养、挑选，只是为了获得食物的产量，而不是为了把它们驯服、驯熟，或者当作渔猎的目标。礼拜五不能理解，除经过一通追逐或者一番搏斗，命运赋予他好机会杀死一头动物之外，居然还会有别的杀死动物的方法，真正是危险的浪漫观念！他更不明白，有些动物种类是有害的，应该跟它们做一种殊死的搏斗，而他，他竟然供养着一对老鼠，巴望它们多多地繁殖吗？秩序是一种脆弱的征服，是对海岛上自然的野蛮状态的艰难获胜。阿劳干人给秩序带来打击，重重地摇撼了它。鲁滨孙不能给自己招来众多的咄咄逼人的扰乱性因素，唯恐他多年惨淡经营建立起来的一切毁于一旦。但是，该怎么办呢？

鲁滨孙来到森林的边缘处，停住脚步，他被四周风景的宏伟和柔媚吸引住了。草场伸展开它一望无际的绿茵茵的绒毯，有时一阵微风掠过，柔滑的波纹便有起有伏。西边，芦苇挺立着它们那高高的茎秆，密集地簇拥在一起，仿佛一队手持标枪的士兵，站立着沉沉睡去。芦苇丛中，不时有规则地传来一只雨蛙长笛一般的鸣叫声。一只白娘子飞过，翅膀几乎都快要掠着鲁滨孙的身子了，然后停栖在一棵柏树上，把它神思恍惚的脸转向他。一阵芳香的气息飘荡过来，告诉他现在离绯红色小斜谷不远了，那高低不平的地上洒满了银色的月光。在这里，曼德拉草长得十分茂盛，以至于景色也仿佛变了许多。鲁滨孙坐了下来，背靠在一个沙土的斜坡上，探出手寻找着宽宽的、叶缘有缺刻的浅紫色叶子，他就是把这种叶子带入这海岛的人。他的手指头碰触到了一颗圆溜溜的褐色果实，果子挥发出一种浓烈的腐臭气味，令人难以忘却。他的女儿们就在这里——他与希望岛结合的恩惠之果——她们披挂着带有花边的衣裙，在黑草中间屈膝行礼。他知道，假如他把其中的一株连根拔起，就会使这小小植物露出又白嫩又肥胖的大腿来。他躺在一条略带沙砾的土垄中，土垄把他的身体裹得很紧，他沉湎于一阵通体舒服的麻酥酥的感觉，它好像从土壤中升腾起来，直达他的腰身。他的双唇紧紧地贴吻着一朵曼德拉花，觉得它的黏膜是那么温暖，散发出麝香味。这些花儿，他是如此地熟悉它们，能够清清楚楚地分辨它们那蓝色的、紫色的、白色的或紫红色的花萼。但这一朵怎么啦？他眼前的这一朵花是有条纹的。白白的花瓣上间杂有一条条栗色的斑纹。他于麻木之中不禁大吃一惊。他弄不明白。这一株曼德拉草两天之前还不存在。等有太阳时，他要好好观察一下这个新的变种。另一方面，他要精确地核实一下他播种的地形。他将查对行政土地登记册，但是，在他尚未核实之前，他就可以断定，在绽放着带条纹的曼德拉花的地方，他从来没有伸展开自己的身躯……

他站起身来。魅力之源中止了，这一光辉之夜的一切美好事物全都烟消云散。一种十分隐约的怀疑仍在他心中生成，并立即变成对礼拜五的怨恨。他神秘莫测的生活，倒插在地上的柳枝，装扮成的植物人，甚至还有先前的仙人掌化妆，泰恩在希望岛开裂的创口上的舞蹈，这一切不是提供了足够的迹象，解释了新的曼德拉花之谜吗？

航海日志

我回到了住所，心中的骚动达到了极点。当然，我的第一个举动，便是叫醒了那个下流鬼，然后揍了他一顿，让他吐露实情，接着，又把他揍了一顿，以示对他招认的罪过的惩罚。但是，我深深地知道，盛怒之下，切不可贸然行事。愤怒总是推动人采取行动，但总是让人采取糟糕的行动。我迫使自己回到屋里，直挺挺地站在斜面经书桌前，脚跟并拢，随便翻开《圣经》，阅读几页。我竭尽全力地收敛住性情，但是我的思想如翻江倒海一般，就像一只被紧紧拴在木桩上的小山羊那样活蹦乱跳！终于，随着《传道书》那庄严而又苦涩的话语从我的嘴唇上飞出，平静复归于我的心田。噢，书中之书啊，你给予了我多少个安宁的时刻！阅读《圣经》，就好比攀登上高山之巅，一旦身处顶峰，极目远眺，整个海岛以及包围着小岛的滔滔大海便尽收眼底。于是，生活中所有的琐碎卑微一扫而空，心灵展开它巨大的翅膀迎风飞翔，万物皆忘，唯有崇高与永恒之物通晓于心。所罗门王高傲的悲观主义用来跟我充盈着怨恨的心灵进行对话，倒是十分适宜。我喜欢读这样的话：日光之下，并无新事①，正经人忙忙碌碌，未见得比愚蠢人游手好闲得到更多的报酬②，建房筑屋、种植庄稼、引水灌溉、饲养畜群，均为白搭，因为这一切都是捕风③。人们或许可以说，智者中的智者在迎合我忧郁的性情，以便更好地以一种真理猛击我，唯有这真理才能切中我的要害，它被写下来就永远等待着为在这一刻得到运用。事实正是如此：第四章中的这段诗文，正劈头盖脸地向我袭来，仿佛一记让我受益的耳光：

两个人总比一个人好，
因为二人劳碌同得美好的果效。
若是跌倒，
这人可以扶起他的同伴；
若是孤身跌倒，
没有别人扶起他来，
这人就有祸了！
再者，二人同睡，

---

① 见《圣经·旧约·传道书》第一章第九节。
② 参见《圣经·旧约·传道书》第四章第五至六节。原文并不相同。另外可参见《旧约·传道书》第八章第十四节。
③ 见《圣经·旧约·传道书》第二章第四至六节。原文并不相同。

就都暖和；
一人独睡，
怎能暖和呢？
有人攻胜孤身一人，
若有二人便能敌挡他；
三股合成的绳子不容易折断。[①]

这几行诗文我反复地诵读，等到我睡下了，我仍在背诵它们。我第一次问我自己，我千方百计地想让礼拜五服从于治理有条的岛屿之法则，是不是犯下了严重的罪过，有悖于仁慈，这是不是表明，比起我这个痛苦的小兄弟来，我反倒更加看重经我双手料理的土地。实际上，这真是自古就有的取舍抉择，是不止一种痛苦和无数罪过的根源。

于是，鲁滨孙竭力把自己的思想从带条纹的曼德拉花一事中拉开。紧迫的工作帮了他大忙，因为暴雨季节快到，必须加固土方，整修建筑，这使他重新接近了礼拜五。就这样，在暴风骤雨般的分歧和心照不宣的和解的交替中，几个月时间过去了。尽管鲁滨孙被他同伴的行为举止深深激恼，他还是像没什么事似的喜怒均不形之于色，而且在他独自面对他的日记本时，能做到努力去原谅他。比如说，在龟甲盾

① 见《圣经·旧约·传道书》第四章第九至十二节，原文没有分行排列。

牌事件中，情况便是这样。

那天上午，有好几个钟点都不见礼拜五的踪影，突然，鲁滨孙得到警报，因为他看见海滩方向的树林子后面升起一柱浓烟。在岛上点火本不为明令所禁，不过，法规要求事先必须报告当局，并且明确时间与地点，以免跟印第安人祭祀之火产生任何混淆。礼拜五若是忽略了这一预防措施，定有他自己的道理，换句话说，这就意味着，他正在做的事情绝对不会让他主人高兴。

鲁滨孙叹了一口气，合上了他的《圣经》，然后站起身子，打一声口哨唤上泰恩，便向着海滩走去。

礼拜五到底在搞什么古怪的名堂，他一下子也弄不明白。在一层滚烫火燎的灰烬上，他摆上了一只四脚朝天、乱摇乱晃的胖大乌龟。乌龟还没有死，远还没有死，爪子还在空中使劲扒拉着。鲁滨孙甚至相信还听到了某种沙哑的咳嗽声，这兴许是那畜生叹苦抱怨的方式吧。让一只乌龟叫唤！这野蛮人莫不是鬼迷了心窍！可是这种野蛮的对待乌龟的行为到底有什么目的呢？他看到乌龟壳在热的作用下，凹陷渐渐消失，又慢慢鼓凸起来时，就明白是怎么一回事了。这时候，只见礼拜五急忙操起一把刀，对着把甲壳和这畜生的内脏粘连在一起的结合部割下去。龟甲还远远没有烤平，这时它的形状极像是微微有些内凹的盘子，乌龟侧身翻滚起来，支撑着脚爪站稳了身体。只见一个巨大的水疱晃动在它的背上，有红有绿还有紫色，像是充满了血液和胆汁的包囊。乌龟以极快的速度向大海跑去，一眨眼的工夫，便消失在层层叠叠的波浪底下，其速度之快简直如同在噩梦之中，泰恩一面狂吠着，一面跟在后面紧追一阵。“它错了，”礼拜五在一边平心静气地观察着，一边说，“明天，它就会被海蟹们吃了的。”说着，他用沙粒磨着变扁了的龟甲的内侧。“没有一支箭能够钻透这面盾牌，”他向鲁滨孙解释道，“就连很大的博拉斯碰上它，也只能弹起来，而打不破它！”

航海日志

对动物比对人更有怜悯心，这是英格兰人心灵固有的特性。人们尽可以讨论一下这种感情倾向。事实是，比起礼拜五强加给那只乌龟的残酷折磨来，没有什么更使我疏远礼拜五了。（我注意到**折磨**与**乌龟**这两个词的相似[①]。这是否意味着，这类不幸的动物生来注定要遭受疼痛和苦楚？）然而，情况并不简单，这牵涉不少问题。

一开始，我以为他喜欢我的牲畜。然而，他对它们直接而又本能的谅解——无论是对泰恩，对小山羊，甚至包括老鼠、秃鹫——同我对我的低等兄弟们产生的感情冲动之间，没有任何的关系可言。实际上，他与动物之间的关系本身更是动物性的，而非人性的。他与它们处于同等的地位上。他从来都不寻求给它们带来好处，更不想让它们来爱他。

① 在法文中，“折磨”为“torture”，还有“酷刑”和“痛苦”的意思，而“乌龟”为“tortue”，两词词形相似。

他对待它们时，怀有一种随随便便的、无所谓的、残酷无情的态度，这使我颇为反感，但这似乎丝毫也不损害他对它们的宠爱。可以说，使他们彼此接近的那一种默契，比起他可能强加在它们头上的糟糕待遇来，要深刻得多。只要情况需要，他会毫不犹豫地掐死泰恩，吃它的肉，而泰恩也隐隐约约地意识到这类可能，然而这仍然无损于它对这个有色皮肤的主人的偏爱，只要有机会，它就表现出这一偏爱来。当我看出这些苗头来时，我内心中不禁对泰恩生出杂糅着嫉妒的恼怒，这个愚笨、智力有限的畜生，竟然对自身的利益固执地视而不见。后来，我才明白，人们只能比较那些能够作比较的东西，礼拜五同牲畜们的亲密关系从物质上来说，跟我同我的动物建立起的关系是不可同日而语的。他被牲畜当作它们之中的一员来接纳。他什么都不欠它们，他可以天真无辜向它们行使他那高一等的体力和高一等的智慧所赋予他的所有权利。我企图让我自己相信，他正是如此地表现着他本性中的兽性。

接下来的好几天，礼拜五对一只小秃鹫体现出特别的关注，小秃鹫的母亲由于莫名其妙的原因把它从鸟巢中驱赶出来后，他就接纳了它。小秃鹫的面目实在狰狞，如若这一丑陋并非秃鹫类的共同现象，它就足以证明家人赶走它不无道理。这个侏儒光秃秃的，模样怪诞，一瘸一拐，冲着每一个过路者伸出褪了毛的脖子，脖子的顶端是那个贪婪不堪的角喙，上面长有两只巨大的眼睛，紫色的眼睑紧闭着，像是生出了两个鼓满了脓水的脓疱。

礼拜五往这乞食的角喙中，先是投进一些新鲜的碎肉，只听咕噜咕噜一阵响，肉就下了它的肚子——看来，它似乎连石头子也会同样贪婪地吞噬下去。但是，从第三天起，这小秃鹫就显现出萎靡不振的迹象。它不再有原先的活力，连续好几天整日里昏昏欲睡。礼拜五拍打它的嗉囊时，发现那里十分坚硬，满满当当的，堆积住了，尽管最后一次进食已经过去了好几个时辰，一切症状表明，它是消化困难，甚至可以说是丧失了消化功能。

于是，阿劳干人把一些小山羊的内脏扔到太阳地里，让阳光慢慢地炙晒，任凭一大群蓝色的苍蝇在上面嗡嗡营营。这些东西发出的腐臭令鲁滨孙大为恼怒。最后，千百条白花花的蛆虫从半化为脓水的臭肉中攒动出来，而礼拜五，他居然能干出如下一番举动，着实令他的主人留下一段刻骨铭心的记忆，永世不忘。

礼拜五借助于一片贝壳，去刮那一摊腐烂了的羊下水。然后，他从刮下来的蛆虫中抓起一大把来，送到自己嘴里，耐心地咀嚼着这污秽不堪的食粮，一脸心不在焉的神色。最后，他朝他的保护对象凑过身子，把自己嘴里咀嚼过的像一股稠稠的、温乎乎的奶汁似的流质，送到小秃鹫那像瞎子讨饭钵似的张开的喙中，任它们滴流下去，秃鹫呼噜呼噜地吞咽着，屁股颤抖个不停。

礼拜五一边继续收获着他的蛆虫，一边解释道：

“活蛆虫太新鲜了。鸟儿病了。那就要嚼烂，嚼烂。喂小鸟总是要嚼烂……”

鲁滨孙一阵阵地反胃，扭头便走开了。但是，他的同伴临危不惧的献身精神和逻辑推理深深地打动了他。他第一次向自己提出这样的问题：他对雅致趣味的苛求、他的厌恶、他的恶心，所有这一套白人的神经质，究竟是文明的最后一种珍贵的抵押品，还是正相反，是一种无用的舱底压载物，总有一天要由他下决心把它们彻底抛弃，以便进入一种新的生活。

但是有时候，在鲁滨孙身上，总督、将军、大祭司的身份又复原了。此时，他便一目了然地估量一下礼拜五给治理有条的岛屿招来的祸害程度，收获断送了多少，库存浪费了多少，牲畜是不是四处跑散，狐獴类的臭体动物是不是繁殖增多了，工具有没有损坏和丢失。这还算不了什么，更为严重的是，礼拜五在他周围散布着某种**精神**，它以飘忽不定的魔鬼般的概念，以无法预料的地狱般的奇思怪想，一直侵扰着鲁滨孙的心。而这一指控的最关键一点就是，到最后，鲁滨孙什么都不想，独独思虑着那带有条纹的曼德拉花，它使他整日里心神不定，彻夜难眠。

正是在这种恼怒的心境中，他用公山羊的皮条制作了一条鞭子。他为此暗暗感到羞愧，同时为自己仇恨情绪的不断滋长感到不安。这个阿劳干人竟然并不满足于对希望岛的蹂躏，而且还毒害了他主人的心灵！确实，不长的一段时间以来，鲁滨孙心中有一些想法，却不敢向自己承认它们，这些想法尽管各色各样，但主题却是同一个，即自然的死亡，意外的死亡，或者由礼拜五导致的死亡。

他的心态就是如此。一天上午，他被一种不祥的预感驱使着，信步朝着桉树和檀香树的小树林走去。只见从一大丛侧柏树中飞出一朵花儿，在阳光中摇摇摆摆地越飞越高。定睛一看，原来是一只黑色绒翅上夹杂着金黄斑点的妖艳的大蝴蝶。皮鞭呼啸而过，发出一记脆生生的爆响。那朵充满勃勃活力的花儿便在空中碎为齑粉，散落在他身边。要是在几个月以前，这种事情他是绝不会做的……确实，他感觉自己胸中孕育着一团火，这团火比起一种简单的人类激情来，似乎具有更单纯的本质，包含更高远的根源。如同一切涉及他与希望岛关系的事物，他的愤怒含有某种宇宙性的本质。在他自己眼里，他显现出的行为并不像是一个平庸类型的被激怒的人，而是表现出一种原始的力量，它来自大地的腑脏，以一种热腾腾的气流把一切荡涤一空。一座火山。鲁滨孙是一座火山，在希望岛的表皮上爆裂开来，仿佛岩石与凝灰岩从地底喷发出怒火。此外，好一段时间以来，每当他翻开《圣经》，他都听到耶和华雷霆般威严的斥责声：

他的愤怒燃烧，热烈炙人。

他的嘴唇呼吸着愤恨，他的舌头有如噬人的火焰。

他的气息如同漫溢泛滥的河流，
要用毁灭的筛箩，筛淘尽列国，
并在民众的口中，勒紧使人迷途的嚼环。[①]

读着这些诗文，鲁滨孙难以自控地吼叫起来，一声声的吼叫既让他得到解脱，又使他怒火中烧。他好像看到自己站立在海岛的最高点上，令人生畏，崇高无比。

耶和华必使人听他威严的声音，又显他降罚的膀臂和他怒中的忿恨，并吞灭的火焰与霹雷、暴风、冰雹。（《以赛亚书》第三十章）[②]

皮鞭的鞭梢劈开天空，向远处一只鹞子的身影挥去，鹞子正在碧空中悠然翱翔。显然，那猛禽正在辽阔的长空继续着它那懒洋洋的狩猎，可是鲁滨孙却在一阵迷雾般的幻觉中，看到它跌落到他脚下，摔得个抽缩痉挛，粉身碎骨，他凶蛮地狂笑起来。

在这一大片荒凉空旷的景致中央，流淌着一条甘美的大河。绯红色的小斜谷始终在那里，带着它那招引人的小皱褶，还有那色情味十足的波状起伏，在它含有香脂味的温柔的浓毛丛中，显得那么清丽生动，那么给人慰藉。鲁滨孙加

① 见《圣经·旧约·以赛亚书》第三十章第二十七至二十八节。这里的译文与《圣经》原文有所出入。
② 见《圣经·旧约·以赛亚书》第三十章第三十节。

快了步伐。再过一会儿，他就将仰面平躺在这一女性的大地上，双臂交叉成十字，他仿佛觉得倒在一个碧蓝的深渊之中，他把希望岛整个地扛在自己的肩膀上，就像阿特拉斯①肩负着地球那样。那时，在与这一初始的源泉的接触下，他将感到一股全新的力量进入他的躯体，他将翻过身子，他将把腹部紧紧地贴在这庞大而炙人的女性的腰身上，用那血肉之犁在她身上耕耘。

他在森林的边缘处停下脚步。在他脚下，小斜谷摊展开她的臀部和乳房。曼德拉草，他的女儿们，纷纷摇动着她们那手掌一样的宽大叶片，向他表示欢迎。一股甜丝丝的柔情已经渗入他的腑脏，他的口中顿时盈满了蜜糖一样的流涎。他对泰恩做了个手势，让他留在树林中，自己则在看不见的翅膀托举下向前飞去，一直飞向他的婚床。在一片泥炭质的水淹地中，沉睡着一层纹丝不动的静水，水面的尽头，是一圈金黄色的沙土，沙土上覆盖着细细的草绒。鲁滨孙今天就喜爱在这里。他早已熟悉了这个绿草如茵的巢窝，而且，有紫色斑点的金色曼德拉花正悄悄地在这里开放得斑斓缤纷。

正在这时，他在绿叶丛中发现了两片小小的黑屁股。它们正起劲地忙活着，仿佛有一股涌浪在其中穿流，使它们一会儿膨胀起来，一会儿又紧紧地缩小下去，又膨胀，又缩紧。鲁滨孙简直成了一个从爱情之梦中被猛然唤醒的梦游

---

① 阿特拉斯为希腊神话中的一个巨人。现在欧洲人常用他肩负地球的形象装饰地图册，并称地图册为“阿特拉斯”。

者。他惊呆了，眼睁睁地看着鼻子底下发生的这一下流卑劣的行径。希望岛被一个黑鬼嘲弄了，玷污了，侮辱了！带条纹的曼德拉花过几个礼拜就会在这里开放！可是，他却把鞭子丢在了森林的边缘，忘在了泰恩的脚边！他飞起一脚，把礼拜五踢得翻腾起来，又挥出一拳，重新把他打倒在草丛中。然后，他扑在他身上，把自己一个白人的重量全部压了上去。啊，他躺倒在鲜花丛中可不是为了一种爱情之举！他攥紧拳头，像个聋子似的狠狠打下去，对从礼拜五那破裂的嘴唇中迸发出的呼号充耳不闻。支配着他的愤怒是神圣的。这是滔天的大洪水，它荡涤了整个大地上人类犯下的伤风败俗之事，这是一把天火，它把所多玛和蛾摩拉烧成了灰烬，这是埃及的七大灾祸，严厉地惩罚了法老的歹毒心肠[①]。然而，从这个混血儿的最后一声喘息中说出的五个字，突然穿透了他神圣的聩聋状态。鲁滨孙已经打破了皮的拳头又往下落了一拳，但仿佛不够确信似的，被一阵努力的思索抑制住了。只听礼拜五呻吟道："主人，别杀我！"他的面目已经血肉模糊。鲁滨孙正在表演他早先在一本书中或在别的什么地方看到过的一出戏：一个人在水沟边上死命地狠揍他的兄弟。亚伯和该隐，人类历史上的第一次谋杀，真正意义上的

---

① 大洪水之事见《圣经·旧约·创世记》第七至八章；所多玛和蛾摩拉两城市因居民作恶、淫乱而被天火烧成灰烬一事见《圣经·旧约·创世记》第十九章；埃及因法老狠心刁难以色列人而遭十大天灾的事见《圣经·旧约·出埃及记》第七至十一章，十大天灾分别为：血灾、蛙灾、虱灾、蝇灾、兽疫之灾、疮灾、雹灾、蝗灾、黑暗之灾和所有的长子以及一切头生的牲畜都必死之灾。作者言为"七大灾祸"，疑误。

谋杀[1]！他究竟是什么呢？是耶和华的胳膊，还是遭诅咒的兄长？他站起来，他走开，他飞跑，他应该在智慧之泉中好好洗一下心灵……

现在，他又脚跟并拢，双手相握地站在经桌面前，他等待着圣灵的启迪。他需要激发起心中的怒火，赋予愤怒之情一个更加纯洁、更加崇高的调子。他随手翻开了一页《圣经》。正巧是《何西阿书》。先知的话语先是在雪白的书页上扭曲成黑黑的符号，然后由鲁滨孙的嗓音送出，变成清脆嘹亮的声波。闪电正是这样先于雷霆的。鲁滨孙说了起来。他向着他的女儿们——那些曼德拉草——说话，告诉她们关于她们的母亲——通奸的大地——的情形：

你们要与你们的母亲大大争辩，
因为她不是我的妻子，
我也不是她的丈夫。
叫她除掉脸上的淫象
和胸间的淫态，
免得我剥她的衣服，
使她赤体与才生的时候一样，
使她如旷野，如干旱之地，

① 该隐谋杀他弟弟亚伯一事，见《圣经·旧约·创世记》第四章。该隐为兄，种地，亚伯为弟，牧羊。耶和华看中了亚伯和他的供物，而没有看中该隐和他的供物，于是该隐嫉妒成仇，最终杀死了亚伯。

因渴而死。

（《何西阿书》第二章第四节）[①]

这部圣书被朗读着，它指责着希望岛的罪过！这本不是鲁滨孙所寻求的。他想在天火构成的文字中，读到对那个卑鄙奴仆、那个诱奸者、那个玷污者的惩罚，他合上了《圣经》，然后又随意打开一页。现在是耶利米在说话，这一回涉及的正是那带条纹的曼德拉花，只是把它比作串了种的葡萄：

你在各高冈上、各青翠树下屈身行淫。
然而我栽你是上等的葡萄树，
全然是真种子，
你怎么向我变为外邦葡萄树的坏枝子呢？
你虽用碱、多用肥皂洗濯，
你罪孽的痕迹仍然在我面前显出。[②]

然而，假若是希望岛诱惑了礼拜五，那是不是说阿劳干人完全清白，没有任何责任？面对着给希望岛定罪，而且只给希望岛定罪的神圣经书，鲁滨孙痛心疾首，恼羞成怒。他又一次合上《圣经》，接着再重新翻开。这一次，是《创世记》的第三十九章，由鲁滨孙的嗓音响亮地念诵出来：

---

① 这段引文应在《圣经·旧约·何西阿书》第二章的第二至三节。
② 见《圣经·旧约·耶利米书》第二章第二十至二十二节。

约瑟主人的妻，以目送情给约瑟，说："你与我同寝吧！"约瑟不从，对他主人的妻说："看哪，一切家务，我主人都不知道，他把所有的都交在我手里。在这家里没有比我大的，并且他没有留下一样不交给我，只留下了你，因为你是他的妻子。我怎能作这大恶，得罪神呢？"后来她天天和约瑟说，约瑟却不听从她，不与她同寝，也不和她在一处。有一天，约瑟进屋里去办事，家中人没有一个在那屋里，妇人就拉住他的衣裳，说："你与我同寝吧！"约瑟把衣裳丢在妇人手里，跑到外边去了。妇人看见约瑟把衣裳丢在她手里跑出去了，就叫了家里的人来，对他们说："你们看！他带了一个希伯来人进人我们家里，要戏弄我们。他到我这里来，要与我同寝，我就大声喊叫。他听见我放声喊起来，就把衣裳丢在我这里，跑到外边去了。"妇人把约瑟的衣裳放在自己那里，等着他主人回家，就对他如此如此说："你所带到我们这里的那希伯来仆人进来要戏弄我，我放声喊起来，他就把衣裳丢在我这里跑出去了。"

约瑟的主人听见他妻子对他所说的话说，你的仆人如此如此待我，他就生气，把约瑟下在监里，就是王的囚犯被囚的地方。于是约瑟在那里坐监。

鲁滨孙哑口无言，仿佛被击垮了。肯定没错，他相信自己的眼睛决不会骗他。在希望岛的土地上，他千真万确地当场抓获了正在犯通奸罪的礼拜五。但他同样也知道，很长时间以来，他就应该把那些外在的事实——尽管这些事实如此毋庸置疑——解释为正在孕育过程中的一种深刻而又晦暗的现实的表面迹象。实际上，礼拜五在绯红色小斜谷的皱褶中播撒他那黑色的种子，是出于一种模仿意识，或者说是出于一种戏弄，本是一个偶然的机会，使得这一插曲跟波提乏与约瑟之间的纷争混为一谈[①]。鲁滨孙感觉到，两个不同世界间的鸿沟正在日益增深：一方面，是人类社会通过他的记忆、通过《圣经》以及他的记忆与《圣经》这两者投影在海岛上的形象，而留传给他的滔滔不绝的信息；另一方面，则是非人类的、基础的、绝对的宇宙，现在，他正陷入这宇宙中，他正战栗不已地寻求揭示它的真相。印在他心中、从未欺骗过他的话语吞吞吐吐地告诉他，他正处于自己历史的一个转折点上，海岛妻子的时代——这是继海岛母亲时代后的时代，而海岛母亲时代又在被治理者海岛时代之后——也行将结束，而万物绝对新颖、闻所未闻、不可预料的时代已经临近。

他若有所思，默默地向前挪行几步，伫立在住所的门槛上。突然，他后退了一下，当他看到在房屋左侧贴墙而蹲的礼拜五时，他的怒火重又燃烧起来。礼拜五一动不动地蹲在自己的脚后跟上，脸冲着远方的地平线，目光茫然。他知

① 在《圣经》故事中，波提乏是埃及法老的内臣，即约瑟在埃及当奴隶时的主人，想诱惑约瑟的那个女人正是波提乏的妻子。上文所引之事，见《圣经·旧约·创世记》第三十九章第七至二十节。

道，这个阿劳干人可以保持这种姿势，一待就是好几个时辰，而他自己则根本不会这样蹲，蹲不了几秒钟，双膝便会一阵阵地抽筋。他的心境十分复杂，甜酸苦辣什么都有，随后，他决定坐到礼拜五的身边，跟他一起融入裹挟着希望岛及其居民的巨大、寂静的等待之中。

在纯净如洗的碧空中，太阳充分展示着它那至高无上的绝对权威。它把它全部金灿灿的重量压在完全屈服在下、平铺横卧的大海上，压在干涸而又昏沉沉的岛屿上，压在鲁滨孙的建筑上，眼下这一时刻，这些建筑很像是奉献给太阳的荣耀的一座座庙宇。内心的话语告诉他，或许在希望岛的土地时代后，将有一天要继之而来一个太阳时代，不过，在眼前，这还只是一个十分模糊的想法，它那么软弱无力，那么难以捉摸，连他自己都不能长时间地把握它，他只好把它保存在记忆中，让它慢慢地成熟。

他微微把脸侧向左边，看到了礼拜五右边的侧影。只见他脸上乌青斑斑，伤痕累累，活像被翻耕过的田地，在他隆起的颧骨上，裂着一道十分难看的伤口，紫红色的肉像嘴唇一样嘟噜出来。鲁滨孙像用望远镜瞭望那样，仔细观察着这个下巴凸出、有点野兽样的面具，他的忧郁使这副面容显得比平常更执拗、更爱赌气。正是在这时，从那幅痛苦不堪、丑陋无比的血肉铸成的景象中，他注意到了某种灿烂的、纯洁的、细腻的东西：礼拜五的眼睛。在又长又弯的睫毛下，极度光滑、极度清澈的瞳仁因眼皮的眨动而得到不断的清扫和清洗。瞳孔在光线变幻不定的作用下闪烁着，依照周围亮度的变化，精确地调整着自身的直径，以便视网膜保持始终如一的光感。一个极其微小的玻璃体的羽状花冠，一个无比珍贵、无比精妙的纤小的蔷薇形花饰，淹没在虹膜的透明体中。这一结构如此精巧，外形如此新奇，如此明亮的器官，不禁让鲁滨孙看得入了迷。这样的一种奇迹，怎么会出现在一个那么粗俗、那么丑恶、那么平庸的生命体上呢？如果说，他恰好在这一时刻偶然发现礼拜五那双眼睛有着令人惊诧的解剖学上的美，那么，他是否应该真诚地问一下自己，在他视而不见的同样令人赞叹的事物中，这个阿劳干人是不是也有一份完整的贡献呢？

鲁滨孙心中反复思量着这个问题。在这混血儿令他震惊的粗俗、愚蠢的外表下，他生平第一次清晰地瞥见了**另一个礼拜五**存在的可能——就如同在以前，远在他发现洞穴和小斜谷之前，他就曾怀疑有**另一个岛屿**隐藏在由他治理的岛屿身后一样。

但是，这一幻象仅持续了短暂的一瞬间，生活还得继续着它那单调而又艰辛的历程。

确实，生活重又按照它的轨迹行进着，但是，无论鲁滨孙做什么事情，他身上好像总有某个人在等待着一个具有决定意义的、翻天覆地的重大事件，等待着一个彻底否定以往或将来一切事业的崭新起点。然而，那个旧人又出来反驳，死死地守定着他的业绩，估算着即将到来的收获，大致地筹划着种植珍贵树木、三叶橡胶树或者棉花什么的，描画着利用湍急的水流来推动水磨的设计蓝图。但是，他再也不去绯红色的小斜谷了。

礼拜五根本不对自己提这一类问题。他找到了盛烟草的小筒，躲着他的主人偷偷地抽范·戴塞尔船长的长烟斗。如果被发现，惩罚无疑是有例可循的，因为烟草的储量所剩无几，鲁滨孙从此只允许自己两个月抽一次烟斗。对他来说，抽烟斗是一个他久久期盼的节日，他担心有朝一日他不得不最终放弃这一乐趣。

那一天，他下山去察看他头一天潮水退落时标出的深水线，退潮时，它应该显露出来。这时，礼拜五便把烟草筒夹在胳膊下，来到岩洞里。当他露天抽烟时，一切欢乐会消失得一干二净，但他也知道，假如他在一间房子里抽烟，烟味便会忠实无误地把他出卖。鲁滨孙可以在随便什么地方抽烟。对鲁滨孙来说，只有一件事是重要的：烟锅火红起来，活跃起来，滋滋作响，积下烟垢。这是一个包裹着土地的地下小太阳，是一座可以随身携带的、被驯服了的火山，在他嘴巴的呼唤下，在灰烬底下安静地发出红光。在这一微型的转炉中，烟草被反复燃烧，被焙灼，被提炼，嬗变为树脂、焦油、含沥青的浆汁，它的魂灵刺激着他的鼻孔，特别舒服。这就是**着魔的**[1]洞房，关闭在他的手掌心中的大地与太阳的洞房。

对礼拜五来说，正好相反，整个抽烟过程唯有靠缭绕升

① “着魔的”，另一意为“被占有的”，见前注。

腾的烟才得以确立，而只要有一丝微风，就会把烟吹跑，把那迷人的魅力剥夺得无影无踪。他必须要有一个绝对安宁的气氛，而没有任何地方比山洞中沉睡的气流更适合于玩这种风力游戏。

在离洞口二十来步深的地方，礼拜五用麻袋和木桶垒筑成一把长椅子模样的东西。他半仰在上面，咬着烟斗的角嘴儿，悠然自得地抽着烟。随之，从他嘴唇间滤出一股烟雾，烟分为两道，然后又一丝不漏地吸入他的鼻孔。这时，烟起到了它主要的功能：它充满了他的双肺，使他的肺敏感地反应，使得这一隐藏在他胸膛中的空间具有了意识，仿佛一个一个闪闪发光的物体，成为他身上最轻盈飘忽、最富于灵性的东西。最后，他轻轻地把曾居留于他体内的蓝色烟雾喷吐出来。在这岩洞明亮的洞口处，背着光线，烟雾翻卷起来，犹如一条蠕动不已的章鱼，化为一幅幅阿拉伯式的装饰图案，又缓缓变幻为转动着的旋涡，越旋越大，越旋越高，越旋越稀薄……好几分钟里头，礼拜五就这样久久地沉醉在梦幻中，当他正准备从烟斗中重新喷出一口烟团时，他听到远处传来人的呼喊声和狗的吠叫声。鲁滨孙回来得比预料的要早，他正叫唤着他，嗓音中有一丝不祥的预兆。泰恩乱吠一气，一记噼啪声清晰可闻。皮鞭子。嗓音更近了，也更急迫了。在岩洞口明晃晃的轮廓中，出现了鲁滨孙那黑黑的身影，双拳叉在腰际，两腿分开着，鞭子的皮鞘在身影上突兀出来。礼拜五站立起来。烟斗怎么办呢？他使尽全力把烟斗朝岩洞深处扔去。随后，他勇敢地迎向惩罚。鲁滨孙一定发现烟草筒不见了，因为他愤怒得发了狂。他扬起了皮鞭子。正在此刻，四十桶黑色火药异口同声地开腔说了话。一股红色的烈焰从山洞中迸发而出。在意识的最后一曳微光中，鲁滨孙感到自己被高高掀起，扔得远远的，同时他看到，山洞顶上的石块如倒海翻江似的，纷纷崩塌下来。

第九章

鲁滨孙睁开眼睛时，先是看到一张黝黑的脸俯向他。礼拜五左手托着他的脑袋，右手手心掬着一捧清水，想喂他喝。但是，鲁滨孙痉挛着紧紧咬住了牙关。清水洒在他嘴边，流过他的胡子，落到他的胸口。看到他动弹起来，阿劳干人微笑了一下，便站起身来。他衬衣上的一片布条，还有他裤子的左腿，当即掉落在地上，它们已经熏得乌黑，撕得粉碎了。他哈哈大笑起来，干脆扭动着身体，把残留在身上的早已烧焦的衣服碎片抖落下来。随后，他在地上乱七八糟的日用物品中，随便捡起一块破镜片，拿到脸前照一下，做出一副鬼脸，然后又爆发出一通大笑，把镜片递给鲁滨孙。他的脸上尽管左一道右一道满是烟炱，仿佛伤痕斑斑，却没有一处受伤，但是，他那棕红色的漂亮胡子却被烧得一处处地斑秃，烧得一片焦煳的毛发构成一个个小小的发亮斑点。他站起身，把依然披在自己身上的焦煳煳的烂布片也扯个干净。他迈了几步。在紧紧包裹着的厚厚一层烟炱、灰尘和泥土底下，他的皮肤只有轻微的擦伤。

居所像一把火炬那样燃烧着。要塞上带雉堞的城墙已经坍塌，落到御敌靠近之用的壕沟底下。贵族议院、祈祷堂和立法之桅受灾较轻，但也被炸得歪歪斜斜。正当鲁滨孙和礼拜五凝视着这一派颓败的景象，百步之远处有一束土柱冲天而起，一秒钟之后，传来一声撕心裂肺的爆炸，把他们又一次震倒在地。碎石头与断树根如一阵冰雹，纷纷扬扬地落在他们四周。这想必是鲁滨孙埋在从海湾而来的那条路上的炸药，被那条长距离引线给点着了。这一下，鲁滨孙应该确信，从此，他在这岛上就再也没有一克火药，一想到这个，他便完全失去了从地上再爬起来，去清点灾难造成的损失的勇气。

羊群被这更近的第二次爆炸吓坏了，你争我夺地乱跑一气，冲开了圈栏。现在它们已经四散开来，发疯似的奔跑着。不消一个钟头，它们便会分散在海岛的各个角落，用不了一个礼拜，它们又会回归野蛮状态。在岩洞的原处——岩洞的洞口已经消失——乱七八糟地堆起一座座高高的乱石堆，好像一个个高塔、金字塔、棱柱、圆柱。在这一片乱石堆中，最高的是一处岩石构成的小山头，它垂直地高耸着，提供了眺望岛屿和大海的一个无与伦比的视点。如此说来，爆炸并非只有一种毁灭性效果，在爆炸最剧烈的地方，似乎有一个精通建筑学的精灵巧妙地利用了火药，使得一种巴洛克式的奇异景象得以实现。

鲁滨孙神情痴呆地环顾四周，开始机械地捡拾岩洞闭塞之前吐出来的杂物。地上有撕烂了的破衣服，有一把枪筒已经扭曲的火枪，还有陶瓷的碎片，满是窟窿的口袋，破裂的箩筐。他仔细地一一检视这些残留的杂物，把它们小心地放在那棵巨大的雪松脚下。礼拜五与其说是在帮着他做，还不如说在模仿着他，因为他天性憎恶修补和保存，对稍有损坏的物件，他一般都要一毁了之。鲁滨孙已无力发脾气了，当他看到礼拜五把从一只瓮里发现的一点点麦子满地乱撒时，他甚至连一句牢骚话都没有。

夜幕降临，他们终于找到了一件完好无损的东西——望远镜，但同时，他们在一棵树下发现了泰恩的尸体。礼拜五久久地拍着它。它什么伤都没有，从外表看，它连受伤的迹象都没有，但是它毋庸置疑地死了。可怜的泰恩，它年岁那么老，又那么忠诚，也许就是爆炸把它震死的，很简单，它是被吓死的！他们约定第二天为它下葬。起风了。他们一起到海水中洗了澡，随后，他们吃了一个野菠萝当晚饭——鲁滨孙还记得，他当年从海难中逃生，来到岛上后第二天吃的第一样东西，也是这野菠萝。他们不知道去哪里睡觉，两人便躺在那棵大雪松下，躺在他们那些遗留下来的杂物中间。夜空十分明亮，但一股强烈的西北风不断地折磨着树林的顶梢。好在雪松那沉重的枝杈并未参与树林的嘈杂，鲁滨孙仰面躺着，看着雪松树枝纹丝不动的身影，但见枝叶轮廓分明，恰似一幅中国水墨画映衬在繁星闪烁的夜空中。

礼拜五最终就这样制服了他全力憎恨的一种事物存在状态。确实，他并非**有意**引起灾难。鲁滨孙很早以来就明白，有意这一概念若用于他同伴的行为，那会是多么不适合。礼拜五缺乏这种自由和清醒的意愿，不会作出什么经过深思熟虑的决定，礼拜五就是一种**自然本能**，他的种种行为都来自他的自然本能，行为产生的结果一如其人，就像孩子如其母亲。直至眼下，看来还没有任何东西可以影响这一自然发生的进程。在这一具有特别意义且深刻的问题上，鲁滨孙意识到，他对这阿劳干人的影响等于零。礼拜五是沉着镇静地——当然是无意地——准备了并随后引起了这场灾祸，而这场灾祸吹响了一个新纪元即将来临的号角。至于这一新纪元究竟什么样子，无疑需要在礼拜五的自然本性中寻找答案。鲁滨孙仍局限在旧人的禁锢之中，故而难以预见一切究竟如何。因为，使他们彼此对立的原因超越了——同时也包容了——这样一种常常被描述的对抗关系：一方是讲究方法论、吝啬、忧郁的英国人，一方是好冲动、慷慨、开朗的“土著”。鲁滨孙作为农人和治理者在这岛上建立起来并将继续存活其中的这一人世的秩序，礼拜五出于本性地憎恨反感。阿劳干人仿佛属于另一个领域，属于一个跟他主人以土为本的领域对立的领域，只要有人企图把他囚禁于主人的领域，他就反抗，造出毁灭性的结果。

爆炸并未彻底杀死鲁滨孙心中的那个旧人，因为他闪过这样的念头，他可以把睡在身边的伙伴打死——他实在是死一千次都死有余辜——然后再重新着手耐心地编制他那被毁的世界的蓝图。然而，他既害怕自己重新变成孤独一人，也畏惧这样的一种暴行，而不仅仅是因为这两者，他才没有动手害人。刚刚发生的大灾难，他也曾暗暗地希望过。实际上，治理有方的岛屿到后来也压得他难以忍受，就像压得礼拜五难以忍受一样。礼拜五把他从土地之根中不自觉地解脱出来后，将带领他走向别样的东西。他要脱离他业已感到厌恶的土地领域，而代之以一个更适合于他的范畴，而鲁滨孙也迫不及待地想发现这一范畴。一个新的鲁滨孙正在他的旧皮囊中搏斗，而先让这个治理有方的岛屿土崩瓦解，以便跟随着一个不负责任的开创者，深入一条陌生的道路，这在他是预先就能接受的。

正当他沉思冥想时，他突然感到，自己平放在地面的手掌下，有什么东西在蠕动。他想可能是一只昆虫，便用手指头动了动腐殖土。不对，原来是土地在这个地方鼓了起来。一只田鼠或者鼹鼠将要从地道的尽头钻出来了。一想到那些吓坏了的小动物拼命乱钻，以为要走到自由的空气中，却正在冲向一个肉体的牢笼，鲁滨孙不禁在黑夜中笑了起来。土还在动弹，有东西钻出来了。不知是什么，又硬又凉，还牢牢地留定在土中。一枝树根。就这样，为使这可怕的一天如愿以偿地可怕到头，树根仿佛有了生命力，竟然自己生长到了土外！鲁滨孙听任所有这一切神奇之事自行发生着，始终目不转睛地透过树枝凝视着天上的星星。正是在这时，他丝毫不会有错地看到，整个星座一下子滑向右方，消失在一片树叶后，接着又从另一侧重新出现。然后，它又不动了。几秒钟后，一阵长长的碎裂之声撕破了空气。礼拜五已经跳将起来，紧接着就帮助鲁滨孙也站起来。正当大地在他们脚下摇晃起来时，他们撒开腿飞快地逃开。巨大的雪松慢慢地在群星之间滑动，随后雷鸣似的轰然倒在其他树木丛中，仿佛一个巨人跌倒在深深的草丛中。倒转过来的树根把整个小土山紧紧地抱在自己无数弯曲的手臂中。这一阵灾变之后，紧接着是一片死一般的寂静。希望岛的守护精灵受到爆炸的伤害后，实在抵挡不住撩拨着繁茂枝叶的强劲的风——尽管这还不是一阵狂风。

在岩洞被毁之后，对希望岛土地的这一新的打击，终于把鲁滨孙与他原有根基的最后一丝联系割断了。从此，他就只有礼拜五为伴，自由自在而又担惊受怕地漂泊在岛上。他不应该再松开这只棕褐色的手，正是这只手，在夜里大树倒下的那一刻，拉住了他的手，把他救了出来。

礼拜五的自由——鲁滨孙在接下来的日子里已开始学着适应这一自由——并不仅仅是对被爆炸所抹却的岛屿表面秩序的否定。鲁滨孙对自己在希望岛度过的最初一段时日，至今记忆犹新，他心中很清楚，惊慌失措地生活，随心所欲地闲逛，心血来潮地冲动，无缘无故地泄气，这些是怎么一回事。所以，对他那位同伴行为举止中一种隐藏的整体性，一种隐含的原则，他不会猜测不到。

从严格意义上说，礼拜五是从不工作的。由于对过去与未来的概念全然懵懂无知，他只是封闭在现时中生活。他编制了一张藤床，挂在两棵胡椒树之间，在床上一待就是好几天，有时候，碰上一些被他纹丝不动的状态所迷惑、落到树枝上来的飞鸟，他就躺在藤床上用吹管射击，把它们打死。

到晚上，他把这种漫不经心的狩猎所获的猎物扔到鲁滨孙脚下，而鲁滨孙再也不问，这行为到底是一条忠心耿耿的狗所为，还是正相反，是一个专横得不屑于再表达其命令的主人所为。实际上，在同礼拜五的关系中，鲁滨孙已经超越了彼此交替的斤斤计较阶段。他观察着他的同伴，全神贯注地注视着他的行为和动作，同时也注意着这行为动作在自己心中的反响，毕竟，它们已在他心中激起了巨大的变化。

鲁滨孙的外貌就首先经历了变化。他早就放弃了剃刮脑袋，他那卷曲成兽毛一般的头发长得一天比一天茂密。相反，被爆炸烧坏了的胡子却被剪去了，而且每天早上要用剃刀在脸上刮上一圈，他用岛上一种常见的火山石磨剃刀，用这种又轻又多孔的石头慢慢地磨，可以把剃刀磨得锋利无比。如此一来，他丢失了原先那副庄严的、家族首领般的神态，失去了曾卓有成效地支持了他的往日权威的“上帝—父亲”的面貌。他仿佛年轻了一个世代，猛然一照镜子，他似乎觉得，从今以后——出于一种不难解释的模拟现象——他和他同伴的容貌存在着某种显然的相似。好几年时间里，他一直是礼拜五的主人和父亲。而短短几天工夫，他现在变成了礼拜五的兄弟——而且还吃不准他是否算是礼拜五的兄长。他的肉体也同样发生了变化。以前他总是害怕阳光的烧灼，这是一个生活在热带地区的英国人——尤其是棕红头发的人——的最大危险之一，在暴露到阳光下之前，他总是小心翼翼地把身体的所有部位全遮盖起来，此外，还有一项附加措施，即不忘携带他那顶山羊皮制成的大遮阳伞。他在岩洞深处的起居生活，以及后来与土地的亲密关系，最终给了他的皮肉一种脆生生的乳白色，像是土中的芜菁和块根。现在，在礼拜五的鼓励下，他赤裸裸地展露在太阳底下。他先是有些畏惧，蜷缩着身子，十分丑陋的样子，但渐渐地，他如鲜花绽放一般地舒展开来。他的皮肤染上了古铜色。一种崭新的自豪在他的胸膛中、在他的肌肉中鼓胀着。从他身体中散发出一股热量，他似乎感到，他的灵魂从这热量中汲取到一种它从未认识过的信心。就这样，他发现，一个被接受、被渴望，同时隐隐约约被欲求的肉体——通过某种正在诞生的自恋情结——不仅能成为一种嵌入外在事物之网络的上佳工具，而且可以成为一个忠诚强壮的同伴。

他和礼拜五一起玩一些游戏和练习，而在过去，他认定这些玩意儿和他的尊严毫不相容。就这样，他坚持不懈地苦练倒立行走，直到后来竟然用双手走得跟阿劳干人一样好。一开始，靠着陡峭的岩石做“脚抵墙倒立”，他不感到有任何困难，但一旦离开那个支撑点，要做到向前走，而既不往后倒，也不腰酸背疼，事情就麻烦多了。支持着全身巨大重量的双臂簌簌发抖，但这并非由于缺少力气，而是基础也即平衡的问题，他亟待把握基点，维持那个异常分量的平衡。他全力以赴地练着，把他四肢的某种**多重效能**的开发，当作在新的前进道路上具有决定意义的一个步骤。他幻想自己的身体变了形，变成了一只巨硕无比的手，它的五根手指头便是脑袋、双臂和双腿。一条腿应该可以像一根食指那样挺立起来，双臂应该能像两腿那样行走，躯体可以随便安放在任何一个肢体上，然后再换另一个肢体，就如同一只手能够倚在任何一个手指头上。

在礼拜五难得一做的工作中，他很喜欢制造弓箭，而且做起来十分认真，可说是精雕细琢，由于他打猎时很少使用弓箭，所以这小心翼翼的制造尤其引人注意。他先是选一些最柔韧、最齐整的木材——比如檀香木、圭亚那紫木、古巴香脂树——削成简单的弓，然后马上把它绑扎在山羊角小薄片的夹心中，以增强弓的坚硬。

他最认真、最卖力的还是在做羽箭的时候，因为他不断地增加弓的强度，恰恰是为了把箭杆做得更长，他的箭长超过了6尺。箭头与箭羽的微妙平衡始终没能调整到令他心满意足，他一连几个钟点在那里，让箭杆在石脊上摇晃着，以测定它的重心。实际上，为了装配箭羽，他已经超越了所有合理的限度，他一会儿用美洲鹦鹉的羽毛，一会儿又用棕榈的叶子，因为他是用山羊的肩胛骨削成翼形的箭头，所以很显然，他要求的并不是让箭头准确、有力地刺入猎物，而是让它们能飞，使它们尽可能地飞翔得远，飞翔得长久。

当他拉弓时，他的脸因精力集中而紧紧地绷着，一副痛苦不堪的模样。他长久地衡量着箭的倾斜角度，以确保箭矢的飞行有一道最最辉煌的轨迹。最后弓弦一声呼啸，在他为保护左前臂而戴的皮袖套上一滑而过。他整个身子前倾，伴随着箭矢的飞驰，两条胳膊伸展成一个动作，既像是飞跃，又像是祈求。那一股活力克服空气摩擦和重量能有多久，他的脸上就闪耀着多久欢快的光彩。当箭头开始向着地面跌落下来，唯有箭羽还在拖延着坠落时，他的心中仿佛有什么东西破碎了。

鲁滨孙想了好长时间，不明白这样既无猎物又无目标的射箭究竟有何意义，不明白礼拜五为什么要这样把自己折腾得精疲力竭。最后有一天，他觉得总算弄明白了其中的奥秘，那一天，一股强劲的海风吹来，波涛汹涌的海水一直把海滩都吞没了。礼拜五试射他的新箭，箭杆异乎寻常地长，箭羽有3尺，用信天翁飞羽上抽取的细毛做成。他拉开弓，对准森林的方向，把箭按45度的角度射出去。飞箭一直飞上了高空，至少有150尺之高。在高空，它似乎迟疑了一会儿，但它并没有朝海滩俯扎下去，却在一种新的动能的驱使下，以水平方向飞向森林。当它消失在第一丛树林的绿幕后面时，礼拜五兴奋地向鲁滨孙转过身子，神采奕奕，脸上放光。

“它落到树枝丛里了，你再也找不到它了。”鲁滨孙对他说。

“我再也找不到它了，”礼拜五说，“但这是因为这支箭永远不会落下。”

山羊们虽回归到了野生状态，倒也不再生活在完全的无序之中，经过人的驯化，它们很难再回到原先的境地中去。它们按照等级分成一群一群，由那些最强壮、最聪敏的公山羊领头。当有危险威胁时，羊群便聚集在一起——一般都聚集在一个高坡上——所有站在第一排的羊都伸出犄角来，令冒犯者无法突入。礼拜五有时碰上单独的公山羊，便闹着玩儿地向它们挑战。他抓住它们的角，用力把它们摔倒在地，或者，他追逐着捕住它们，为了显示他的胜利，他在它们的脖子上套上一个藤条编的项圈。

然而有一天，他遭遇了一头像狗熊一样壮大的羱羊，它用它巨大的、有弯弯扭扭的角的背部稍稍一顶，就把他撂翻在地，在岩石堆上滚了好几滚，那公羊挺起一对角来，仿佛头上顶着两大团黑森森的火焰。礼拜五不得不在吊床上一动不动地歇了三天整，但他嘴里嚷个不停，他非再找到那头羊不可，他已把它取名为安多阿尔，看来安多阿尔似乎激起了他心中的敬佩和柔情。要判定安多阿尔在什么地方并不需要别的，它那可怕的气味在两箭远的地方就能让人闻到。当有人靠近它时，安多阿尔从不逃避。安多阿尔一向远离群体。安多阿尔把他撞了个半死之后，就没有像其他任何一头公山羊都会做的那样，对他穷追猛打……礼拜五一面低声诵经似的赞美着他的对手，一面编织起五彩缤纷的细绳子，他要用这绳子做成一个比其他项圈更为牢固、更为显眼的项圈。这将是安多阿尔的项圈。当他重新踏上潜伏着那畜生的岩石林立的道路时，鲁滨孙稍稍表示了反对，不过他根本就没希望劝说得了他。经过几次非同寻常的追猎后，他的皮肤上就沾上了一种臊臭味，这挥之不去的臊臭足以证明鲁滨孙反对得有理。更何况这种捕猎着实充满危险，他上一次出的事故即是明证，他自己好不容易才摆脱了严重后果。礼拜五毫不在意。对一场使他激奋异常的游戏，他会毫不吝惜自己的力量和勇气，就像他平日会懒得出奇、无聊得出格一样。在安多阿尔的身上，他找到了一个游戏伙伴，它那种冥顽不化的凶野仿佛特别令他着迷，他早就情绪激昂地事先做好了再度受伤的准备，甚至打算搭上自己的性命。

没有花多大的工夫，他就把它找到了。那头大公羊的身影像是一大块岩石，突兀在一大群公山羊和母山羊之中，羊群一挨近它，就如潮水一般乱腾腾地向后退去。他和它面对面地处在某个像是竞技场的场地中央，这地方的里侧，有一堵陡峭的石壁，外侧朝着瀑布一般坍塌下来的岩石堆敞开，乱石堆上还零零星星地长着仙人掌。在西面，突伸出去的地面构成了一道一百来尺高的悬崖。礼拜五把卷在手腕上的绳子解开来，冲着安多阿尔挥舞着，以示挑战。这野兽猛地一下停止了嚼食，一根长长的禾草留在了它的牙齿间。然后，它从胡子丛中爆发出一阵冷笑，后腿挺直站立了起来。它就这样朝礼拜五前进了几步，向空中踢腾着它的前蹄，摇晃着它巨大的角，仿佛在向途经的人们致意。这一怪诞的模仿使礼拜五吃了一惊，有些不知所措。那畜生离他只有几步远时，放下了前蹄，同时，像一颗投石似的向他蹿来。它低下脑袋，夹在两条前腿中间，两只角像叉子一样前伸着，整个身子像一支裹着皮毛的粗箭，径直向着礼拜五的胸口飞来。礼拜五往左一闪，但时机已晚。一股浓重的麝香气味早把他紧紧地裹住，就在这一瞬间，他的右肩重重地挨了一记猛撞，身子转了一圈。他沉沉地倒在地上，紧紧贴着地面。假如他马上站起来，他可能很难躲避第二次袭击。于是，他脊背贴地待了一小会儿，透过一丛枯草，从半眯缝着的眼皮中间，瞧着一小块蓝天。他这样躺着看，看到一张闪米特人首领的面具俯向着他，一双绿地毯色的眼睛，长在带毛的眼窝中，一大把卷曲的胡子，一张黑黑的、反刍动物特有的嘴脸，黑嘴扭动起来，作出它野兽的微笑。他微微动了动，肩上就传来一阵剧痛。他失去了知觉。当他重新睁开眼睛时，太阳正占据着他视野的中央，他沐浴在炙热难忍的火辣辣的阳光中。他用左手支撑起身体，把双腿拖到身下。等他略微站起身来，他感到头晕目眩，他凝视着那堵陡峭的石壁，石壁把强烈的阳光反射到整个竞技场。不见安多阿尔的踪影。他摇摇晃晃地站直了身子，刚要转过身去时，忽然听到身后传来蹄子踢在石头上的踢嗒踢嗒声。声音那么近，已经来不及回头去看。他急忙往左边倒去，他的左胳膊没有受伤，完好如初。从左腰的高度往斜里一闪，礼拜五便双臂交叉地跌躺下来。安多阿尔猛地收住脚步，用它那四条干瘦的、神经质的腿死撑住身子，腰身一扭，刹住了前冲。这时，已失去平衡的礼拜五，像个散了骨架的木偶人一样，一下子扑到了安多阿尔的背上。在他的重压下，公羊的背朝下弯了一下，但它随即撒开四蹄重新朝前猛冲。礼拜五强忍着肩上的剧痛，死死地抓住畜生不撒手。他的两手紧紧地握着弯曲的羊角最靠近头骨的根部，他的双腿紧夹着它两肋的皮毛，另外，他的脚趾头还揪住羊的生殖器不放。公羊发了疯似的乱蹦乱跳，企图把流苏一般缠绕在它身体上的这一赤裸裸的血肉甩脱掉。它围着竞技场转了好几个圈，尽管背上的重负压得它几乎要垮，但它在乱石堆上居然一直没有失足。如果它倒下，如果它故意在地上打滚儿，那么，它就会再也站不起来。礼拜五感到胃里一阵阵地翻腾，痛苦不堪，他担心自己再次失去知觉。必须迫使安多阿尔停住脚。他的双手沿着这畜生凹凸不平的头骨往下摸，随后，捂在了它骨架支棱的眼眶上。尽管眼睛什么也看不见，那公羊仍不肯停步。种种变得看不见了的障碍仿佛也就不存在了似的，它什么都不顾，一个劲儿地径直向前冲。它的蹄子噼里啪啦地击打在石板地上，石板路渐渐伸向悬崖，终于，两个始终紧紧纠缠在一起的身体冲到了半空中。

鲁滨孙远在两里之外，从望远镜中目睹了两个敌手坠下悬崖。由于十分熟悉岛上这一区域，他心中很清楚，他们可能摔落在荆棘丛生的那一片高地上了。有两条路通向那片高地，一条是从上面盘绕而下的崎岖的羊肠小道，另一条是捷径，只是需要攀登一百多尺峻峭的悬崖，才能到达。情况紧急，只有选择捷径，但鲁滨孙面对这悬崖陡壁，并非没有担忧，他要沿着粗糙不平的石壁摸索着攀登而上，有的地方竟然是凌空的，他必须硬着头皮爬上去。但是，不只是拯救礼拜五——也许他还活着呢——这一迫不及待的使命促使他经受如此的考验。他坚信，锻炼肌肉的游戏已使他的身体得到了完美的伸展，他感到，紧张的晕眩已经是往日留给自己的最后缺陷，以前，哪怕离地只有三尺高，他爬上去都忍不住发晕。他毫不怀疑，通过正视并且克服这一病态的缺陷，他将在自己新生活的进程中，完成一个重大的飞跃。

他先是轻捷地在岩石丛中奔跑，随后，又从一块岩石跳到另一块岩石上，就如同他看礼拜五曾上百次做过的那样，很快来到那堵峭壁前，现在，他必须紧贴在石壁上，手脚并用，靠他二十个手指和脚趾，沿着坑坑洼洼的悬崖面，一点一挪地攀缘而上。在攀登中，他重又找到了与土地元素的直接接触，从而感受到一种巨大的但又相当不牢靠的欣慰。他的两手、两脚，还有他整个赤裸着的身体很熟悉大山的躯体：它的光滑、它的风化、它的粗糙。他怀着一种乡恋般的迷醉，奉献出自己的身体，去细细地触摸矿物质，而在这里头，对自身安全的关注仅仅是很小的一部分。这个，他心中十分清楚，这就是对自己过去的一种重新潜入，而且，如果说，空无——他转身背对着这一空无——并没有构成他那考验的另一半，这可能是他怯懦和病态的逃避。这里有的是大地和天空，在大地与天空之间，鲁滨孙粘贴在石头上如同一只颤动的蝴蝶，他正为实现自己从此到彼的转化而痛苦地搏斗。达及峭壁的一半高度时，他让自己停顿了一下，身体转了一下，这里有一处一寸宽的突兀点，允许他的双脚蹬在上面，稍稍停顿、转身。他浑身直冒冷汗，双手可怕地发滑。他赶紧闭上眼睛，不再去看脚下正旋转滚动着的岩石堆，刚才，他恰恰就在那岩石堆上跑过。随后，他重新睁开眼睛，决心克制住自己的不适。这时，他突然想起看看天，只见夕阳把最后一抹余晖撒满了天空。他心中感到某种鼓舞，也立即觉得有了一点办法。他明白，头晕仅仅只是**地心引力**作用于顽固的具有向地性的人类心脏的后果。心灵总是狂妄地倾向着那些花岗岩或黏土的、硅石或页岩的深底，而远离这些深底既会让心灵癫狂，又吸引它，因为心灵在深底里预感到宁静和死亡。刺激起眩晕的并不是空无，而是大地深处使人心醉神迷的盈满。鲁滨孙把脸转向蓝天，心中感到，比起听从杂乱无章的坟墓那甜言蜜语的召唤来，应邀与一对和睦相亲的信天翁共同翱翔于苍天可能更有价值，他更愿意飞翔于被落日晚霞染成绯红色的两片云彩之间。他得到了心灵的鼓舞，继续他的攀越，更清楚自己即将迈出的步伐会把他引向何处。

暮色降临之时，他在生长于岩石缝的一片稀疏的花楸树丛中发现了安多阿尔的尸体。他朝被摔得散了架的硕大躯体俯身折腰，一下子就认出了牢牢系在它脖子上的彩色绳圈。他直起身子，听到背后传来响亮的笑声。礼拜五站在那里，遍体鳞伤，左臂不能动弹，不过筋骨未伤。

“它死了，用它的皮毛保护了我，”他说，“大公羊死了，但我很快就会让它飞起来，唱起来……”

礼拜五很快就从疲劳和伤痛中恢复了过来，其速度之快，令鲁滨孙瞠目结舌。到第二天早晨，他脸上的肿就消了，精力充沛，他立即就去找安多阿尔的遗骸。他先是割下它的脑袋，放在一个蚂蚁穴的中间。随后，他绕着四肢，沿着胸口顺到下腹切开羊皮，他把羊皮摊开在地，把最后那些粘连在粉红色精瘦内皮上的东西割下来，好一个解剖学意义上的安多阿尔之魔怪！他划破腹囊，抖落开包在内中的40来尺长的肠子，用清水把它们大洗一通之后，就把它们悬挂在一棵树上，这些浅紫与乳白相间的肠子，犹如花花绿绿的奇异灯彩，立即引来了成百上千的苍蝇。然后，他把安多阿尔又油腻又沉重的皮毛夹在那条好胳膊下，一面唱着歌，一面来到海滩上。他在海水里漂洗着羊皮，让皮子在海水里浸透沙子和盐。随后，他用绑在卵石上的一片贝壳临时充作刮皮刀，动手刮起皮来，把皮面子上的毛煺净，把皮里子上的肉脂去掉。这活儿费了他好几天的工夫，在这几天中，他谢绝鲁滨孙的帮助，他解释道，他还为他留着一项更高贵、更容易并且同样要紧的工作，要他日后来做。

直到礼拜五请求鲁滨孙往摊在一个石槽槽底的羊皮上撒尿，奥秘才被揭开；涨潮的时候，这个凹进去的石头槽会留住一泓海水，但不消几小时便会蒸发得一干二净。他求鲁滨孙今后几天里多多地喝水，不要去别的地方小便，尿水应该全部用来泡安多阿尔的皮。鲁滨孙注意到，礼拜五自己克制着不往这里撒尿，但鲁滨孙没有问他，他是不是认为自己的尿不具备鞣革的功能，或者他讨厌两人的尿液混在一起，认为这意味着某种下流肮脏的混杂。在这腥臭冲天的盐卤水里，羊皮浸渍了整整八天，等他把它拿出来后，他又用海水漂洗了一番，再放在两张弓上绷紧，弓的张力使皮子变得又柔韧又紧绷。最后，他把它放在荫凉处晾了三天，让它阴干，接着，趁它还有点潮湿，便开始用浮石把它刮得又平整又软乎。到此为止，它就成了一张巨大的带有古金色泽的干净羊皮纸，在手指的抚摩下，它发出一种低沉而又清晰的声响。

“安多阿尔要飞了，安多阿尔要飞了。”他万分激动地反复念叨，但却始终不愿明示他的意图。

那种叫阿劳卡里亚的树[①]，岛上并不很多，但它们那黑黝黝的、如金字塔形状的身影昂首挺立在矮树林之上，为它们底下的小树丛撒下一片阴影。礼拜五特别喜爱这种树，它们是那么具有他的国家的特点，甚至于它们竟以他的国家的名字为名。礼拜五可以成天地蜷缩在它的主枝构成的摇篮中。到晚上，他给鲁滨孙带回一把带翼瓣的翅果，翅果里含有可食用的果仁，果仁的粉状物质有一股苦涩的油脂味，十分呛人。鲁滨孙始终克制着自己，不跟着他的同伴去攀缘，他认定这一类的攀缘是猴子的行为。

然而这一天，他来到一棵最高大的阿劳卡里亚树前，把他的目光投向它的枝叶深处，他计算了一下，认为它的高度决不会低于150尺。经过好几日的连绵阴雨，清晨的凉爽预告着一个大好晴日的回归。森林散发出阵阵雾气，好像一头牲口在吐气，在厚厚的青苔底下，看不见的溪流传来它们的潺潺细语。鲁滨孙始终十分留意地观察着自己身上出现的变化，好几个礼拜以来，他已注意到，每天清晨，他总是怀着一种颇不耐烦的焦虑心情，急切地等着日出，东升旭日的第

---

① 阿劳卡里亚是生长在南美洲的一种杉树，因在阿劳干地区尤为繁多而得名。它在英语中叫作“猴发愁”，因为这种树的树干上长满了尖刺，一般的动物包括猴子都很难爬上去。

一线光芒在他看来，仿佛披上了节日盛装的庄严色彩，尽管日复一日，天天都是同一轮红日，但它的每一次升腾都蕴含着一种强烈的新颖感。

他抓住最靠手边的一根树枝，膝盖一抵攀了上去，随后又站起来，隐隐约约地幻想着，假如他爬上树梢，就可以早几分钟享受辉煌的日出。他没遇到什么困难就爬上了这一建筑的随后几层，同时有一种越来越强烈的印象，感觉自己成了一个巨大结构的囚徒——而且仿佛与它休戚与共了，这巨大的结构分枝繁复至极，从带有红色树皮的主干开始，逐渐发展到分枝、细枝、条枝、梗枝，一直到盘缠卷绕在枝头末梢的三角形的、带刺绒的、鳞状的树叶的叶脉。树木伸出它们千万条胳膊拥抱空气，用它们数百万个指头把空气搂抱，而他，也参与到了树木这些显而易见的功能中。随着他越爬越高，他对这建筑物般肢体的摇摆也越来越敏感。风儿从这肢体中吹过，发出管风琴般的嗡鸣。他接近树顶时，才突然发现自己处于空无的包围之中。兴许是雷劈的结果，树干在这个地方裂开了大约六尺高。他低下眼睛，以免眩晕。在他的脚下，密密麻麻的树枝层层叠叠地交织着，旋转着向深处伸展而去，令人眼花缭乱。童年时代的一种恐慌在记忆中浮现。当时他想爬到约克城大教堂的钟楼上去。在又陡又窄、绕着一根雕花石柱盘旋的楼梯上爬了许久之后，他突然脱离了四壁围墙那令人心安的阴影，置身于光天化日之下，远处一片片屋顶的身影使这一空间更具晕眩性。他不得不一溜烟跑下钟楼，头上还戴着那顶小学生的软帽……

他闭上眼，把脸贴在树干上，这是他所能依靠的唯一坚实之点。在这活动着的桅杆上，负载着枝枝条条、梳理着风儿的树木之功，听起来仿佛一阵低沉的颤音，不时还透过一声悠长的呻吟。他久久聆听着这使人平静的嘈杂之声。焦虑的心渐渐放松下来，他幻想联翩。这棵树好比一艘停泊在沃土上的舰船，它伸张开所有的篷帆，奋争着欲启程远航。一阵热腾腾的气息抚摩着他的脸，他的眼皮变得灼热了。他明白，这是太阳升起来了，但他仍迟疑了一小会儿，不愿马上睁开眼睛。他细心地注意到，自己身上有一种新的喜悦在升腾。一股热浪涌上他的心头。在拂晓的清贫之后，金黄色的光芒威严无比地催生着万物。他半睁开眼。在他的睫毛丛中，一片片的光点闪闪烁烁。一阵和煦的微风拂来，树叶簌簌颤动。**叶子是树木之肺，树木本身即是肺，而风则是它们的呼吸**，鲁滨孙这样想着。他幻想着自己的肺叶，在体外伸张开来，紫红色的肉的荆棘丛，活珊瑚的珊瑚骨，粉红色的膜，分泌着黏液的海绵体……他将在空气中摇曳着这一丰富而微妙的肌体，这一束血肉之花，一种猩红的快乐，从那充盈着鲜红血液的树干通道，沁入他的全身……

在海滩那边，一只古金色的菱形的大鸟，在天空中奇怪地摇晃着。礼拜五正在履行他的诺言，让安多阿尔飞上天空。

他用三根灯心草的茎秆绑扎成一个十字架的形状，两根横杆长短不一，但却平行，他在茎秆的每一处截点上挖出一个凹槽，并穿过一根肠线。然后，他把这轻便而坚固的框架撑在安多阿尔的皮子上，把皮子的边沿折叠上，用那根肠线缝住。最长那根茎秆的一头撑住皮子的上部，另一头裹在皮子的底部；底部还拖着一根三叶草形的尾巴。这两端再松松地用一根络线连系上，在络线上一个经过细心计算而确定的点上，系上拉线。精心地确定络线和拉线的系点，是为了保证风筝有一个恰到好处的倾斜角，能借助最大的上升托力。礼拜五从天刚蒙蒙发白之时起，就开始了这一细微的组装工作，一阵阵强烈的西南风连续刮来，预告着一个干燥而晴朗的天气，刚刚完工的羊皮纸大鸟在他手中开始摇动起来，仿佛迫不及待地想飞上天空。在沙滩上，阿劳干人发出了欢快的叫喊，那个像一把弯弓似的轻盈脆弱的怪物，腾地一下冲天而起，尾巴上拖着一根黑白相间的羽毛做成的彩带，软乎乎的各个部件随之也咯咯地响起来。

等到鲁滨孙也跑过去时，礼拜五正躺在沙滩上，两手枕在脖子后，风筝线系在左脚的脚踝上。鲁滨孙在他身边躺下，两个人久久地凝视着活在云彩之中的安多阿尔，在看不见的突然打击之下，它退让着，在来回乱刮的狂风中，它翻腾不已，在突如其来的一阵平静中，它又变得软弱无力，但猛然间，它又纵身一蹿，飞跃上升，消失在高空。礼拜五紧张地参与着这一变幻不定的风力游戏，最后他站了起来，两臂交叉着，一边大笑，一边模仿着安多阿尔的舞蹈。他一会儿蹲在沙地上，像个圆球似的，一会儿又一跃腾空而起，朝天空踢出左腿，飞旋着，又仿佛突然失去冲力似的摇晃不定，迟疑了一下，又再次冲去，系在他脚踝上的风筝线似乎变成了这空中舞蹈的中轴线，因为，随着他的每一下运动，安多阿尔这忠实而遥远的骑士都报以答应，或是摇头晃脑，或是旋转绕圈，或是俯冲直下。

下午的时间用来捕颌针鱼[①]。安多阿尔的拉线系在独木舟的尾部上，另有一根同样长——大约150尺长——的线从风筝尾巴上垂下来，线的末端系着一团蜘蛛网丝，贴擦着水波的浪尖跳跃不已。

鲁滨孙顶着风浪，在东海岸环湖礁的海面上缓缓地划着桨，礼拜五坐在船后，背对着鲁滨孙，监视着安多阿尔的动静。当一条颌针鱼蹿上来咬鱼饵，它那长满细小牙齿的尖嘴咬住蜘蛛网纠缠不清时，风筝便像钓鱼竿上的浮标一样乱晃乱动，以示有鱼上钩。这时，鲁滨孙就掉转船头，顺风而划，很快地赶到钓线的另一头，由礼拜五抓线取鱼。独木舟中，已经堆了好大一堆青背银白肚的圆筒形颌针鱼了。

夜幕降临，礼拜五还迟迟不能下决心，把安多阿尔带回到地上过夜。他把它系在一棵胡椒树上继续放飞着，就是他吊着吊床的胡椒树中的一棵。安多阿尔就像一头系着缰绳的家畜那样，拴在它主人的脚边过夜，第二天，它又陪伴了他整整一天。但是，在第二天夜里，风儿完全停止，那只金色的大鸟慢悠悠地飘落到一片长满木兰的田野中，他不得不跑到田野中去取。礼拜五又试放了多次，风筝总是飞不起来，他只得悻悻作罢。他仿佛把它给忘了，无事闲荡了整

---

① 颌针鱼又叫鳄针鱼，也叫海鹬，形大体长，通常有一米来长，如蛇鳗，嘴尖。

整八天。似乎在这个时候，他想起了丢在蚂蚁窝中的那个公羊脑袋。

积极肯干的小红蚂蚁干得实在不赖。羊脑袋上那些长长的有些发白、有些发褐的毛，那些胡子，还有脸上的肉，全被打扫得一干二净，找不到半点痕迹。眼窝和头腔也被清理得干干净净，肌肉和软骨被吞食得如此彻底，以至于礼拜五用手轻轻一碰，下颌骨就从头骨中脱落下来。在象牙色的脑壳上，是一对十分高贵的羊角，那坚硬的黑角弯曲着，像一把竖琴的模样，礼拜五把它高举在手上挥舞，仿佛举着一件战利品。在沙土地上，他又发现了曾系在公羊脖子上的那个色彩鲜艳的绳索，便把它系到了羊角的底部，紧抵着由围绕着骨质轴的角质鞘构成的关节盂。

“安多阿尔要唱歌啦！”他很神秘地对鲁滨孙许诺，鲁滨孙则在一旁看他如何摆弄。

他先用埃及无花果木削出两根长短不一的横木。在那根长木两端的侧面，他钻了两个洞，再把羊角的两个角尖插到洞里，这样连接了两个羊角。短的那根横木与长的那根平行，固定在羊头骨的一半高度上。再高一寸的地方，也就是两个眼窝之间，他安置上一片松木薄板，薄板上端的棱边上，带有十二条狭窄的凹槽。最后，他取下一直在一棵树的树枝上摇荡着的安多阿尔的肠子，肠子已经被太阳晒得成了干干的一条细线，他把细肠切成长短一样的小段，每段大约3尺长。

鲁滨孙始终在一旁观察着，但始终莫名其妙，他好像在观察着一种昆虫的行为，它们那复杂的习性简直令人类的头脑无法理解。大多数时间里，礼拜五什么都不干——他那天真无邪的懒惰恰似无边无际的天空，从来没有什么厌烦来滋扰。随后，仿佛是一只鳞翅目的昆虫，在盎然春意的刺激下，投身于复杂的繁殖进程，他的脑子里突然蹦出一个什么主意，便一下子跳将起来，义无反顾地专心致志地连续工作，而搞的究竟是什么名堂，却久久隐而不露，不过，几乎总是跟空气有点什么关系。从这一刻起，他的辛苦与时间就不再计算了，他的耐心和细致就不再有什么限制。就这样，鲁滨孙看到他连续好几天忙乎着，靠脚踝的帮助，把十二根肠线绷到装饰在安多阿尔的角与颧骨上的两根横木之间。他凭靠一种与生俱来的音乐感，把十二根肠弦调和谐了，既不是三度音程，也不是五度音程，反正不是普通乐器弦线上的那种定调，而是一会儿同度音，一会儿八度音，所以，各条弦线一齐拨响时，音响一致，并无不和谐的现象。这不是一架他需亲手去拨的里拉琴或者齐特拉琴[1]，而是一件基本的乐器，是一种由气流来奏响的竖琴，风是它唯一的演奏者。公羊头盖骨成了一个共鸣箱，而洞开的眼窝则用作了音孔。为了让最微弱的风也能被引到琴弦上，礼拜五把一只秃鹫的翅膀固定在两边的羊角上，鲁滨孙自问道，他到底是从哪里弄来的秃鹫的翅膀，在他看来，这一类动物总是刀枪不入，甚

① 里拉琴为古竖琴的一种。齐特拉琴是古希腊一种乐器，比竖琴的弦更多，从七弦到十几弦不等。

至是永生不死的。然后，这架风竖琴被挂在了一棵枯柏的枝丫上，这棵枯树处在一个四面临风的地界，在乱石堆中间挺竖起它那干瘦的身影。刚刚架设到树上，这风竖琴便发出长笛一般的声音，幽幽悲鸣，而此时天上却没有一丝的风。礼拜五久久地沉浸在这悲怆而单纯的音乐之声中。最后，他轻蔑地撇着嘴，朝着鲁滨孙伸出两根手指头，想通过它表示，只有两根弦线振响着。

当安多阿尔最终发挥出它所有的作用后，礼拜五便回去睡他的白日觉，鲁滨孙也继续做他已经开始了好几个礼拜的日光操。一天夜里，礼拜五跑来拉鲁滨孙的脚，鲁滨孙已经在阿劳卡里亚树的树枝中最终选定了他的住所，他用树皮搭了一个挡风避雨的披檐。一阵风暴起来了，带来一团团的热气，在天空中撒下一道道闪电，却不见雨点下来。一轮明月如同一个大圆盘，在一片片破碎的灰白云朵中穿行。礼拜五拖着鲁滨孙，向枯死的柏树那瘦骨嶙峋的身影走去。远远还没到枯树前，鲁滨孙就觉得听到了一曲天堂上的音乐，长笛和提琴合奏。空中传来的不是那种旋律，不是那种牵动人心进入圆圈中转动，并把内中的冲动往人心上烙印的连续的音调。这是一个单一的音调——却充满无限的泛音——它把一种确定的影响力，一种由无数成分构成的和谐，带进人的心灵中，这种和弦的持续强力含有某种宿命的、无情的东西，使人迷茫。当两个同伴来到这棵正欢唱不已的大树跟前时，风刮得更猛烈了。风筝停泊在高高的树梢上，像鼓皮一样地振响着，一会儿固定在一种静止的颤动中，一会儿又投入到急促的摇晃中。飞翔的安多阿尔纠缠住了歌唱的安多阿尔，它仿佛是在守护它，又是在威胁它。在变幻不定的月光下，秃鹫的两个翅膀随着风暴时紧时松，在羊角的两侧痉挛似的张开又闭拢，闭拢又张开，仿佛赋予了它一种魔幻般的生命。这里尤其有一种强烈的、带旋律的号叫声，它是真正基本的、非人类的音乐，它既是大地黑暗的嗓音，又是天体星球的和弦，还是作为牺牲的大公羊的悲鸣怨叹。鲁滨孙和礼拜五彼此紧紧依偎着，躲在一块悬崖峭石下看着这一切，在天然元素浑然交合的神秘的崇高中，很快不再意识到他们自身。大地、树木和风齐声颂扬着安多阿尔这夜间的得道成神。

鲁滨孙和礼拜五的关系得到了深化，人性化，但依然十分错综复杂，要使两人之间的关系没有阴影，还需很多的努力。以前——在火药爆炸之前——他们之间不可能有真正的争论。鲁滨孙是主子，礼拜五只有服从的份儿。鲁滨孙可以斥责礼拜五，甚至揍他一通。现在既然礼拜五自由了，跟鲁滨孙平等了，他们俩自然可以相互发发脾气什么的。

有一天，礼拜五在做菜，他在一个很大的贝壳上摆了切成一片片的蛇肉，配有蚱蜢。好几个礼拜以来，他就在逗引鲁滨孙。当一个人本该单独和另一个人生活在一起时，没有什么比这种逗弄更为危险的了。它是一种炸药，能粉碎最最紧密地结合在一起的人。头天晚上，鲁滨孙吃了用爱神木烧的海龟脊肉后，就觉得消化不好。现在礼拜五又在他的眼皮底下备制这蟒蛇与昆虫的杂烩！鲁滨孙胃里泛起一阵恶心，飞起一脚，就把大贝壳连带贝壳中的东西踢得在沙土上连连翻滚。礼拜五顿时也发起怒来，一把抓起大贝壳，双手举起，在鲁滨孙的头顶上挥动着。两个朋友要动手打架吗？不！礼拜五转身逃离了。

两个钟点后，鲁滨孙看到他一脸愠色地返回来，拖着一个木偶人之类的东西。脑袋用椰子做成，两臂和两腿是竹节的，尤其引人注目的是，它穿上了鲁滨孙的旧衣服，就像一个吓唬鸟儿的稻草人。礼拜五在椰子壳上扣上了一顶水手帽，还在木偶脸上画上了他昔日主人的容貌。他把木偶竖在鲁滨孙面前。

“我向你介绍一下鲁滨孙·克鲁索，希望岛的总督。”他说。

随后，他捡起一直丢在地上的弄脏了的空贝壳，大吼一声，向椰子壳上砸去，贝壳砸得粉碎，椰子脑袋倒塌下来，落在破裂了的竹竿中。最后，他哈哈大笑起来，过来拥抱鲁滨孙。

鲁滨孙明白了这一出奇特喜剧的含义。有一天，礼拜五把棕榈树上的一些大蛆虫捉来，生拌着蚂蚁卵吃，鲁滨孙看了十分恼怒，便径自走到海滩上去了。在潮湿的沙土上，他塑出了一个俯卧着的人像，用海藻来做它的头发。人像的脸孔看不到，藏在了一条弯曲的手臂里，但是，那棕色的赤裸着的身体酷似礼拜五。鲁滨孙刚刚完成了他的作品后，他的同伴就过来找他了，嘴里还满满地塞着棕榈树虫。

“我向你介绍礼拜五，吃蟒蛇和蛆虫的人。”鲁滨孙一边对他说，一边指着沙土上的塑像。

然后，他采了一根榛树的树枝，把上面的树叶和细枝捋干净，举起来便狠狠地抽打沙土人礼拜五的脊背、屁股和大腿，他塑造这个沙人，就是为了这一目的。

从此以后，他们是四个人生活在这岛上。有真鲁滨孙和竹架玩偶，有真礼拜五和沙土塑像。两个朋友有可能损害对方的一切事——咒骂、殴打、发怒——他们全都施加在对方的替身上。而两人之间，他们仍然友好相待。

然而，礼拜五还发明出了另一种游戏，比两个替身的游戏更有趣、更奇特。

一天下午，礼拜五相当粗鲁地把正在一棵桉树上睡午觉的鲁滨孙弄醒。他给自己化了装，鲁滨孙醒来后一下子蒙了头，莫名其妙。他用一些破烂布条系成裤子的样子，穿在腿上。一件短上衣遮盖着他的肩膀。他头戴一顶草帽，这还不够，他还拿一片棕榈叶遮在头上。特别显眼的是，他把椰子树红棕色的毛粘在脸颊上，为自己安了一把假胡子。

“你知道我是谁吗？”他一边问鲁滨孙，一边在他面前大摇大摆地踱着方步。

“不知道。”

“我是鲁滨孙·克鲁索，英格兰约克城人，是野蛮人礼拜五的主人。”

“那么我呢？我是谁？”鲁滨孙问道，他惊诧不已。

“猜猜看！”

现在，鲁滨孙对他同伴已经太了解了，不会不明白他心中所想。于是，他起身，跑到森林中去了。

假如礼拜五成了鲁滨孙，成了昔日的鲁滨孙，成了奴隶礼拜五的主人，那么，鲁滨孙眼下要做的，就是变成礼拜五，成为以往的奴隶礼拜五。实际上，在发生火药爆炸之前，他就已经不再留方胡子，剃小平头了，他与礼拜五是那么相像，他无须费什么事就可以扮演礼拜五的角色。他只是用核桃汁搽搽脸，涂涂身子，把它们染成棕色，再在自己的腰上系上阿劳干人常围的那种兽皮围裙，礼拜五上岛的那天就是围着这种兽皮裙的。打扮好以后，他来到礼拜五跟前，对他说：

“瞧，我是礼拜五！”

于是，礼拜五用他所能讲得最好的英语，十分费劲地讲起了长长的句子，而鲁滨孙则用几个阿劳干语的词作回答，这几个词还是当年礼拜五全然不会讲英语时，他从他那里学来的呢。

“我把你从你部落的人手中救下，他们要把你当作牺牲品来献祭，以消除你作怪害人的恶毒能力。”礼拜五这样说。

这时，鲁滨孙跪倒在地，低下脑袋，一直碰到地面，嘴里叽里咕噜地嘟囔一阵，表示不尽的感谢。最后，他捧起礼拜五的脚，把它放在自己的后脖子上。

他们经常玩这一游戏。总是礼拜五发出游戏的信号。只要他贴上假胡子，拿上遮阳伞一出现，鲁滨孙就明白，他面前的那一位现在就是鲁滨孙了，而他本人则应该扮演礼拜五了。他们从来没有表演过新场面，他们所演的只是他们过去生活中的小插曲，那时候，礼拜五是一个战战兢兢的奴隶，而鲁滨孙则是一个颐指气使的主子。他们演了仙人掌化装穿衣的故事，稻田放干水的故事，在火药桶旁偷偷抽烟斗的故事。但是，没有一个场面能比最开始那个故事的场面更令礼拜五感兴趣，就是他被鲁滨孙救出来，逃脱了想把他作牺牲祭献的阿劳干人的那一场面。

鲁滨孙明白，这一游戏对礼拜五有益，因为它把他从关于自己奴隶生活的不良回忆中解脱出来。对鲁滨孙自己来说，这一游戏也是有益的，因为他对自己身为总督与将军的往昔，总是心存愧疚。

此后不久的一天，鲁滨孙无意中又发现了一个土坑，当年他曾在这个土坑中自我囚禁了好几天，以作赎罪。后来，由于情境所使，它成了露天写作的工作间。他感到更为惊奇的是，他竟然在厚厚的一层沙土和灰尘底下，发现了一本写满了笔记和评述的航海日志，另外还有两册没有写字的空白本。在曾被他用作墨水瓶的陶土小罐里，刺豚的汁液已经干涸，他曾用来写字的秃鹫羽毛笔也不见了。鲁滨孙本以为，所有这一切已经同其他东西一起，在住宅爆炸中毁于一旦。他把他的发现告诉了礼拜五，并决定把他的航海日志继续撰写下去，那是他人生道路的有趣见证。他天天都在想着这件事，正当他决心去收集秃鹫的羽毛，并出发去钓刺豚时，一天晚上，礼拜五拿来了一大把全都细心地削好了的信天翁羽毛，放在他的眼前，还有一小罐蓝色的液体，是他通过研碎菘蓝的叶子提炼出来的。

“现在嘛，”他只是简单地对他说，“信天翁要比秃鹫好，蓝颜料要比红颜料好。”

第十章

航海日志

今天早晨，烦人的焦虑心境把我从安睡中驱赶出来，我便在天亮之前就起了身。我在荒凉清寥的万物中徜徉，久久不见太阳升起。土青色的天空落下灰蒙蒙的光亮，把万物凹凸有致的轮廓一抹而空，把万物缤纷的色彩分解殆尽。我动用我全部的精力，克服着肉体的虚弱，一直爬上乱石山冈的峰巅。从此后，我必须十分注意，务必在日出之前尽可能晚地醒来。只有睡眠才能帮助人忍受在漫漫长夜中的流亡，毫无疑问，这也是睡眠之所以存在的理由。

一个红兮兮的热腾腾的炉窑拱顶[①]，高高地悬挂

① “炉窑拱顶”的原文为“chapelle”，其另一意思为“小礼拜堂”，此处喻太阳。

在东方的沙丘上空，那里正神秘地酝酿着神圣日出[①]的排场。我单膝跪地，敛气聚神，全神贯注地留意着我内心厌恶感觉的变化，每当等待某种有动物、植物甚至矿石参加的神秘现象时，我便会出现恶心欲呕的感觉。当我抬起眼睛时，灼热的炉窑拱顶已然光芒四射，它现在已成了一个大祭坛，以它流金溢彩的巨大火球，充盈在半边天上。第一道光芒喷薄而出，把我的头发照得血红，就像一个父亲那呵护我、祝福我的手在抚摩着。第二道光芒净化了我的双唇，就如同往昔一块火热的红炭净化了先知以赛亚的嘴唇[②]。随后，两把火剑击中我的肩膀，我站立起来，成为太阳的骑士。紧接着，一连串火烫的飞箭不断射来，穿透了我的脸庞、我的胸脯、我的双手，我的庄严恢宏的加冕典礼就此完成，太阳光的一千顶王冠和一千柄权杖铺盖在我这超人的雕像之上。

航海日志

他坐在一块岩石上，垂下一条钓线在泛着涟漪的水面上，耐心地钓着鲂鮄[③]。他光着两脚，只用脚

① “神圣日出”原文为“héliophanie”，为作者创造的一个词，其意为“被当作一种神圣现象的日出”。

② 关于红炭粘住以赛亚的嘴，免除了他的罪孽的事，详见《圣经·旧约·以赛亚书》第六章第六至七节。

③ 鲂鮄，又叫火鱼，喜欢成群地栖息在沿海的浅水水底。

后跟抵着岩石，整条腿垂在波浪上面。这使人想起又长又细的带蹼的鳍，这与他善水者特有的棕色身体十分相配。我注意到，与脚小、腿肚子发达的印第安人正相反，礼拜五的脚很长，腿肚子却平平如也，完全是黑种人的特征。也许，在这两种器官之间，存在着某种相反相成的关系？腿肚子上的肌肉依傍着脚踵骨的支撑，就像支着一条杠杆的力臂。力臂越长，移动脚步时腿肚子用的功就越小。这就解释了，何以黄种人腿肚子发达而脚小，而黑种人恰好相反。

航海日志

太阳啊，把我从重力底下解放出来吧。把我的鲜血洗干净，洗却它凝重的黏液质，尽管它们保护着我，防止我挥霍浪费，不让我缺乏先见之明，但它们也粉碎了我的青春冲动，扼杀了我生活的欢乐。当我在镜子中凝视自己那极北地方之人凝重而忧郁的脸庞，我明白到，**惠美**[①]一词的两种意义——形容舞蹈者的惠美，以及神圣者的惠美——可以在太平洋的某一片天空下合为一体。教会我嘲讽的本领吧。教导我如何轻松愉快，如何含笑接受这一天直接可得的惠赐，无须斤斤计较，无须感恩戴德，

---

① “惠美”原文为“grace”，其意为“恩惠”“恩泽”，又为“优雅”“优美”，并有其他含义。

无须丝毫畏惧。

太阳啊，把我变得跟礼拜五一样吧。赐予我礼拜五的面容，天生塑成就是为了笑，笑起来如鲜花绽放。我要这高高的额头，而且向后倾斜，上面还要长满花饰带似的黑色环形卷发。我要这永远蕴含着嘲讽的炯炯有神的眼睛，细长的眼角充满着讽喻，看到任何好玩的东西眼神都会闪跃不已。我要这嘴角上翘着的弯弯的嘴巴，馋嘴贪吃，如同野兽一般。我要这在肩膀上乱晃乱摇的脑袋，为了笑得更开心，为了以可笑为武器更猛地打击世上的万物，为了更好地揭露和解除这两种痉挛：愚笨与恶意……

但是，我那空气精灵一般的同伴如此吸引我，难道不是为了使我转向你吗？太阳啊，你对我还算满意吗？请好好瞧一瞧我。我的变形是不是按照你喷射火焰的方向进行着？我的胡子消失了，那里生出的须毛如植物一般地朝着土地生长，好似众多向地性的根须。反之，我的头发却弯弯曲曲，蓬蓬勃勃，恰似向着天空升腾的一团烈焰。

我是射向你的炉火的一支箭；我是一个摆锤，我的垂直面确定了你对大地的统治权；我是日晷的指针，在我的身上，一根阴影之针记录着你的运行。

我是站立在这一大地上的你的证人，就如一柄剑，在你的烈焰中经受锤炼。

航海日志

在我生活中变化得最大的，是时间的流逝，是它的速度，甚至还有它的方向。在往昔，每一天，每一小时，每一分钟，从某种方式上说，都在倾向于下一天，下一个小时，下一分钟，而所有这些日子、小时、分钟都受瞬间时刻有意的吸引，如若这一时刻不存在，哪怕只是极短暂地不存在，就会造成一段**空无**。就这样，时间匆匆地有效地过去，它越是得到有效的利用，它也就过得越是匆匆，时间在它身后留下一大堆遗迹和碎屑，这就叫作我的历史。也许，在经过几千年的波折变化后，载我同行的这一段编年史会完结，它会被“关闭”，它会再回到它的源头。但是，时间的这一循环往复，始终将是诸神的奥秘，而我短暂的生命对我来说，只是一段直线，它的两头荒诞地指向着无限，这就好比一个仅有几阿尔邦[①]大小的花园，是全然揭示不出地球为球体形的。然而，某些迹象告诉我们，对于永恒，我们也有开启其秘密之门的钥匙：比方说，年历。一年四季便是在人类范围内一种永恒的回归，甚至，连时辰的简单圈子也是如此。

从此，对我来说，圆圈缩小到这样的程度，它与瞬间的一刹那已经混淆了。圆形的运动变得那么

① 阿尔邦为旧时面积单位，一阿尔邦合2000到5000平方米不等。

迅速，它同纹丝不动也不再有区别。如此，我们或许可以说，我的日子得到了恢复，它们不再在另一些之上摇晃。它们挺直了起来，垂直而立，在它们的内在价值中自豪地肯定着自己。由于它们在一个正实施着的计划的各个持续阶段上，不再有什么区别，所以它们彼此是如此相似，以至于它们在我的记忆中被彻底地重叠起来，仿佛我在无休无止地重过着同一天。自从火药爆炸摧毁了日历之桅，我便感到没有必要计数我的时间。对这一值得纪念的事故的回忆，以及对所有酝酿了这一事故的一切的回忆，始终带着一种不可磨灭的生动，带着一种不可磨灭的清晰，留在我的头脑中，它附带证明了，当漏壶在爆炸中飞上天的那一刻，时间也就凝止了。从那以后，礼拜五和我，我们就安居在永恒之中，不是吗？

对这一奇特发现所蕴含的一切内涵，我的体验并没有终结。首先，最好要记住，这一大变革——尽管它是如此突然，从字面上也可以说是爆炸性的——是早有预示的，或许还是由某些预兆早早地揭示出来的。比方说我的那种习惯，为了逃避治理有条的海岛暴君般的历法，我常常把漏壶停下来。这首先是为了深入到岛屿的内腹，如同潜入到永恒的无时间性之中。但是，这一盘踞在大地深层中的永恒，被爆炸驱赶到了外面之后，它现在不是就把它的恩惠普洒到我们四面的海岸上了吗？或者更进一步说，爆炸难道不就是大地深处之宁静的火山式爆发，它先是被岩石囚禁着，如同一颗深埋着的种子，现在却变成了整个海岛的主宰，就如一棵参天大树，把它的荫影洒在越来越大的地面上，不是这样的吗？我越是想着这一切，就越是觉得，那一桶桶的火药，范·戴塞尔船长的烟斗，还有礼拜五那笨拙的违抗行为，都只是构成了一件细枝末节的外衣，遮盖住了自弗吉尼亚号失事以来一系列事件的命中注定的必然性。

再举一个例子，过去，我时不时地感觉一阵短暂的眩晕，我把这些眩晕称为“我那纯真无辜的时刻”。在那短短的一瞬间，我似乎依稀看到了另一个岛，它隐藏在希望岛我着手工作的建筑工程后面，开发的农田后面。这另一个希望岛，从此我就要被转移过去，我就要定居在一个“纯真无辜的时刻”中。希望岛不再是一片有待垦殖的处女地，礼拜五不再是一个需要我责无旁贷地教训的野蛮人。希望岛也好，礼拜五也好，都需要得到我全部的关注，一种静思静观的关注，一种令人惊叹的警觉，因为我觉得——不！应该说，我确信——我每时每刻都对他们有新的发现，都是在第一次发现他们，没有什么能够冲淡他们魔幻般的新鲜光彩。

航海日志

在环礁湖那一平如镜的水面上，我看到礼拜五向我走来，脚步坚定而沉稳，他的四周一派荒凉，长天寥廓，大海苍茫，没有什么可以用来作标尺，以至于可以说，礼拜五只是一个3寸高的小人，我伸手便可触及，或者完全相反，他是一个6托瓦兹[①]高的巨人，与我相距半里……

瞧他，他走来了。我会不会也以一种同样自然的崇高仪态行走呢？我能不能毫不可笑地写下，他看来仿佛裹藏在他的赤裸中？他走着，以无比尊严的炫耀姿态负载着他的肉体，他负载着自己向前走着，如同一座肉体的圣体显供台[②]。多么显而易见的美，多么粗犷的美，在这美的四周，一切似乎化为乌有。

他离开了环礁湖，走近了坐在海滩上的我，等他一踏上遍布着破碎贝壳的沙滩，等他穿行在淡紫色的团团海藻和岩石丛之间，重又勾勒出一幅熟悉的景象，他的美便变了一种情调：美变成了惠美。他冲我微微笑了笑，朝天做了一个手势——如同宗教画中某些天使所做的那样——无疑是在向我表明，一阵西南风驱扫了已聚集多日的积云，将在

① 托瓦兹为法国旧长度单位，1托瓦兹合1.949米。

② 圣体显供台为基督教礼拜仪式中使用的一种器皿，用于置放“圣体”。在法语中，“圣体显供台”与“炫耀”有着相同的词根。

很长一段时间里恢复太阳的绝对王权。他稍微摆了一个舞步架势，似乎在歌唱他形体的饱满与轻盈之间的平衡。来到我身边后，他一句话都没有说，真是一个沉默寡言的同伴。他转过身子，看着他刚才走过的环礁湖。虚无缥缈的这一天之暮晚笼罩在一片雾霭之中，礼拜五的心灵就漂浮在这暮霭中，而任由他的躯体支撑在两条叉开的腿上，牢牢地站立在沙土上。我坐在他身旁，观察着他的腿处于膝盖后面的那一部分——正好是膝弯——我观察着它那螺钿般的青白，还有勾勒出来的大写字母H一样的形状。当他的腿绷紧时，这块肌肉的凹槽就鼓凸出来，像果肉一般柔韧，而当腿弯曲时，这块肌肉就凹陷下来，变得又松又软。

我把我的双手放在他的膝盖上。我把我的手变成两个护膝，留意地体验着它们的形状，汲取着它们的生命力。膝盖以其坚硬与干燥——这与大腿及膝弯的柔软恰成鲜明对照——成为肉体构架之拱顶的关键，它负载着这维持着活生生的平衡的构架，伸向高天。从来没有什么颤抖、冲动、犹豫从这温热、活动的滑轮中跑出来，当然更不返回去。在好几秒钟里，我的双手感知到，我的同伴的岿然不动全然不是一块石头，或者一截树根的凝滞，正相反，而是一种变化无常的结果，是他全身肌肉作用与反作用的整套游戏不断妥协、不断再生的结果。

航海日志

黄昏中，我沿着沼泽地的边缘走着，沼泽地上的芦苇一望无际，相互碰擦着，发出沙沙的声音。我看见一只四足动物远远地向我跑来，它那样子使我回想起我们那可怜的泰恩。不一会儿，我认出来，这是一只胖胖的雌刺豚鼠。风向对我有利，那小动物——自然是个近视眼了——平静地前进着，丝毫没有注意到我的存在。我变成了树根、岩石、树木，我希望它能与我擦肩而过，继续赶它的路。但是，情况并非如此。在相距五步远时，它突然收住步子，两只耳朵挺立起来，掉转脑袋，用它那水汪汪的大眼睛观察着我。随即，如同一道闪电，它猛地转身，撒开四腿狂奔起来，它并没有跑向它本来可以立即消失在其中的芦苇丛，而是返回了它刚走过的那条小径，一眨眼间，它就成了一个蹦跳不已的影子，而我却还清清楚楚地听到它的爪子挠在碎石上的嚓嚓声。

我试着想象这动物眼中的世界是何模样，它那非凡的嗅觉在它的生活中扮演了一种占主导地位的角色，完全可以跟我们人类的视觉相媲美。风力与风向——它们对我们人来说是无足轻重的——在此起着一种重要作用。动物始终处在两个有不同认知方式的区域——或者按人类语言的说法，两个被不同方式“照亮”的区域——的交接点上。一个区域沉陷在一种黑暗之中，其黑暗的浓厚程度有多大，另一个区域——风儿从中吹拂出来的区域——气味的丰富程度也会有多大。在没有风的情况下，世界的这两半则沉浸在一种混沌的昏暗中，但是只要有一丝丝的风，两者之一就会由一道光照亮，而一旦这道光到达并超过动物，它就会变成一道墨水迹。动物有一种惊人的分辨能力——它相当于人类眼睛的分辨能力——能在好几里外，把光明区域的这些气味一一区分清楚，比如某一种树的气味，一头美洲野猪或一只美洲鹦鹉的气味，或者回他的胡椒树来、嘴里嚼着阿劳卡里亚种子的礼拜五的气味，所有这些气味，全都能够在嗅觉认知所特有的无与伦比的深度上分辨出来。我又想起了我们那可怜的泰恩。当礼拜五在地上挖洞时，它把鼻子贴到土壤的最深层又嗅又闻，深深地陶醉在气味中，它围绕着我的同伴跑来跑去，摇晃不已，口中不断地发出像是受惊又像是发情的尖细叫声。它如此沉浸在对气味的这一追逐中，仿佛对它来说，一切已不再存在了。

航海日志

我观察他的时候，几乎带着一种心醉神迷的专注，不过，细想起来，这本来也没有什么过于惊人的地方。真正令人难以想象的，倒是我如此长久地和他生活在一起，却没有真正看到他。如何设想这样一种无动于衷，这样一种盲目呢？实际上，他对于我来说无异于集中在一个个体上的整个人类，他是我的儿子，又是我的父亲，他是我的兄弟，又是我的邻人，他和我近在咫尺，又离我遥遥万里……一个人可以寄予生活在他周围那些男男女女身上的所有感情，我不得不都集中在这唯一的“他人”身上，如若不是这样，这种种的感情又会变成什么样呢？如果礼拜五不是同时在我心中激起怜悯、仇恨、崇敬、恐惧的话，我的怜悯，我的仇恨，我的崇敬，还有我的恐惧，我又会拿它们做什么呢？他施加在我身上的这一迷惑力，很大程度上是相互作用的，这已经多次被我证明了。就说前天吧，当我躺在沙滩上迷迷糊糊地打盹时，他走到我身边。他站在那里，久久凝视着我，他那柔韧的、黑色的身影映衬在明晃晃的天空中。随后，他跪下来，带着一种异乎寻常的专注，开始细察起我的身体来。他的手指在我的脸颊上来回摩挲，轻轻拍着我的颧骨，勾勒出我下巴的曲线，体味着我鼻子的弹性。他把我的双臂举过我的头顶，然后，他俯在我的身体上，像一个解剖学家准备肢解尸体一样，专心致志地一寸一寸地熟悉了我的身体。他仿佛已经忘了我也有一道目光，也有一丝气息，忘了我的头脑可能产生一些问题，我还可能变得不耐烦起来。但是，我太懂得这一人性的渴望了，我知道，是**人性的渴望**在驱使着他这样做，所以我不能阻止他的行为。到最后，他微微笑了起来，仿佛从睡梦中觉醒，突然意识到我的存在，他抓住我的手腕，把他的手指放在我螺钿色皮肤上暴现着的一条紫色血管上，用一种假装斥责的口气对我说："啊！我看见你的血了！"

航海日志

我是不是正在回归到某些异教徒津津乐道的太阳崇拜呢？不，我不这么认为，再者说，对这些传说中"异教徒"真正的信仰和礼仪，我一无所知，这些"异教徒"或许从来都没有存在过，而仅仅是我们的牧师想象的结果。但是，有一点是确实无疑的，我漂浮在一种不可容忍的孤独之中，它让我不是发疯，就是自杀，没有别的选择余地。我本能地寻找着社会整体已不再为我提供的支撑点。与此同时，早先因与同类的交往而在我身上建立并维持的结构，现在已经崩溃并且消失。因此，我经过一系列摸索尝试，便被引导着到与自然元素的接触中，去寻找我拯救的途径，因为我自己也已经变成了**自然元素。**希望岛的土地曾给我提供了可行且具有持续性的第一个解决办法，尽管这一途径并不完善，而且不无危险。随后，礼拜五出现了，他委曲求全地服从我那大地式的统治，但他同时以他存在的全部力量摧毁了它。然而，确实存在着一条拯救之道，如果说礼拜五绝对厌恶土地，他并不因此就不是天生的自然元素，我本人也要变成自然元素的，只是不像礼拜五那样生而为之，倒是因偶然机会变之罢了。在他的影响下，在他连续不断的猛烈冲击下，我在一条又漫长、又痛苦的变形之路上一步步前进。土地之人被空气的精灵从洞中拔出来，但他本人并没有变成一个空气的精灵。他身上有着太大的密度、太重的分量，还有太缓慢的成熟过程。但是，太阳以其光芒的魔杖，点化了这一条深藏在地下黑暗中又白又嫩的大胖蛆虫，它变成了一只尺蛾，长着一副金属般的胸甲，一对金粉闪闪的晶亮翅膀，这是一个由太阳孕育的生物，一个坚硬的、经久不变的生物，但是，等到星辰之神的光线不再哺育它时，它就会显示出一种令人恐惧的软弱。

航海日志

安多阿尔，就是我。这只又孤傲、又固执，长着一大把氏族领袖般的胡子，浑身的毛上渗出淫荡气味的老公羊，这个四蹄贪婪地扎根在岩石山上的土地的牧神，就是我。礼拜五对它怀有一种怪异的友谊，他们之间展开了一项残酷的游戏。“我要让安多阿尔飞起来，唱起来。”阿劳干人神秘兮兮地重复道。但是，为了让这老公羊改宗于风神，皈依于空气，它那副遗留下的皮骨，要经历多么严厉的考验啊！

还有风吹的竖琴。礼拜五永远封闭地生活在当前的瞬间中，绝对抗拒着精雕细琢的程序，不愿耐心地把零件持续不断地组装在一起，礼拜五的直觉精确无误，他找到了能迎合他自然本性的唯一乐器。因为风吹的竖琴不仅仅是一种自然元素式的乐器，使任何方向刮来的风都能发出歌唱；它同时还是其音乐不在时间中持续展开，而完全从属于一瞬间的唯一乐器。人们可以大量增加它弦线的数目，而且可以随心所欲地把每一根弦线调成某个音调。这样一来，人们就可以制作出一种**瞬间交响乐**，只要有风吹动，它就会轰然奏响，从第一个音调到最后一个音调，嘈嘈切切，不可收拾。

航海日志

我凝视着他，他洗了海水澡后，大笑着从浪花泡沫中欢跳出来，一个词涌入我的脑海：**维纳斯之美**[①]。礼拜五的维纳斯之美。这个十分罕见的名词的确切意义，我不太清楚，但是，这一闪亮、坚实

① “维纳斯之美”原文为“vénusté”。按照图尼埃自己的解释，这个词特指“维纳斯固有的美丽、优雅”。据罗马神话的说法，维纳斯诞生于海浪的泡沫之中。

的肌肤，这些被海水的拥抱拖慢了的舞蹈动作，这一自然而又欢快的优雅，使我情不自禁地在嘴唇上吐出了这个词。

这仅仅是一团意义之乱麻中的一根细丝而已，这团意义之乱麻的中心便是礼拜五，我正寻求着把它解开。另一个细丝般的征象是礼拜五这一词的词源学意义。假如我没有搞错的话，礼拜五，恰恰是维纳斯诞生之日①。我还要补充一句，对于基督徒来说，礼拜五还是基督死亡之日②。维纳斯之诞生，基督之死亡。在这显而易见的巧合中，我无法阻止自己预感到某种含义，我想，这种含义超越了我的理解能力，使我为存于我心的那些清教徒的信念感到惶惑不安。

第三根细丝由遥远的回忆提供，就在弗吉尼亚号失事前，我听到的最后几句人类话语。这些话语在某种意义上说，是人类在把我抛弃给诸自然元素之前，赐予我的精神盘缠与食粮，它们本应以火焰般的字母烙刻在我的记忆中。很可惜，现在我能记起来的只是一些含混不清的只言片语了！不是吗？这就是彼得·范·戴塞尔船长在一副塔罗纸牌上解读——或者声称解读——出来的预言。然而，维纳斯这一名字在他的话中重复了好几次，在我这个年

---

① 礼拜五的拉丁文为“veneris dies”，意即“维纳斯之日”。

② 据传，耶稣死于礼拜五。

轻人心中，他那番话引起了一阵阵的惶惑。他难道不是这样预告说，我要变成一个岩洞中的隐士，要等到维纳斯的突然出现，把我从岩洞中拉出来吗？这一从海水中走出来的生命物，难道就不会变成一个弓箭手，把一支支箭射向太阳吗？但这对于我，还不是最重要的。我依稀记得，在一张纸牌上看到过两个孩子——一对孪生兄弟，一对天真无邪的人——手拉手站在一堵城墙前，这城墙象征着太阳之城。范·戴塞尔在解释这一形象时，谈到了自成封闭状态的、圆圈形的性关系，他还提及了蛇咬自己尾巴这一象征物。

那么，说到我的性欲问题，我注意到，礼拜五在我心中不止一次地召唤起鸡奸的欲望。首先，这是因为他来得**太迟了**：我的性欲那时早已经成为**自然元素**，它在向着希望岛转移。尤其是因为维纳斯还没有从水中走出，没有走上我的海滩来诱惑我，我的性欲不得不转向她的父亲乌拉诺斯[①]。问题不在于使我倒退到人类的爱情上来，而是使我在不脱离自然元素的情况下，**改变元素**。而这，正是今天的结果。以往，我对希望岛的爱仍然强烈地受到人类规范的启迪。总之，我使这片土地受孕，就如同

① 乌拉诺斯为希腊神话中的老天神，后被儿子克洛诺斯推翻，克洛诺斯后又被儿子宙斯推翻。一种说法是，克洛诺斯把乌拉诺斯的性器官投入海中时，从海浪泡沫中诞生了维纳斯。所以说乌拉诺斯是维纳斯的父亲。

我让一个妻子受孕那样。礼拜五迫使我做一个更为根本性的改变。穿透男性情人之腰的粗暴的肉欲行为，对我来说已经改变成了一种甜美无比的狂喜，它裹挟我的全身，从脚踵一直传流到头顶，令我心荡神驰，太阳之神的光芒照耀我有多久，我魂销神散的状态就持续多久。这不再是一种令动物在**交媾之后**[①]忧郁愁闷的物质丢失。正相反，我的乌拉诺斯式之爱使我充满了生命力，它使我整日整夜地精力充沛。假如确实有必要用人类的话语来表达这一太阳式的性交，那么，最好还是把我归属于女性一类，把我当作天的妻子，这样比较恰当。但是，这一神人同形同性说是曲解。实际上，在我们已经达到的最高境界上，礼拜五与我，性的区别已被超越了，礼拜五可以与维纳斯同一，同样，人们也可以用人类的语言说，我张开自身承受星辰之王的孕育。

航海日志

天上悬挂一轮满月，普洒下晶莹的清辉，我不用点燃油灯，就可以写下这几行文字。礼拜五蜷缩在我的脚边，甜甜地睡着。环境氛围的似真亦幻，四周熟悉景物的荒废毁弃，这天地万物的

① 原文为拉丁文“post coitum”。

一派萧疏景象，赋予我的思想一种轻盈飘忽、无根无基、转瞬即逝的轻灵与虚幻。这一沉思将只是一种月光下的夜餐[①]。**伟哉，圣灵，**[②]即将死亡的思想向你致敬！

“巨大的奇幻光明”照得天空中群星暗淡无光，就像一滴巨硕无比的黏液飘荡在空中。它那几何学的形体是无与伦比的，但是它的物质在激越地旋转着，召唤着一种全面展开的体内创造。在它蛋白一般的青白色中，一个个模糊的形象显现出来，然后又缓缓地消失，散乱的肢体聚合起来，一些容貌微笑了一会儿，随后，一切又都分解为乳白色的涡流。很快地，旋涡加速了它的转动，直到快得看起来如纹丝不动一般。由于震颤快速到了极点，月亮似乎冻结住了。渐渐地，在那上面显现的混乱线条变得清晰起来。两个辐射源占据了卵的两极。一种奇妙的曲线从一极穿到另一极，来回游戏。辐射源变成了两个脑袋，奇妙的曲线成了两个身体的联结。相似的生命物，双胞胎在月亮中发育成胎，孪

---

① “月光下的夜餐”的原文为“souper de lune”。该词是图尼埃根据“déjeuner du soleil”（其意为“易在日光下褪色的布料”，直译即“太阳的午餐”）自己创造出来的。“月光下的夜餐”意即“不持久”“不现实”，因月亮比之于太阳，更象征着梦幻、疯狂、想象、非现实。

② 原文为拉丁文“Ave spiritu”。“伟哉，圣灵，即将死亡的思想向你致敬！”这一句话是对古罗马角斗士的呼喊的一种戏仿。在古罗马的角斗场上，角斗士开始搏斗前，要向皇帝呼喊一声：伟哉，恺撒，即将死亡的人向你致敬！

生子从月亮中诞生。他们彼此相连，轻柔地动弹着，仿佛从百年一度的沉睡中苏醒过来。他们的运动一开始显得如同慵懒无力、迷惘似梦的抚摩，后来获得了一种相反的意义：他们现在努力地相互挣脱。他们每人都同自己浓重的、缠人的影子搏斗，就如一个婴儿在湿润而黑暗的母体中挣扎一般。很快地，他们彼此离弃，各自独立地站立起来，心中喜悦不已，他们摸索着，继续行进在他们兄弟般亲密的道路上。由化为天鹅的朱庇特授精的勒达产的卵中，诞生了狄俄斯库里兄弟，这便是太阳城的孪生兄弟[①]。他们兄弟比人类中的孪生子更亲密，因为他们两人共有一个灵魂。人类的双胞胎是多灵的。太阳城的双子则是单灵的。他们的肌肤具有一种前所未有的紧密度——比起人类双胞胎的肌肤，他们的肌肤中，渗入的精神少一半，毛孔少一半，肌肉重量多一倍。他们永恒的青春，他们非人类的美，正是来源于此。他们身上，有着玻璃般，金属般上了釉彩的、闪闪发光的外表，有着一种无生命的光耀。因为他们不是在历史的变迁中一代一代相传的链条上的环节。这就是狄俄斯库里兄弟，如同种种

① 在罗马神话中，勒达是斯巴达王后，朱庇特化为一只天鹅与她相亲，使其生下两个蛋，分别孵出卡斯托耳与波吕丢刻斯，还有海伦与克吕泰涅斯特拉。狄俄斯库里便是卡斯托耳与波吕丢刻斯兄弟的合称，两人善骑善战，死后成为天上的双子星座。

气象现象[1]一般从天上掉下来的生命体，来自垂直的猛然落下的一代的生命体。他们的父亲太阳为他们祝福，它的光焰包围着他们，赐予他们永恒。

从西方生出来一小片云朵，笼罩在勒达的卵上。礼拜五朝我抬起一张神色异常的脸来，以一种快得令人吃惊的语速，说出一连串不太连贯的语句。然后，他又倒头呼呼睡去，两腿好像害怕似的蜷曲在自己的肚子前，紧握的双拳，放在他黝黑脑袋的左右两侧。维纳斯、天鹅、勒达、狄俄斯库里兄弟……我在一座隐喻森林中，摸索着寻找自己。

---

① “气象现象”原文为“météores”，按图尼埃的解释，该词可指一切在大气层中发生的气象现象，如雷、闪电、雨、雪、虹、冰雹等，他强调，新近常用的一个派生词往往和这一词混淆，它就是métorite（来自外空的陨石）。

第十一章

礼拜五正在采撷爱神木的花朵，准备用来制作香水，这时，他发现东方的地平线上有一个小小的白点。他立即三蹿两跳地从树枝上下来，一溜烟地跑去报告鲁滨孙。鲁滨孙刚好刮完胡子。这消息让鲁滨孙十分激动，不过他表面上依然不动声色。

“我们要有客人来了，”他只是简单地说，“所以我更应梳洗好了才是。”

礼拜五兴奋到了极点，爬上乱石冈的顶峰。他带上了望远镜，对准已清晰可见的航船调整焦距。这是一艘带桅楼的双桅纵帆船，船体轻巧，桅杆高耸。它张开篷帆，乘着一股强劲的东南风，以12或13节[①]的航速行驶着，强烈的风正把它刮向希望岛那一片遍布沼泽的海岸。礼拜五又赶紧跑去，把这些细节告知鲁滨孙，鲁滨孙正忙着用一把玳瑁大梳子梳理他那金黄发亮的须毛。随后，礼拜五又跑回他的瞭望哨。船

① 节为航速单位，1节为每小时1海里。

长想必已经意识到，海岛这一面的滩岸是无法停泊的，因为航船已经改变了前帆的受风角度。帆片刮擦着甲板，船儿以右舷风行驶。接着，它降下大帆，改扯最少的帆，贴着海岸前行。

礼拜五又跑来告知鲁滨孙，来访者已经绕过了东面的沙丘，很可能会在拯救湾抛锚。最重要的是先弄清它的国籍。鲁滨孙和礼拜五一起赶去，一直走到环绕着海滩的最后一片丛林，鲁滨孙举起望远镜瞧着航船，看见那船儿正掉转航向，尾部冲着风，在离岸约两链远处停泊下来。不一会儿，他们清清楚楚地听到了锚链从锚筒中哗啦哗啦滑落的声音。

鲁滨孙不熟悉这种类型的航船，想必是新型的船舶吧。但是，他从飘扬在后桅缆索的米字旗上，认定船上的人就是他的同胞。这时，他在海滩上向前走了几步，活像一位君王前去迎接到他国土上访问的外宾。航船那边，一条已经乘了好几个人的小艇，从吊杆上摇摇晃晃地降放下来，艇底拍在水面上，溅起一束霓虹般灿烂的水柱。随后，一支支木桨就噼噼啪啪地激起了浪花。

就在艇首的那人用挠钩搭住岩礁之前，鲁滨孙突然感到，这短短的瞬间竟然有着异乎寻常的分量。就像一个濒死的人在咽下最后一口气时那样，他以一种全景式的视角，一览无余地环视了他在海岛上的整个生活，越狱号、泥淖之塘、对希望岛的狂热建设、岩洞、小斜谷、礼拜五的突然光临、火药爆炸，尤其是这广阔的时间之滩岸，就在这没有经受任何测量的时间之滩岸上，他的太阳式变形得以在宁静的幸福中完成。

小艇中堆放着许多木桶，都是用来补充船上的淡水的，在小艇尾部，可以看到一个人站立着，他头戴一顶草帽，帽檐压得低低的，露出一把黑黑的胡子，脚穿长筒靴，身佩武器，毫无疑问，他就是船长了。他将是人类集体中第一个把鲁滨孙包围在人类话语和人类动作之网中的人，第一个使鲁滨孙重新进入人类的巨大体系中去的人。在鲁滨孙的手接触到整个人类的这位全权代表之手的那一刻，由孤独者所辛勤建筑、耐心编织的整个世界就将面临可怕的考验。

随着轻轻的一记摩擦，小艇的艏柱往上一翘，随即停止不动了。小艇上的人纷纷跳进海浪，试图把小艇拖离涨潮后潮水能及的地带。黑胡子向鲁滨孙伸出手来。

“威廉·亨特，布莱克浦[1]人，双桅纵帆船白鸟号的船长。”

“今天是什么日子？”鲁滨孙问他。

船长被这问题问得很吃惊，他转身问跟随在身后的一个人，大概是他的大副。

“约瑟夫，今天是几号？”

“一七八七年十二月十九日，礼拜三，阁下。”

“一七八七年十二月十九日，礼拜三。”船长对鲁滨孙重复道。

鲁滨孙的脑子飞快地转着。弗吉尼亚号失事发生在

① 布莱克浦为英国一港口城市。

一七五九年九月三十日。正好是二十八年零两个月又十九天。尽管他来到岛上后，经历的事件不计其数，见到的变化翻天覆地，但竟然持续了这么长一段时间，在他想来不免荒诞至极。然而，他不敢要求大副再向他证实一下这一日期，对他来说，这一日期似乎永远属于一个依然很遥远的未来。他甚至决定对这些新来的外人隐瞒弗吉尼亚号失事的日子，这既是出于一种羞耻心，同时又有所顾忌，担心他们会把他当成一个骗子，或者当成一个怪物。

“当年，我曾搭乘荷兰圆艏帆船弗吉尼亚号旅行，船长是符利辛根人[①]彼得·范·戴塞尔，后来就被扔在这片海岸上了。我是那次海难事故唯一的死里逃生者。很不幸，那次打击磨灭了我头脑中的许多记忆，尤其是，我怎么也回想不起失事那天的日期了。”

“我到过的任何港口中，从来没人谈起过这样一条船，更不用说它的失踪了，”亨特说道，“但是，话又说回来，美洲的战争把一切海上关系全闹乱了。”

鲁滨孙不知道他说的是哪一次战争，但是他明白，如若他想掩饰自己对世上发生之事的全然无知，那他就应该小心谨慎。

这时，礼拜五正帮助船员们从艇上卸下水桶，带领他们走向最近处的泉眼。看到礼拜五与这些陌生人打交道时那种极端的轻松自如，鲁滨孙深感吃惊，因为此时此刻他自己

---

① 符利辛根为荷兰南部港口城市。

感到与亨特船长相距甚远。确实，如果说礼拜五对那些水手大献殷勤，很显然是出于内心的一种希望，希望他们尽可能早一些把他带到白鸟号上去。他本人也无法掩饰自己的迫切心情，渴望参观那条精致的帆船，这条船如此修长优雅，轻巧得可以在水面浪尖上飞驰。其间，那些人，以及他们随身带来的整个世界，在他身上激起了一阵难以忍受的不舒服，他竭尽全力，把这难受的感受压了下去。他没有死去。在他年复一年的孤独生活中，他战胜了疯狂。他已经达到了一种平衡——或者说，达到了一系列的平衡——在这平衡中，希望岛和他，后来，是希望岛、礼拜五和他，结成了一个切实可行的，甚至达到至福至乐境界的星座。他经历过痛苦，他渡过了致命的危机，从此以后，他感到自己完全能够和礼拜五一起向时间挑战，完全能够——就像那些大气现象穿过一个没有摩擦力的空间一样——无穷无尽地继续他的轨迹，永远不降低他的紧张度，永远不疲沓。然而，与其他人的一次正面接触，对他来说成了一次严峻的考验，从中可能会产生新的进展。假如鲁滨孙能回到英国，他还能不能做到，不仅保留住他已然进入其中的太阳城之福乐，而且在人类城邦的环境中把它提高到最高的威力，这一切，又有谁能知道呢？这就如同琐罗亚斯德[1]，把他的灵魂放在荒漠的太阳中长期熔炼之后，又一次深入到污秽的芸芸众生中，以向他们传播他

① 琐罗亚斯德（公元前628？—公元前551？），古波斯宗教改革家，拜火教（又名袄教）的创始人，他认为世界为善与恶两种本原之斗争，善化身为光明神，火为其代表，恶化身为黑暗神。

的智慧。

在这期间，他与亨特船长之间的谈话进行得很吃力，而且随时都有被一阵难堪的沉默打断的危险。鲁滨孙竭力让亨特船长了解希望岛的自然资源，有什么猎物和新鲜的食物，比如说水田芥和马齿苋，这些东西用来预防坏血病有奇特的功效。已经有几个人爬上了棕榈树带鳞片的树干，用军刀一记记地砍下顶芽菜来，还可以听到有人一面追捕着山羊，一面发出爽朗的笑声。鲁滨孙不无自豪地想到，假如在当初，在他把海岛当作一个花园城邦那样来治理的时代，当他看到一帮贪婪而粗野的人像眼前那样胡作非为地践踏蹂躏它，他会忍受多大的痛苦啊。这帮无法无天的蛮子带来的一番景象之所以拴住了他的全部注意力，绝不在于树木被愚蠢地毁损了，也不在于牲畜被任意地屠宰了，而是因为这些人——他的同类——的行为本身，是那种对他来说既如此熟悉，又如此陌生的行为。在希望岛往日的参议院遗址上，长得又高又密的野草经风一吹，凹进一个陷窝，发出丝一般柔滑的喃喃声。一个水手在那里接连发现了两块金币。他立即高声呼喊，召集来同伴，经过一阵七嘴八舌的争吵，他们决定放火烧掉整片草地，以方便寻找金币。一个念头轻轻闪过鲁滨孙的脑际，本来，这黄金是他的，另外，牲畜们将要被剥夺岛上唯一的草场，这是一片在雨季也不会变成沼泽地的牧场啊。每一次新发现都免不了激起的争吵，令鲁滨孙深为愕然，他一只耳朵进一只耳朵出地听着船长的谈话，船长正在向他讲述，他是如何偷偷地运输一支法国军队去支援美洲的起义者。大副则在一旁对他大谈特谈贩卖非洲黑奴如何有利可图的诀窍，说这一买卖可以换回棉花、蔗糖、咖啡和靛蓝，而这些商品足以构成理想的返航货载，在经过欧洲的港口时，可以一路出售，获得丰厚的利润。这些人，人人都埋头于各自的打算，忙碌于各自的安排，竟没有一人想起来问一问他，自从海难以来，他都经历了什么样的曲折变故。即使是礼拜五的存在，似乎也没有在他们心中生出任何疑问。鲁滨孙知道，过去他曾经与他们十分相似，是在同样的动机——贪婪、骄傲、强力——的驱使下行动，而且现在他自己身上还留有属于他们的整整一个部分。但是，与此同时，他又以一种昆虫学家特有的超脱态度看待这些人，他看着他们，就如昆虫学家俯身观察着一个昆虫社会，像观察一群蚂蚁、一群蜜蜂，或者当他掀起一块石头时，突然观察到一群潮虫的可疑麇集。

这些人中的每一个，都是一个相当和谐的**可能的**世界，都有它的价值，有它的引力源和斥力源，有它的重心。这些可能的世界，尽管它们彼此间千差万别，但它们眼前共同拥有着希望岛的一个小小形象——它是多么简单、多么肤浅啊！——在这形象的周围，它们组织在一起，而在这形象的一个角落里，存在着一个名叫鲁滨孙的遭遇海难者，还有他的混血奴仆。但是，尽管这一形象居于中心地位，它在每一个可能的世界身上都打上了暂时的、转瞬即逝的印记，注定会在短暂的时刻后回归到虚无之中去，而白鸟号的偶然偏航只是把它从虚无中稍稍拉出去一会儿而已。这些可能的世界中的每一个可能的世界都天真地宣称自己的现实性。而他人，就是一个努力想成为现实者的可能者，对，这就是他人。要驳回这一迫切需求，则是冷酷无情的、自私自利的、不道德的，这就是鲁滨孙所接受的全部教育反复灌输给他的观点。但是，在那孤独的岁月中，他把它们全忘了，他现在正在问自己，他是不是还能重新捡起已丢失的习惯。而且，他混淆了一个渴望和另一个形象，一方面，是这些可能世界成为现实的渴望，另一方面，是由每一个可能世界所包围的、一个注定要消逝的希望岛的形象，他混淆了这两者，他似乎觉得，如果把这些人声称要争取的尊严给予他们，他同时也就毁灭了希望岛，使它化为乌有。

小艇第一次返回了白鸟号，运去了满满一小船的水果、蔬菜、野味，还有被绑住了腿脚、在瓜菜堆中拼命挣扎着的山羊，人们等着船长下令，好做第二次启运。

“如果您能光临我们船上，与我们一起用餐，我将不胜荣幸。”船长不等鲁滨孙作出回答，便命令手下人再把淡水也运上船，然后再来接他和他的客人上船。然后，他一改自踏上海岛起就一直采取的矜持态度，不无牢骚地讲起了他四年来经历的生活。

他本是皇家海军的年轻军官，满怀着青年人的一股激情，投入到北美独立战争中。他在海军上将豪[1]的舰队中服

[1] 豪，即理查德·豪（1726—1799），英国海军上将，美国独立战争期间任北美驻军司令，后还担任过英国海军大臣。

役，在布鲁克林战役和攻打纽约的战斗[①]中战功卓著。他万万没料到的是，在那次胜利的战役后，会是接踵而来的败北。

“人们总是在对狂热胜利的预先确信中培养青年军官的，”他说，“其实，更明智的办法，是向他们灌输这样的信念，即他们首先将被打败，他们会以十倍热烈的激情重新站立起来，继续战斗，他们会掌握这样一种无比困难的艺术。在退败中战斗，重新召集起溃散的队伍，在汪洋大海中修复被敌人炮火毁了一半的舰船设备，转身投入战斗，这才是更为困难的事，而有人却认为，照这样来培养我们的士官是可耻的！然而历史已经给了我们足够的教训，最最伟大的胜利来自对失利的摆脱，任何一个马夫都明白，在赛马场上，领头的马总是在终点处被反超。”

多米尼加与圣卢西亚的失败，以及多巴哥的失守，都使亨特感到意外，使他心中产生了对法国人的一种刻骨仇恨。随着萨拉托加的投降，还有随后约克镇的投降[②]，宗主国卑鄙地准备放弃英国王冠上最最美丽的花叶饰，彻底粉碎了直到那时为止始终作为他生命动力的狂热荣耀感。在标志着英国耻辱地放弃殖民地的《巴黎条约》[③]签署后不久，他脱下了皇家军官团的制服，改行从事商业航行。

但是，他除了当一个地道的水手，其他什么也不懂，

---

① 布鲁克林战役和攻打纽约的战斗，发生在一七七六年的八月和九月。

② 萨拉托加为美国纽约州城市，一七七七年九月被围的英军在此投降，为美国独立战争的转折点。约克镇在弗吉尼亚东南部，一七八一年十月十九日，英军在此投降，宣告战争的结束。

③ 一七八三年九月，英、美签署了《巴黎条约》，英国承认美国的独立。

他本以为商业航运是一项自由人职业，干起来后才发现，这行当中有着那么多的禁锢束缚，他实在难以适应。他必须掩饰对那些他实在瞧不起的船主的蔑视，这些住在陆地上的老板且不说一个个贪婪如狼，还胆小如鼠，他必须费尽口舌地与他们计较租运费，没完没了地讨价还价，他还要在提货单上签字画押，制妥发货单，接受海关税员登船检查，把自己的整个生命消磨在麻袋、包裹、大木桶之间，这一切对他来说委实太过分了一点。除此之外，还要加上一条，他曾赌咒过，他的脚将再也不踏上英国的土地，而且他对美利坚合众国和法国的仇恨已混淆在一起了。正当他囊中羞涩、几无分文的时候，他得到了一个机会——他强调说，这是命运给他保留的唯一机会——船老板把白鸟号船长的职务委托给他，由于货舱容量有限，同时船体轻巧结实，这条船注定适合于运输体积较小的货物，例如茶叶、香料、稀有金属、宝石或鸦片，搞这一类买卖得冒风险，还含有神秘的意味，而这恰恰符合他喜欢闯荡的浪漫性格。按他的处境来看，去贩卖黑奴，或者去做海盗私掠无疑更为合适，但他接受的军事教育使他对这类劣等行径产生一种本能的反感。

鲁滨孙踏上白鸟号的甲板时，受到了容光焕发的礼拜五的迎接，礼拜五是乘坐前一趟小艇来到大船上的。这个阿劳干人已被水手们接纳认可了，看起来他也熟悉了这条船，仿佛他就出生在这条船上似的。以前，鲁滨孙曾有机会观察到，原始人往往只欣赏人类用技艺制作的物品，仅仅在这一范围内而已，例如小刀、衣服，必要时还可以算上独木舟，而一旦超出这一范围，一切就都不在他们的眼中了，他们也就不再去欣赏了，无疑，他们会把一座宫殿或一艘舰船当作大自然的产物，本与一个岩洞或一座冰山无异。因此，没什么可大惊小怪的。然而，在礼拜五身上，情况正好相反，所以，鲁滨孙一开始还认为，礼拜五在船上表现出来的直接的理解能力本是受他影响的结果。后来，他看到礼拜五飞扑到桅杆的侧支索上，从支索上一直爬上了桅楼，又从桅楼上下到帆桁的踏脚索上，凌空悬挂在离海面五十来尺高的地方，一面来回摇荡着，一面欢快地大声笑着。这时候，他不由得想起了礼拜五连续不断地显现出来的空气属性——羽毛飞箭、羊皮风筝、风吹响的竖琴，于是，他恍然觉悟到，一艘大帆船，一艘如此轻便、得到如此大胆装备的帆船，确实是胜利征服天空的最终体现和神妙奇观。想到这里，鲁滨孙心头不免生出一丝忧愁，因为他感到自己竟违着本意被人拉到了他所不爱的世界中，他心中有一种激情在壮大，欲与这一世界作对。

这时，他发现，有一个小小的人影，被捆在前桅桅杆脚上，半裸着身子，蜷曲成一团，这时，他心中更加觉得不是滋味。这是一个孩子，约摸有十二岁的样子，骨瘦如柴，活像一只被剥了皮的猫。看不到他的脸，只看得见他满脑袋又厚又密的棕红头发，使他那瘦削的肩膀显得更加纤弱。他的肩胛骨像小天使的翅膀一样鼓凸出来，沿着他的脊背，流下一条红红的污血，背上血痕斑斑。鲁滨孙看到他，不禁放慢了脚步。

“这是简，是我们的小水手。”船长对他说。

随后，他转身朝向大副说：

“他又干什么了？”

从储藏室的舱口，立即伸出一张滑稽可笑的脸，满面红光，戴着一顶大厨师的白帽子，就像一个魔鬼一下子从盒子中跳了出来。

“我简直拿他没办法！今天早晨，他做事开小差，往鸡肉馅饼里多放了三倍的盐，把它给生生地糟蹋掉了。我用绳鞭狠狠抽了他十二下。他要是不好好改改毛病，以后还有的抽呢。”

满面红光的脑袋一下子又缩了回去，跟它刚刚冒出来时同样快速。

“放开他，”船长对大副说，“我们在餐厅里还需要他呢。”

鲁滨孙和船长、大副一起共进午餐。他再也没听他们说起过礼拜五，想来他是和船员们在一起就餐了。他并不需要挖空心思找什么话题来谈。他的主人似乎从一开始就定下了始终管用的规矩，他应该去了解他们的一切，而对他自己和礼拜五的情况，却丝毫都不用透露，而他则对这一心照不宣的默契十分适应，这样，他尽可以轻松悠闲地观察，自由自在地思索。在某种意义上，他确确实实需要了解他们的一切，或者更准确地说，他需要细细地吸收一切，消化一切，然而，他所听到的全都那么肥腻凝重，那么难以消化，就像一道接一道端上桌来，分到他碟子中的烩菜和烧肉那样。他实在担心，生怕一阵生理上的拒绝反射袭来，把他一点点发现的这一世界和这种种风尚，一下子全都呕吐出来。

然而，使他尤为厌恶的，还不是那些十分可敬的文明人以天真的平静心态展示出来的粗暴、仇恨和贪婪。不难想象——而且无疑，很可能找到——另外一种人，若处在眼前这些人的地位上，那些人会是温厚的、敦实的、慷慨大方的。对于鲁滨孙，厌恶的原因远比这更为深刻。他从自己身上就可揭露这些恶，这种恶存在于所追求之目的的不可救药的相对性中，而他看到他们全都狂热地追逐着这样一些相对的目的。他们所有人追求的目的，无非就是某一种获得、某一种财富、某一种满足，但是，究竟为什么非要这一种获得、这一种财富、这一种满足呢？可以肯定地说，没人说得清楚。鲁滨孙不断地想象着他们的对话，想象着对话到最后，一定会使他和他们中的某一人对立起来，比如说，就算是船长吧，他会与他相持不下。他可能会问他："你为什么活着？"亨特显然回答不上来，而这时候，他唯一的办法就是把问题回抛给孤独的荒岛人。于是，鲁滨孙会用左手给他指一指希望岛的大地，而右手却指向太阳。在傻愣愣地待了好一会儿后，船长肯定会哈哈大笑起来，这将是一种面对智慧的疯狂笑声，因为，他怎么可能设想星体之王除一团巨大的火焰之外还会是别的什么呢？他怎么会想到太阳身上还存在着精神，太阳还能把永恒辐照给那些善于向着太阳开放自己的生命？

在餐桌旁伺候他们就餐的，正是那个小水手简，他腰上围着一条宽大的围裙，简直吞没了他半个身子。他瘦削的小脸上，布有一些雀斑，但在一大堆黄褐色的头发下，这张脸显得更小了，鲁滨孙枉然地盯着他的眼睛看，想找寻他的目光，但始终找寻不到，不过，他的眼睛是那么明亮，不禁使人以为看到了阳光透过他的脑袋照射而来。小水手对海难幸存者并没有加以丝毫的注意，只是小心翼翼、胆战心惊地在一旁忙碌，生怕又犯下什么过错。船长匆匆讲了几句，话里含有一种含蓄的激烈情绪，然后，他很有分寸地把自己关闭在一种沉默中，这沉默似乎有些敌意，又有些蔑视的意味。鲁滨孙不禁联想到一支被围困的军队，已经长时期地忍受了敌人的骚扰而一直没有反击，最终他们决定突围，冲锋了一下，在使敌人蒙受重创之后，却又立即退回，把自己关闭在要塞中。两人陷入了长久的沉默中，大副约瑟夫则在一边喋喋不休，话题全是日常生活的琐事，还有航海业的技术进步，由于对他上司的沉默完全不理解，他对船长明显地表现出一种特别的敬佩。饭后，他带着鲁滨孙走到舷梯上，而船长则回到自己的舱室去了。大副想献献殷勤，给鲁滨孙显示了一下六分仪，这是一种新近才被引进到航海领域中的仪器，通过一个双重反射影像系统的作用，人们可用这种仪器测量太阳与海平面的角度，其准确度是史无前例的，比传统的四分仪不知要精确多少倍。鲁滨孙一面饶有兴味地听取着约瑟夫的热情介绍，一面心满意足地操纵着那刚从箱子里拿出来的，用黄铜、桃心木和象牙制成的漂亮仪器，他十分欣赏这个人活跃的思想，尽管他的眼界过于狭窄。他注意到，聪明和愚蠢竟然可以共存于同一个头脑中，而丝毫没有相互影响，就如油与水在一起却泾渭分明，上下毫不混淆那样。当谈到照准仪、分度盘、游标尺、反射镜时，约瑟夫闪耀着智慧的光芒。然而，也正是他，刚刚不久前，一边拿眼光不断瞟着小水手简，一边解释，说什么小孩子挨了一顿绳鞭就抱怨，实在是大错特错了，更何况他的母亲本是水手们养的娼妇。

太阳开始西斜。按习惯，这正是鲁滨孙在阳光下为自己补充热量的时刻，再晚一会儿，影子就要拉长，海风就要吹拂海岸上的桉树在阳光中簌簌作响。在约瑟夫的邀请下，他伸开四肢，躺在艉楼的顶饰上，在风向仪的阴影中，久久地凝视着顶桅的尖头在空中摆动，在蓝天中写下看不见的无形符号。一钩又细又弯的新月犹如半透明的陶瓷片，正在天空中游移不定。他把脑袋往旁边侧了侧，看到了希望岛，紧贴着海波的，是一条金黄色的沙岸线，再远处则是一片郁郁葱葱的绿林，还有重重叠叠的山峦。看到这个地方，他才感到，自己心中的那个决定已经毫不留情地酝酿成熟了：任凭白鸟号离去，自己和礼拜五继续留在海岛上。比起把他同这条船上的人们分离的所有原因来，他更受一种原因的驱使，他感到不得不战战兢兢地拒绝那种使人堕落、致人死命的时光的飞速旋转，而他们，却在自身的四周散发出这时光的旋风，并生活在其中。一七八七年十二月十九日。二十八年零两个月又十九天。这些无可辩驳的数据始终令他心中充满惊愕。这样说来，假如他没有在希望岛的暗礁滩遇险，他现在就该是一个五十开外的人了。他的头发将变得灰白，他的关节将咯咯地作响。他的孩子们就将比当年离开他们时的他还要老。他或许已经当上祖父了。然而，这一切并没有发生。在距这艘充满着疫病气息的航船两链远的地方，希望岛巍然屹立，仿佛一道对这种可悲的腐败堕落的否定之光。实际上，在今天，他要比当年登上弗吉尼亚号时的那个虔诚而又吝啬的青年人年轻得多。因为，他现在的青春并非一种生物学意义上的年轻，生物学的青春是容易腐烂的，它所携带的只是一种走向衰老败落的冲动。他的青春是矿物的、神圣的、太阳的青春。每一个清晨对他来说，都是一个最初的开始，都是世界历史的绝对开始。在太阳神的照耀下，希望岛战栗在一种永恒的现时之中，永无往昔，也永无未来。他将永不脱离这一永恒的现时现刻，这一在完美顶点上维持着平衡的现时现刻，他不愿再堕落到一个破败不堪、充满着污秽的尘埃与废墟的世界中去！

等他把留在海岛上的决定告诉众人时，只有约瑟夫一人表现出震惊。亨特只有一丝冷冰冰的微笑。或许他内心大大轻松了一阵，因为，在一艘说来毕竟不算太大、其中的位置又都经过了严格计算的船上，他不必再考虑增加额外的两个人。他没有忘记客气一番，对在白天里装上船的一切东西，他都看成是海岛主人鲁滨孙慷慨大方的证明。作为回报，他也送给鲁滨孙一条在船尾上装有定向装置的小游艇，他自己则还有两条标准的救生小艇。这是一条轻便的划艇，结实耐用，在风平浪静的天气里，或者在一般性的糟糕天气里，一两人来驾驶是非常理想的，它将替代礼拜五的那条旧独木舟。鲁滨孙和他的同伴就乘着这条小艇，在夜幕降临之际，回到了海岛上。

原以为要永远失去的这片土地，现在又回到了自己的手中，鲁滨孙感受到无比的喜悦，他的那份喜悦与红彤彤的夕阳交相辉映，十分和谐。他如释重负，感到无限的轻松，但是，在四周笼罩着的安宁中，似乎有某种不祥的东西。比受到伤害更为严重的是，他感到自己衰老了，仿佛白鸟号的来访标志着一段十分漫长、十分幸福的青春的终结。但是，这又有什么关系？在黎明的第一道晨曦中，那艘英国船就要起锚，继续它漂流的航线，听凭它那位内心昏暗的船长的奇思怪想的驱使。二十八年间泊靠希望岛的唯一一艘轮船起航后，拯救湾的海水将自动关闭起来，仿佛什么也没有发生一样。鲁滨孙没有明说，但他的话本意十分明显：他不希望这座小岛的存在以及它的方位被白鸟号的水手们泄露出去。他的这份心愿与神秘的亨特船长的性格实在是太合拍了，亨特不会不尊重这一点的。于是，这一在狄俄斯库里兄弟安宁的永恒中，引入了二十四个钟点喧嚣混乱、分化动荡的插曲，最终就这样宣告结束。

第十二章

当鲁滨孙爬下阿劳卡里亚树的时候，灰白色的晨曦已经微露在了天上。他一向习惯于睡到太阳升起前的最后一刻，以尽可能地把这一迟钝无力的阶段减缩到最短，这是一天中最贫乏无彩的时段，因为它距离夕阳西下之时最为遥远。但是，昨天食用的那些已经吃不惯的肉食、喝不惯的葡萄酒，此外还有一种沉闷的焦虑心境，弄得他睡不安稳，好几次突然惊醒，苦苦地干睁着眼睛不能再入睡。他躺在那里，四周一片黑暗，他毫无抵抗力地成为某些固定观念的俘虏，任凭那些折磨人的胡思乱想纠缠着自己。他匆匆地起身，以便摆脱掉这一奇思怪想的追逐。

他在海滩上走了几步。正像他预料的那样，白鸟号已经消失了。在没有色彩的天空下，海水呈现出一片灰色。植物的枝叶上挂满了丰盈的露珠，被压得沉甸甸地弯下腰来，仿佛在这苍白的、既无光亮又无影子的天色下，清醒地悲伤着，哭泣着。群鸟噤若寒蝉，缄默无声。鲁滨孙感到自己身上被挖开了一个绝望之洞，一个黑漆漆的、发出清脆响声的池槽，从中冒腾出一种恶心的感觉——像是一种有毒的液体——弄得他满嘴都是含胆汁的苦苦唾液。在沙滩上，一层海浪软绵绵地伸延开来，游戏似的卷动着一只死蟹，然后又无可奈何地怅然退去。几分钟之后，最多一个时辰之后，太阳就将升起，就将给世间万物和鲁滨孙本人倾注无限的生命和欢乐。他只需要坚持到那个时候，抵御住去唤醒礼拜五的欲望就行。

白鸟号的来访，已严重危害鲁滨孙-礼拜五-希望岛三角关系的微妙平衡，这是毋庸争辩的事实。希望岛已经满目疮痍，显而易见，但总的来说，这些伤害还都是表面的外伤，用不了几个月工夫，就会自然消失。然而，对鲁滨孙而言，他究竟需要多少时间，才能忘却白鸟号，忘记这只在四面来风的抚摩下如此轻巧地穿越在海上的漂亮猎犬？鲁滨孙指责自己，觉得不应该事先不跟他的同伴谈一谈，就早早决定继续留在海岛上。不过，那天上午，他倒是没有忘记把从约瑟夫那里听来的关于贩卖黑奴，以及黑奴在美洲旧殖民地的命运的种种可怕细节都告诉了礼拜五。这样一想，他的懊悔——如果说他有所懊悔的话——就减轻了许多。

一想到礼拜五，他便身不由己地朝吊着吊床的那两棵胡椒树走去，这个混血儿平日里就在那张吊床上度过他的黑夜以及白天的部分时光。他当然不会去叫醒他，但他将看着他睡觉，这一宁静安谧、天真无邪的场景将使他备受鼓舞。

吊床已然空空。更叫人惊讶的是，礼拜五睡午觉时喜欢玩的那些小玩意儿，例如镜子啦，吹管啦，竖笛啦，羽毛啦，竟然也都消失殆尽。鲁滨孙似乎被人猛击了一掌，顿时焦虑万分。他朝海滩飞奔而去：小快艇和独木舟都还在那里，搁置在沙地上。假如礼拜五打算回到白鸟号上去，他必须借用这两艘船之中的一艘，这样，它最终不是被抛弃在海上，就是被吊上大船带走。这么远的距离，要想冒险游泳过去，是不太可能的。

于是，鲁滨孙开始在整个海岛四下寻找，高声叫喊着他同伴的名字。从打造过越狱号的港湾到东边的沙丘，从岩洞到绯红色小斜谷，从西海岸的森林到东海岸的环礁湖，他踉踉跄跄地奔跑着，大声叫唤着，心中已然绝望，他相信自己的寻找将是徒劳无益的。他不明白礼拜五怎么可能会背叛他，但是在显而易见的事实面前，他再也不能后退了，他在岛上已经孤独一人，如同在最初那段时光中一样孑然一身。这令人惊慌不安的寻找，把他引到他已有十数年没有再去过的、充满着各种回忆的地方，最终把他搞得精疲力竭。他感到自己的手指下正纷纷落下越狱号红色的粉末，他的脚下正滑动着泥淖塘温乎乎的淤泥。在森林中，他重又找到了他那本《圣经》，皮封面已变得角质一般干硬。几乎所有的书页都被烧毁了，只有《列王记上》的一段在灰烬中保留了下来，他克制着由虚弱引起的眼花，模模糊糊地读着：

大卫王年纪老迈，虽用被遮盖，仍不觉暖。所以臣仆对他说："不如为我王寻找一个处女，使她伺候王，奉养王，睡在王的怀中，好叫我主我王得暖。”[①]

鲁滨孙明白，昨天尚不存在的这二十八个年头的重负刚刚压在了他的肩头上。白鸟号带来了这沉重的二十八年——就像带来一种致命的病菌那样，他一下子变成了一个老人。他同样还明白，对一个年迈的老人来说，再也没有比孤独更糟糕的厄运了。让她**睡在王的怀中，好叫我主我王得暖。**而实际上，他在清晨的露水下冻得簌簌发抖，却没有人——再也没有人了，来暖他的身子。最后一件遗留的圣物出现在他的手指下：泰恩的项圈，已经霉烂得不成样子了。由于眼前种种肮脏不堪、令人心碎的遗迹，他那些似乎已被永远抹掉了的过去岁月，都被一一地回忆起来。他把脑袋倚靠在一棵柏树的树干上。他的脸在抽搐，但是，老人们是不会哭的。他的胃在翻腾，他把一摊刺鼻的东西呕吐在腐殖土上，那是他当着亨特和约瑟夫的面吃下的整整一顿酒菜。等他吐完抬起头来，他的目光遇到了一群秃鹫的目光，它们俨然一群衣冠楚楚的法庭审判官，聚集在几米远的地方，用它们那小小的粉红色眼睛监视着他。它们竟然就这样地来了，它们也来赶赴这一与往日的约会！

那么，他是不是应该重新开始呢？重新种植、饲养、建筑，等待一个新的阿劳干人的来临，等着他用一把火再把

① 见《圣经·旧约·列王记上》第一章第一至二节。

所有的一切毁灭干净，迫使他上升到一个更高的境界？真是莫大的嘲讽！事实上，只是在时间与永恒之间，才有交替往复。永远的复归，这一时间与永恒的私生子，只是一种癫狂。对他来说，只有一种拯救：重新寻找到通向灵薄狱的道路，走向那超越时间、居住着无罪之人的灵薄狱，他本来已经一步步地上升到那里，只是白鸟号的来访才使他从那里坠落。但是，他现在年老体弱，精力衰竭，如何再亲临那个经过如此长期、如此艰难攀登方能达到的恩惠之境呢？一死了之，不是十分简单的事吗？死在这一岛上，死在未来几十年里无疑再也不会有人来打破孤寂的这一岛上，这难道不是他最切实际的唯一的永恒形式吗？不过，千万要注意，要躲过那些专食腐尸的秃鹫的神秘警觉，避免让它们在自己身上履行它们的送葬公务。他的骨骸应该在希望岛的岩石之下变得白森森的，如同一把游戏用的骨棒[①]丢弃在那里，再也没有人能来打乱它的格局。希望岛上伟大孤独者那无人知晓的离奇故事，就此宣告结束。

他迈开小步，朝原先岩洞处堆成的乱石冈走去。他确信自己能找到办法，滑入到大石块的缝隙中，进到足够深的地方，以躲避野兽的侵害。也许凭借着昆虫一般的耐心，他甚至能够重新走入那个地下洞穴中。在那里，他只消蜷曲成胎儿般的姿势，闭上眼睛，就可以叫生命弃他而去，那时，他的衰竭是那么彻底，他的忧愁是那么深刻。

---

① 所谓骨棒游戏，指把一束骨制的小棒撒在桌上，然后一一取出而不触及别的棒。

确实，他发现了一个通道，一个唯一的通道，比猫洞稍微大一点，但他感觉自己已经缩得那么小，团得那么紧，他不怀疑自己可以钻进去。他细细地探察着黑洞的通道，试图算准里头有多深，正在这时，他仿佛看到里头有什么东西在动。一块石头滚落到里头，一个身躯堵塞了极有限的黑乎乎的空间。这一身影一扭再扭，从细狭的洞口挣脱出来，原来是一个小孩。他现在站到了鲁滨孙面前，右胳膊弯曲着挡在脑门儿上，像是在遮着亮光，又像是在提防一个耳光掴下来。鲁滨孙震惊万分，不禁连连退了几步。

“你是谁？你在这里做什么？”他问道。

“我是白鸟号的小水手，”孩子答道，“我想从那条船上逃走，我在船上受够了苦。昨天，我在船长室伺候你们用餐，您对我好心相看。后来，当我听说您留下不走时，我就决定躲到岛上来，留下来和您在一起。昨天夜里，我溜到了甲板上，正准备跳下水去，一路游到海滩，正巧看到一个人划着独木舟来到了船上。那就是您的混血儿仆人。他一蹬腿踢开了独木舟然后走进了大副的舱室，大副好像在等着他。我明白了，他将留在船上。于是，我一直游到独木舟旁，爬了上去。然后，我一直划到海岸上，躲在了岩石丛中。现在，白鸟号已经出发了，船上没有了我。”他说完了，嗓音中带有那么一点儿得意扬扬的调子。

“跟我来。”鲁滨孙对他说。

他拉着那孩子的手，绕过几堆石头，开始向通往岩石山顶的陡坡上爬，从那山顶上，可以俯瞰层层叠叠的乱石冈。

他在半途停下来，看着那孩子的脸。那双长着患白化病的白白睫毛的绿色眼睛，正好也转过来向着他。一丝苍白的微笑使眼睛明亮起来。他张开手，看着那只在自己手中缩成一团的小手。看到它是那么纤细，那么柔弱，他的心中一阵发紧，就是这样的一双手，在船上干过了多少的重活、脏活。

“我给你看一样东西。”他说着，竭力克制着自己内心的激动，至于这样东西到底影射何物，连他自己也不甚明了。

海岛展示在他们脚下，部分沉浸在雾霭之中，但在东方，灰蒙蒙的天空已经变得炽热如火。在海滩上，小快艇和独木舟随着海潮的升涨激荡，开始不规则地摇晃起来。正北方，一个白点正在向着天际漂去。

鲁滨孙伸出手，指着那一方向。

“瞧仔细了，”他说，“你也许永远也见不着这个了：在希望岛附近海面上的一条航船。”

白点渐渐地远去。最后，它终于彻底消失在了远方的水天之间。这时，太阳射出它的第一批光箭，金光万道。一只蝉厉声地嘶叫起来。一只海鸥在天空中盘旋，猛然间朝一平如镜的水面俯冲直下。刚刚碰触到水面，它又纵身一跃，鼓动翅膀，扶摇直上高天，一条银色的鱼儿便被叼在了它的嘴里。转瞬之间，天空变成了浅蓝色。本来闭着花冠斜侧向西面的朵朵花儿，一起转过身来，齐刷刷地向着东方绽放开它们的花瓣。群鸟和昆虫齐声鸣唱，啭啭啾啾，响彻天空。鲁滨孙忘记了身边的孩子。他挺直了自己高高的身板，迎面向着出神入化的太阳之境，心中充满了痛苦的喜悦。他沐浴在灿烂的阳光中，冲洗着前一天白天和夜晚的致命污浊。一柄火光之剑刺入他的身体中，穿透他的整个身心。希望岛从雾霭的面纱中露出原形，如童贞处女一样纯洁无瑕。事实上，那一场长久的弥留，那一场黑暗的噩梦从来就没有发生过。永恒又重新把握住了他，彻底抹却了那一段不祥而又可笑的时光。一种彻底的满足感油然而生，深深地启迪着他的心灵。他的胸膛鼓鼓地膨胀，犹如一面青铜盾牌。他的双腿有力地支撑在岩石上，像是高大粗壮、牢不可摧的石柱。金黄色的光芒为他披上了一件永不变质的青春盔甲，为他铸造出一副合乎标准、无懈可击的黄铜面具，只有一对眼睛像钻石一样在这面具上熠熠放光。最后，星辰之神把它金红的头发之冠披散开来，发出一阵阵铙钹的响亮击打声和号角的尖厉吹奏声。金灿灿的反光闪耀在孩子的脑袋上。

“你叫什么名字？”鲁滨孙问他。

“我叫简·内尔雅帕耶夫。”孩子说，“我出生在爱沙尼亚。”他又补充道，仿佛为这拗口的姓氏向他道歉似的。

“从此后，”鲁滨孙对他说，“你就叫礼拜四了。这一天，是上天之神朱庇特的日子[①]。这一天也是孩子们的礼拜天。”

① 在拉丁文中，礼拜四为“Jovis dies”，意即“朱庇特之日”。

礼拜五和他的主人鲁滨孙
——图尼埃小说《礼拜五》导读

余中先

从《鲁滨孙漂流记》到《礼拜五》

在西方文学史上，鲁滨孙的形象众所周知，英国作家丹尼尔·笛福的一部《鲁滨孙漂流记》确立了这位流落荒岛数十载的孤独者神话英雄的地位——鲁滨孙是按照西方资本主义文化的模式，独自创造文明的英雄。他航海遇险，一人漂流到南美洲某荒岛，靠着双手和工具，造房子、修田地、种粮食、养牲畜，还从土著的刀火之下救下了一个野蛮人，取名“礼拜五”，收为自己的奴隶……他用整整二十八年的时间，把荒岛建设成为一个世外桃源，最后又奇迹般地回到欧洲，成为巨富。

笛福的《鲁滨孙漂流记》写于1719年，此后的整整三百多年中，世人认定，鲁滨孙这一文学形象，就是一个不安于现状、勇于行动、勇于追求、不畏艰险，按照现代文明的模式开辟新天地的创造者。而礼拜五，在人们眼中，则是一个不折不扣的奴隶形象，他知恩报恩，忠心耿耿，对主人唯命是从，心甘情愿地跟随鲁滨孙走向新的文明。

然而，在1967年，法国一个叫米歇尔·图尼埃（Michel Tournier，1924年12月19日—2016年1月18日）的四十三岁的小说家却写出了一本叫《礼拜五：太平洋上的灵薄狱》（*Vendredi ou les Limbes du Pacifique*）的小说，把鲁滨孙和礼拜五的关系颠倒了过来。这部处女作小说出版后赢得了相当的成功，荣获当年的法兰西学院小说大奖。

《礼拜五》在"题材"上是对笛福原作的戏仿，但"主题"上却反其道而行之。笛福笔下的礼拜五在鲁滨孙的教化下，从野蛮状态走向现代文明；而在图尼埃的笔下，鲁滨孙在荒岛上逐步摆脱了文明的习性，通过礼拜五无意的启迪和自然的影响，彻底完成了这一脱胎换骨的过程。确切地说，《礼拜五》是一篇"现代文明衰亡记"的新寓言。

这篇"新寓言"共十二章。第一章到第六章写鲁滨孙在远洋航行中遇海难被弃于荒岛，一开始他只盼望奇迹出现，搭一条船返回故乡。经过一段时间的沉沦，他从《圣经》中悟出奋斗之理，便一面按西方文明社会的模式，把荒岛开垦出来并治理得井井有条；一面又积粮、造船，时刻准备抓住一切可能的机会脱离孤岛，回归人类社会群体。在孤独中他受自然和《圣经》的启发，以种种尝试来解决"孤独"的问题，包括性欲的问题。

从第七章起，作者图尼埃笔锋一转，写礼拜五来岛后带来了人际交往的可能性，然而这个新来者非但没有像鲁滨孙期望的那样，被驯化为一个忠诚的奴隶，反而以他落拓不羁的天性，把岛上现代文明的迹象破坏得一干二净。到第八章末尾时，礼拜五惹祸，引起炸药大爆炸，使鲁滨孙多年辛劳而得的文明果实毁于一旦。

在最后四章中，作者通过详细描写礼拜五与大自然呼吸与共的天性与行为，尤其是杀大公羊，用羊皮、羊肠、羊头骨来做风筝和弦琴，叙述礼拜五如何慢慢地影响了鲁滨孙，使鲁滨孙——这个在岛上的西方文明的唯一代表逐步放弃了原有的文化传统，转而追求与大自然的融合。逐渐地，鲁滨孙成了一个与太阳进行直接交流的“元素之人”。最后，当从欧洲来的航船“白鸟号”偶然靠岸时，鲁滨孙拒绝搭船归国，一心留在这“太阳之岛”的虚无缥缈的“灵薄狱”中。

礼拜五不是奴仆，鲁滨孙亦非主人

在此，我们不妨从鲁滨孙与礼拜五之间的关系出发，来稍稍探究一下这两个人物所表达、所象征的人类文明进化过程中的不同类型。

在笛福笔下的《鲁滨孙漂流记》中，鲁滨孙与礼拜五的关系是主人与仆人的关系，统治者与被统治者的关系，教化者与被教化者的关系。鲁滨孙在一个孤岛上开创新的文明社会的成功，他的殖民行为的成功，他维护私人所有制法权的成功，即他开辟一个新的资本主义价值体系的成功，很大一部分是体现在他对礼拜五的驯服和调教上的。他对礼拜五的制服，就是文明对原始、秩序对野蛮的胜利。

而在图尼埃笔下的《礼拜五》中，鲁滨孙虽然仍是笛福的那个鲁滨孙，而礼拜五却已不是笛福笔下的那个礼拜五了。一开始，小说中的故事似乎跟笛福笔下《鲁滨孙漂流记》的故事没有什么两样，鲁滨孙对礼拜五而言是高高在上的绝对主人，是握有生死大权的总督，是令行禁止的司令，是规劝训导的牧师，简直就是万能的"主"的化身。

但是从那一声炸毁了鲁滨孙几乎所有劳动成果的炸药爆响之后（第八章），事情就颠倒了。应该是礼拜五把鲁滨孙创造的那一切，把鲁滨孙从资本主义文明社会带来的那一切，还有模仿这一文明法治社会在孤岛上创造的那一切化为乌有的。与此同时，礼拜五阻断了鲁滨孙与欧洲文明社会的一切联结与纽带，使得原本的文明人鲁滨孙又返回到了原始状态，跟礼拜五处在了一个同等的地位上。

第八章末尾山洞深处炸药的那一声爆响，是文明社会毁灭的象征，在某种程度上，我们可以把它想象为一种把人类带入浩劫的战争（甚或是核战争），一种置人类正常生活状态于死地的宇宙大灾难，一种巨大的地震、海啸、火山爆发之类的灾难，一种因盲目追求大发展并忽视环境保护而导致的地球生命圈的生存危机……

从《礼拜五》的最后小半部分来看，是原始的、野性的、质朴的、自然的、率真的礼拜五，以自身的言语与行为说服了现代的、理性的、社会的、城府的、复杂的鲁滨孙。从某种意义上讲，是礼拜五让自己成了鲁滨孙的主人。

在小说末尾，礼拜五选择了离开孤岛而搭乘途经的“白鸟号”前往西方文明社会，但“白鸟号”上的小水手简却留下来，跟鲁滨孙一起留在了希望岛上。从某种程度上说，这个小水手就是另一个礼拜五，也无怪乎鲁滨孙给他取名为“礼拜四”，并预示了另外一种文明的可能性。

文明人与自然人

《礼拜五》中的精彩段落实在太多了，作为译者，我自己在阅读和翻译的过程中就被这故事，被这两个“可互换角色”的人物所深深地吸引住了。

我觉得，读懂读透那些段落，对读者如何更好地理解《礼拜五》的主题，理解作者图尼埃的写作风格，对法国文学史中某些所谓的“新寓言”作品的鲜明特色，应该会有很大帮助的。

比如，说到主人公鲁滨孙从“文明人”向“自然人”的转变，图尼埃的几处描写是很关键的。

鲁滨孙何许人也?

这一点，读者都知道，他是从文明的资本主义社会来到一个荒岛上的，而他在孤岛上所做的一切，可被看作是在创造一种文明：

他在土地上播种上庄稼之后，又在岛上开天辟地地首

创了畜牧饲养业。如同远古时期的人类一样，他经历了从采集、狩猎阶段到农耕、饲养阶段的过渡。（第三章）

我们知道，即便是在“社会人”鲁滨孙的身上，其实本来还是有很多“自然人”的特性的，这一基础也决定了他的身份可以转变。刚刚遭遇海难被弃于孤岛后不久，他便在一次淋雨中体验到了与雨水交融在一起的快乐：

注视着温暖的雨水淋在他身上，冲刷着粘在皮肤上的灰土和污垢，看着它们被冲溶成一股股细小的泥浆。他浑身红棕色的体毛一绺一绺的，顺着肌肉着力的方向支棱着，像是一块块金属片，突出地显现了他的兽性。“一头金色的海豹。”他想，嘴角露出一丝暧昧的微笑。随后，他撒了一泡尿，一想到能在冲刷着他四周一切的大洪水之上，再增添上他自己一份小小的贡献，他心中感到很有意思。（第二章）

确实，在遭遇和接纳礼拜五之前，鲁滨孙曾经隐隐约约地发觉或意识到过那样的一种“与自然共处之美”的境界：

真是美妙无比的发现：逃脱作息时间和礼拜仪式所规定的严格纪律，而又不至于沉湎于污泥浊水，竟然是完全可能的！改变而又不衰落，是完全可能的！他可以打破经过如此辛劳而获得的平衡，他可以上进，而不会重新堕落下去。（第四章）

只不过，没有礼拜五作为对照，作为榜样，鲁滨孙还不会有意识地明白这一点。换句话来说，鲁滨孙的确需要有“另一个”存在，才能更好地认清自己的种种想法，证明自己的种种哲理思考。

他原本希望通过自己的言行去影响礼拜五，让礼拜五摆脱野蛮生活，走向文明，只不过礼拜五根本就不听他的。久而久之，反倒是他被礼拜五影响和引导了，并走向了某种更合乎人性的“潜在的”生活方式。

礼拜五又何许人也?

在小说《礼拜五》中，在鲁滨孙的眼中，他一开始是以一个低等文明的代表者出面的：

上帝从人类等级的最低层次中选中了这个人。他不仅是一个有色人种，而且这个滨海阿劳干人还远不是纯种，他身上的一切明显地表明，他是一个黑种混血儿！一个混有黑人血统的印第安人！假如他处于一种老成持重的年龄，能够面对我身上体现出来的文明，冷静地衡量自己的一无所能，那倒还算凑合！可是，我感到十分惊讶的是，他虽然已经超过十五岁了——鉴于这些低等种族的极度早熟——却童心未泯，常常对我的苦苦教诲发出无礼的大笑。（第七章）

两个人最初的关系又如何呢?

两个人遭遇的一开始，那是一种对抗关系：

一方是讲究方法论、吝啬、忧郁的英国人，一方是好冲动、慷慨、开朗的“土著”。鲁滨孙作为农人和治理者在这岛上建立起来并将继续存活其中的这一人世的秩序，礼拜五出于本性地憎恨反感。阿劳干人仿佛属于另一个领域，属于一个跟他主人以土为本的领域对立的领域，只要有人企图把他囚禁于主人的领域，他就反抗，造出毁灭性的结果。（第九章）

鲁滨孙意识到，他对这阿劳干人的影响等于零。反过来，倒是礼拜五给鲁滨孙上了一课又一课。比如，在目睹了礼拜五用自己亲嘴嚼烂的蛆虫喂生病的小秃鹫之后，鲁滨孙被深深触动，对自己的文明人的举止提出了第一次疑问：

对雅致趣味的苛求、他的厌恶、他的恶心，所有这一套白人的神经质，究竟是文明的最后一种珍贵的抵押品，还是正相反，是一种无用的舱底压载物，总有一天要由他下决心把它们彻底抛弃，以便进入一种新的生活。（第八章）

在经历了一系列异乎寻常的故事之后，尤其是给仙人掌化装穿衣的故事，稻田放干水导致水稻绝产的故事，在火药桶旁偷偷抽烟斗导致大爆炸的故事，拿老山羊的皮做风筝、拿老山羊的脑袋做风竖琴的故事之后，两个人的角色就渐渐地互换了。假如说礼拜五成了鲁滨孙，成了昔日的鲁滨孙，成了奴隶礼拜五的主人，那么，鲁滨孙眼下要做的，就是变成礼拜五，成为以往的奴隶礼拜五。

到了最后，鲁滨孙终于意识到：

希望岛不再是一片有待垦殖的处女地，礼拜五不再是一个需要我责无旁贷地教训的野蛮人。（第十章）

顺便提一句：鲁滨孙与自然的关系也是有一个发展过程的。而“自然”，在这部小说中，很大程度就是那个名叫“希望”（Speranza）的荒岛。我们能读到：

他正处于自己历史的一个转折点上，海岛妻子的时代——这是继海岛母亲时代后的时代，而海岛母亲时代又在被治理者海岛时代之后——也行将结束，而万物绝对新颖、闻所未闻、

不可预料的时代已经临近。（第八章）

诚然，《礼拜五》有各种各样的解读法，我这里提供的只是其中之一。每个读者想必都能从小说中读出自己想读出、能读出的东西来。法国有些研究者从图尼埃的这本《礼拜五》中看出了雌雄同体说（Hermaphrodite）的隐喻，当年，我的一个博士生也曾以“雌雄同体说”为理论方法依据，写过相关的博士学位论文。

法国的学者、结构主义精神分析理论家吉尔·德勒兹（Gilles Deleuze，1925—1995）曾写过一部著作《意义的逻辑》（1969），其中的一章就叫“图尼埃与没有他人的世界”，这一章曾收入法国伽里玛出版社1972年版的《礼拜五》一书中。有兴趣的读者可自行找来一读。

另外，小说作者图尼埃后来写的自传体散文集《圣灵之风》中专门有一篇叫《礼拜五》，写到了《礼拜五》的创作动机与主题，也是很有意思的文字。

“灵薄狱”与“虚无境”

在这里，有必要说一说这部小说的书名。

《礼拜五》中的一号人物无疑是鲁滨孙，但作品的书名却为《礼拜五》。这仿佛从某种意义上进一步强调了，礼拜五这个二号人物，实际上在改变着一号人物鲁滨孙。

至于书名的翻译，恐怕还是得啰唆几句。图尼埃原来的书名为*Vendredi ou les Limbes du Pacifique*，直译过来就是

《礼拜五或太平洋上的灵薄狱》。其中的“Limbes”一词，意思有二：其一是天主教神学中对“获得救赎之前，义人的灵魂，或未受洗而死的儿童的寄居之地”的说法；其二是“不太明确的地方和情境”。第一种可借谐音翻译为“灵薄狱”，第二种大概可翻译为“虚无境”。

多年前，我翻译这本书时，就把“Limbe”译为“灵薄狱”（王道乾先生的另一译本也是这一译法），但后来出版时，该丛书的主编与出版社商量后，把“灵薄狱”改为了“虚无飘渺境”。“虚无缥缈”或者“虚无飘渺”，意思都是对的，但作为书名就稍稍啰唆了一些。这次出版，我考虑再三，决定把书名译为“礼拜五”，而副标题则为“太平洋上的灵薄狱”。

《礼拜五》一共十二个章节，到第六章为止，一直只有鲁滨孙一个人物在（除去航船上的船长与水手，还有被鲁滨孙远远看到的来到小岛上在篝火前施行和观看巫术的野蛮人）。而整部小说的书名却是“礼拜五”。礼拜五直到小说第七章的中间部分（这时，小说的篇幅已经过半）才出现，对他平日活动的描写，对他言行举止的描绘，只在小说后一半的篇幅中占了不多的部分，不过，它却是作品中最精彩的部分。可以说，鲁滨孙之前的一切行为举止，都是在为他后来跟礼拜五的接触、认识、熟悉、理解做铺垫，是在为他向礼拜五学习与自然的共处过程做交代。

这似乎也从另一个角度解释了小说的副标题“太平洋上的灵薄狱”，这个荒岛不是一个“虚无缥缈”的地方，而是一个“过渡”的地方。在这里，鲁滨孙和礼拜五都经过了一番洗礼，准备走向一个新的充满多元哲理意象的境界，那是某种程度或某种意义上的“天堂”，是非基督教的、非资本主义的，当然也非共产主义的“天堂”。

图尼埃与“新寓言”

米歇尔·图尼埃，法国当代著名的小说家，生于巴黎一个知识分子家庭，在大学获得过文学学士与法学学士两个学位，曾留学德国并获有哲学的高等教育文凭，还从事过新闻与文学编辑的工作。

1967年，他发表第一部作品《礼拜五：太平洋上的灵薄狱》即获法兰西学院小说奖，作品的成功使他又为青少年把该作品改写成《礼拜五或原始生活》（1971）。1970年，他又以《桤木王》获得该年的龚古尔文学奖，小说叙述了一个法国青年被德军俘虏，深受纳粹思想的影响，德军溃退后，他逃入一片桤木林中，最后陷于泥沼的故事。1972年，图尼埃当选为龚古尔学院成员（直到2010年因年龄与健康问题而退出）。他的小说《流星》（1975）讲述了一对孪生兄弟与一个女人的爱情纠葛。1980年的《加斯帕、梅尔基奥尔与巴尔塔扎尔》根据《圣经》中的关于“东方三博士”的一段故事改写。图尼埃的小说还有《吉尔和贞德》（1983）、《金滴》（1985）、《艾蕾阿扎或源泉与荆棘》（1996）等；短篇集有《大松鸡》（1978）、《爱情半夜餐》（1989）

等；散文集有《圣灵之风》（1978）、《飞翔的蝙蝠》（1981）、《小散文集》（1986）、《想法之镜》（1994）等；艺术评论集有《手鼓与西奈》（1988）。

图尼埃业余酷爱摄影，曾为摄影集《背影集》配文（1981），这方面的作品还有《钥匙与锁》（1983）、《面具的暮光》（1992）等。

二十世纪六十年代到七十年代，法国文坛上有那么几位作家崭露头角，不仅连获各大文学奖，而且在读者中和批评界引起了重大反响。他们中先有米歇尔·图尼埃，然后则是帕特里克·莫迪亚诺和勒克莱齐奥。尽管创作的题材、形式和风格各有不同，但他们全都特别着力于在形象描绘中蕴含深邃的寓意。于是，他们在当代法国文坛上就有了“新寓言派”之美称。

一些文学史家和评论家认为，“新寓言派”作家为首的是玛格丽特·尤瑟纳尔，多米尼克·费尔南德斯与于连·格拉克也可捎带算上。如果这种说法成立，那么，由这样几员文坛骁将组成的“新寓言派”就足以形成一个令世人刮目相看的强大阵容。

不过，我认为，所谓的“新寓言派”作家并不像超现实主义流派（或更早的浪漫主义和自然主义流派）那样有共同的文学宣言和共同的文学创作活动。他们甚至也不像“新小说派”那样确实形成过一个严格意义上的文学圈。事实上，他们的创作俨然是“各行其是”，只不过他们的作品都不约而同地体现了这么一种哲理寓意。

“新寓言派”小说的另一个特点就是通俗易懂。尤瑟纳尔、图尼埃、勒克莱齐奥的短篇尤其如此，这些故事简直像专为小孩子写的童话，谁都能读懂其中的意思。图尼埃就曾这样说过：“我的作品越写越短，越写越简练，我不是专为儿童而写，但如果儿童也能看懂我的作品，我以为自己就成功了。”也许童话的形式更能表达他们希望在淳朴的心灵中，在未受现代文明熏陶的原始人的自然属性中看到的人类本性的东西。

可能也出于这一原因，鉴于小说《礼拜五》的成功，图尼埃在1971年又亲自把这部作品改写成《礼拜五或原始生活》，专门配合少年儿童的口味。

探索另一种文明的可能性

这次应读客编辑的要求重新修改出版我早先的译文《礼拜五》，在阅读和校改过程中，我会时不时地联想到我前几年翻译的另一本小说《潜》。

《潜》（*Plonger*）是法国作家克里斯托夫·奥诺-迪-比奥（Christophe Ono-Dit-Biot）写的小说，2013年出版时就获得了当年的法兰西学院小说奖（跟《礼拜五》一样！）。国内的人民文学出版社的“二十一世纪年度最佳外国小说”评选委员会把它选为当年“最佳年度小说”，而我作为评委，也十分喜爱这部小说，便毛遂自荐地翻译了它。后来，我也凭借着这部小说的翻译，获得了第七届鲁迅文学奖的“文学翻译奖”。

《潜》是一部“超现代”的小说。生活在当代欧洲社会中的主人公塞萨与帕兹同样也离开了西方文明社会，前往大海。当然，这对夫妇不是海难后遗落荒岛，而是主动离开欧洲，前往东方的大海，探索存在于海洋中的一种文明的可能性。

男主人公塞萨是巴黎某大型媒体的记者，他的妻子帕兹是个天才摄影家。帕兹离家出走，后溺毙海滩。噩耗传来，塞萨迫不得已动身前往阿拉伯海岸，经过深入细致的调查，逐渐地弄清楚了帕兹的死因，同时还弄明白了她离家出走的原因……

作为天才艺术家的帕兹觉得欧洲文明已是坟墓，不愿意生活在对欧洲辉煌往昔的崇拜和留恋中。在个人艺术生涯达到顶峰后，她毅然决然地离开了欧洲，放弃了事业，弃夫离子，跑到阿拉伯的某海滩，下海潜水，去探索海底世界的奇妙，去关注鲨鱼的生存境地……最后不幸在潜水中缺氧溺死。

可以猜想，塞萨和帕兹对欧洲文明的不同看法，体现出了作者奥诺-迪-比奥矛盾的心声，这恐怕也是大多数当代欧洲人的内心矛盾。小说并没有简单地否定欧洲文明，只是借人物之口，对这一文明提出了质疑。

其实，像奥诺-迪-比奥这样认为西方当代社会所代表的文明已经过时，应该转而寻找另一种文明的人有很多。

图尼埃就曾对这种文明发出过强烈的质疑。他在自己那部自传性的文集《圣灵之风》中的那篇《礼拜五》的结尾处就这样写道：

是的，我是想把这本书献给许许多多沉默无言的移民法国的外籍工人，献给所有这些匆匆来自第三世界的礼拜五们，献给这些来自阿尔及利亚、摩洛哥、突尼斯、塞内加尔和葡萄牙的三百万移民，我们的社会是靠他们支撑着的，然而我们向来对他们视而不见，听而不闻。他们既没有选举权，也没有工会和发言人，无论按哪种逻辑，无论按哪种法律，我们应该有一部分重要的新闻社、电台、电视台不仅为他们说话，而且属于他们所有。我们这个消费社会是依赖他们而生存，是把自己白白胖胖的屁股坐在那些永远沉默的黧黑的人群身上的。所有这些清洁工、挖泥工、普通工和干零活的散工，他们当然没有什么要说，没有什么要对我们说，要让我们知道的，因为他们先得想法进入我们的学校，先得学会一种文明的语言——笛卡儿、高乃依和巴斯德的语言，先得学会举手投足合乎规范，尤其是先得忘记那些愚昧而狭隘的鲁滨孙——尽管我们都是这样的鲁滨孙。这些被剥夺了话语的权利，但又对我们的社会至关重要的人们，这些从未受到社会重视却又在这个社会必不可少的人们，唯有他们才是法国真正的无产阶级。注意呀，说不定哪一天，这个缄默的人群就会冷不防地在我们耳边吼出惊雷般的声音呢！

读来实在令人唏嘘不已！我之所以要把这一段一字不漏地抄写出来，只是因为它引起了我的共鸣，而一些敏感的读者也已经读出了这一意味。他们甚至提醒过我注意这一观点。

对经典的“翻写”或“戏仿”

回过头来，我们还是得再谈一谈所谓的“翻写”或“戏仿”。

其实，翻开一部西方文学史，几乎每个时代都有对古老题材的“翻写”，古希腊的戏剧是如此，古典主义时期的悲剧也是如此。不知道有多少作者写过了“阿伽门农的故事”（妻子通奸杀丈夫，儿子为报父仇而杀母亲……），写过了“奥德修斯（尤利西斯）与珀涅罗珀的故事”（丈夫远征漂流多年，妻子在家空守闺房）！萨特的《苍蝇》写出了存在主义者面对荒诞命运的自我选择（俄瑞斯忒斯为自己的杀母行为负责），加缪的《卡利古拉》则用所谓古代暴君的言行来写现代人生存中的荒诞感（世人眼中的暴君本是一个哲人）。法国另一位二十世纪的戏剧家季罗杜写过《特洛伊战争不会发生》和《厄勒克特拉》这样的剧本，都是借希腊神话来讽喻当今的社会现实。他还有一出戏叫《安菲特里忒38》，这个剧名的意思是，据他统计，他的这出戏已经是西方文学中题名为“安菲特里忒”的戏剧的第38个翻版了。

而所谓的“新寓言”小说的一大特点，也正是对古代神话传说、历史、文学名著的题材进行再处理，从而赋予作品以新的寓意。图尼埃的好多小说正是如此。

尽管我不同意“新寓言派”这样的简单化归纳，但可以承认，像图尼埃这样喜欢借用老故事、传统说法来重新写作，来赋予旧作以新意义，来给旧瓶装新酒的写法，还是在文学史上代表了一种新倾向的。

图尼埃的《礼拜五》就是明证，再重复一遍：《礼拜五》与笛福的《鲁滨孙漂流记》正好背道而驰，笛福笔下的礼拜五在鲁滨孙的教化下，从野蛮状态走向现代文明，而图尼埃笔下的鲁滨孙在荒岛上逐步摆脱了文明的习性，并在礼拜五的帮助下彻底完成了从“文明”到“野蛮”的脱胎换骨的过程。

另外，图尼埃的《桤木王》也是对歌德叙事诗《桤木王》的一种颇具新意的仿作。再往深处挖掘，它也是对历史上日耳曼民族的相关传说的一种“经典重写”。

有兴趣的读者，也不难找到它们，读一读，恐怕对这位作家的“戏仿”作品会有更深的体会。另外，他的一些还没有翻译过来的作品，如《加斯帕、梅尔基奥尔与巴尔塔扎尔》《吉尔和贞德》等都属于“戏仿”和“翻写”。

其实，关于这一特点，写法也属“新寓言”的尤瑟纳尔说得好：我喜欢以历史来表达现实，比如说，现在世界上存在的大问题，在过去的世纪中都存在，现代生活的许多危机，根子往往在上几个世纪。这句话道出了当今的人（后世的人）对经典作品的多样化阅读和理解，对经典作品的“反其道而行之”的重写。

读着《礼拜五》，我不由得想起了十八世纪法国作家德尼·狄德罗的小说《宿命论者雅克和他的主人》，在这部小说中，狄德罗套用几个世纪以来西方文学中“流浪汉小说”的套路，写主仆两人在游历中的所见所闻，所思所想，很容易使人联想到《堂吉诃德》中那位瘦高骑士与他的跟随桑丘·潘萨，当然还有《巨人传》中巨人国王庞大固埃与他的精明谋士巴汝日。在《宿命论者雅克和他的主人》中，作为仆人的雅克无疑是一号人物，他的一言一行无时无刻不在影响着他的主人，主导着他的主人，以至于到后来连主人也不由得承认，实际上，相信天命的雅克才是“他的主人的主人”。感兴趣的读者，不妨把那本超前的“后现代”小说拿来，跟图尼埃的这一本《礼拜五》对照着读一读。

在做了如此的对比后，我们似乎可以说，在小说《礼拜五》中，礼拜五这个人物的言行无时无刻不在影响着他的那位所谓的主人鲁滨孙。如果让我把这部作品再改一个书名，我恐怕会选择《礼拜五和他的主人鲁滨孙》，这样的解读法，应该是我对同为十八世纪的欧洲作家笛福和狄德罗的可能有的一种致敬。

所谓的“戏仿”，必然是一种“致敬”。不是吗，当今的捷克作家米兰·昆德拉就曾写过那样一部《雅克和他的主人》！昆德拉十分喜爱狄德罗的小说《宿命论者雅克和他的主人》，特地把那部小说改写成了戏剧，并强调，这是“向狄德罗致敬”的作品。当然，在昆德拉的笔下，体现更明显的是戏剧形式的创新，以几乎不太可能的形式，在戏剧舞台上重现了写于十八世纪却有了二十世纪先锋小说意味的那部“实验性小说”。

《鲁滨孙漂流记》有三百多年的历史了，而且被文学史证明是一部经典的名著：歌颂资本主义价值体系的一部奋斗之作。

作为向笛福《鲁滨孙漂流记》致敬之作的《礼拜五》也有五十多年的历史了，它似乎也被证明是一本“戏仿”名著的现代杰作，一部质疑西方现代文明的超前之作。

图尼埃创造的“另一个”鲁滨孙和“另一个”礼拜五的形象是成功的。随着时间的推移，这两个新的寓言形象可能会与三百多年前笛福笔下的鲁滨孙形象相媲美。

鲁滨孙和礼拜五的神话，换言之，西方现代文明的辉煌与危机的神话，从十八世纪的笛福到今天的图尼埃，不是一条线贯穿着吗？

《礼拜五》也有望进入经典的行列。

2021年10月19日—11月4日

写于北京蒲黄榆寓中